Comment TE DIRE

Comment te dire

MELISSA BELLEVIGNE

City
Roman

Photo de couverture réalisée par Stefanie Bagshaw.
Traitement photo et couverture réalisés par Jade Sequeval.

ISBN : 978-2-8246-1938-5
Code Hachette : 82 3289 4
Collection dirigée par Christian English & Frédéric Thibaud
Catalogues et manuscrits : city-editions.com

Dépôt légal : Novembre 2021

À mes quatre garçons : puissiez-vous toujours vous sentir libres de laisser parler votre cœur sans jamais étouffer ceux que vous êtes tout au fond de vous.

À l'homme de ma vie, Denis, qui a su panser mes blessures les plus visibles comme les plus intimes.

À mon ami Olivier, qui a su me rappeler qui j'étais vraiment quand je l'avais oublié.

Prisonnier de ton enchantement
En faire l'affaire de nos sentiments
On dirait l'âme, on dirait le corps
Quand ton ennemi est le plus fort
Et moi, j'accours
Mais comment te dire ?
Les mots ne viennent pas
Libérer le son de ma voix
Je voudrais arrêter le temps passé en toi
Mais laisse-moi te dire
Pris au piège par le souffle imminent
De ton retour, tout ce qui nous attend
On dirait l'âme, on dirait le sang
Tu touches mon cœur l'esprit s'en ressent
Et moi je suis fou
En amour, on n'sait rien
On est rien
On est rien
On est rien

KYO, *COMMENT TE DIRE*

PARTIE I

1

Février 1991

Peter,
Je m'en vais. Ne sois pas triste, de toute façon tu mérites bien plus. Je ne suis pas digne de l'amour que tu me portes. Occupe-toi bien du petit et de Lizzie. Oh, et puis oublie ce que je viens d'écrire, je sais que quoi qu'il arrive tu seras toujours un bon père.
Tu le sais. Tu l'as toujours su. Cette envie irrésistible de ne pas avoir d'adresse, de voyager sans arrêt ne m'a jamais quittée. Tu as voulu qu'on lui permette de vivre une vie normale, pour son bien, pour son équilibre. Il a fallu la maison, la voiture plus spacieuse, les goûters avec les camarades de classe, les leçons de guitare tous les mercredis. Ne pas bousculer le quotidien, avoir une routine. Leur donner la chance de faire ce qu'ils aimaient, d'avoir cette vie stable dont tu rêvais pour eux. Bien sûr que c'était ce qu'il y avait de mieux pour les enfants. Le petit n'avait rien demandé, lui, pas vrai ? Cela le protégeait, n'est-ce pas ? Voilà pourquoi je m'y suis pliée, malgré moi, malgré mon instinct un brin sauvage.

Peter, il a cinq ans, maintenant. Cinq ans, ce n'est peut-être rien selon toi, mais pour moi, c'est une éternité. Il a beau avoir encore ce regard candide qu'il gardera sans doute toute sa vie (puisque c'est celui que tu lui as transmis), je sais qu'en lui sommeille un homme merveilleux. Il est comme toi. Cette douceur. Ce calme. Cette sensibilité. Il pourrait t'écouter des heures lui parler des arbres, des plantes et des animaux, assis là sur l'herbe, dans le jardin. Il est posé, paisible. Tout mon contraire. C'est ma nature nomade qui m'emporte. Que veux-tu ? Je n'ai jamais su tenir en place, n'est-ce pas la raison pour laquelle tu m'as aimée ? N'est-ce pas précisément ce pourquoi tu te sentais vibrer auprès de moi ? D'ailleurs, je crois bien que c'est ce contraste entre nous qui nous a tant liés. Toi, tu m'apportais la stabilité qui n'avait jamais été mienne, tu étais le roc, solide, tu avais le flegme, le goût des choses réfléchies, un attachement pour tes racines. Parfois je me demande pourquoi je t'ai laissé tomber amoureux de moi alors qu'au fond, je savais bien qu'un jour je repartirais, moi qui suis née sans attache. La vérité, Peter, c'est que, fondamentalement, je ne suis ni une épouse, ni une mère. Je suis changeante, passionnée, déraisonnable, insaisissable. Je n'ai que vingt-neuf ans. Je veux vibrer, découvrir de nouvelles choses, me laisser emporter par l'inconnu, par le vent. Ne m'en veux pas. C'est la liberté qui m'appelle.
J'ai déjà trop fait semblant.
Sophie
*

*

Mai 2017

Arthur descendit l'escalier d'un pas pressé, un sac en papier kraft sous le bras. Sa voiture dormait paisiblement de l'autre côté de la rue, c'était cette Golf d'un bleu un peu délavé. Elle n'était pas toute jeune, pourtant, à plus de trente ans, mis à part quelques démarrages difficiles les matins les plus frais, jamais elle n'avait tenté de rendre l'âme. Elle ne coûtait à Arthur qu'une dizaine de livres d'assurance chaque mois. Il aurait largement eu de quoi rouler dans un véhicule plus clinquant. Mais Arthur aimait les choses qui ont « une âme », un cachet, une histoire. Depuis toujours et probablement pour toujours. Et puis, ça avait été sa première voiture, un cadeau que son père lui avait fait avant même qu'il ne soit en âge d'apprendre à conduire. Alors il n'avait jamais pu s'en séparer.

Une Mini Cooper bleue s'arrêta pour le laisser passer. Il s'avança en remerciant la conductrice d'un bref signe de la main. Au moment où son pied se posa sur le pavé, il sentit que quelque chose lui manquait, sans réussir à déterminer quoi. Il enjamba le caniveau où les vestiges d'une pluie printanière continuaient de couler, avança sur le trottoir jusqu'à son véhicule. Il ouvrit la porte arrière, déposa le paquet sur la banquette, referma la portière et s'installa devant le volant. À cet instant, il comprit en soupirant : il avait laissé les clefs sur le bar de la cuisine.

*

Lorsque son téléphone sonna pour la sixième fois, Philip était encore immergé dans un rêve incompréhensible où il se voyait nu en train de courir après une vache, une épuisette à la main, hurlant à pleins poumons : « Je t'aurai, de toute façon je t'aurai ! » La sonnerie de son portable se faisant de plus en plus forte, il s'éveilla dans un sursaut et saisit l'appareil posé sur sa table de nuit, soulagé qu'on le sorte de cette situation qu'il jugeait aussi cocasse qu'effrayante. Voyant s'afficher le nom de son meilleur ami, il décrocha et répondit d'une voix enrouée un vague « allô ? ».

—Mais enfin, qu'est-ce que tu fous Phil ? s'énerva Arthur. Ça fait dix minutes que j'essaye de te joindre. Ne me dis pas que tu as oublié ?

Se frappant la joue gauche de la main, Philip laissa échapper un « merde ! » évocateur.

—Je suis désolé, c'est Miranda… Elle m'a épuisé. On est restés à Londres, elle a voulu sortir danser, après notre dîner, et puis… Bref, je suis sûr que tu préfères ne pas savoir. Je ne me souviens même pas quand je suis rentré à la maison. Mais c'était tôt ce matin, pas hier, c'est certain.

—Écoute mon vieux, t'as bien raison, peu m'importent tes aventures nocturnes, à toi de mener ta vie comme tu l'entends, quitte à oublier le sens du mot « sommeil ». Mais ça fait des mois que cette journée est prévue dans notre planning, c'est toi qui me le répètes à longueur de temps. Alors enfile une chemise et rejoins-moi en bas, je t'attends dans la voiture, termina Arthur en raccrochant.

Dix minutes plus tard, Philip ouvrait la portière gauche de la vieille Golf, portant sur l'épaule un bagage improvisé d'où dépassaient l'élastique d'un boxer et le manche d'une brosse à dents.

—Arthur, on prend ma voiture. Je t'en prie.

—Hors de question, répondit Arthur du tac au tac. T'es à la bourre, c'est moi qui décide. Et ma Golf a bien besoin de faire une virée, ça lui décrassera les tuyaux. Sans compter que ta Mercedes est très belle, mais pas des plus discrètes. Si tu y tiens tant que ça, dis-toi qu'il vaut mieux qu'on laisse la mienne sur le parking de l'aéroport. Au moins personne ne sera tenté d'aller faire un tour avec.

— Pff. T'as raison, toujours de bonnes excuses, monsieur le grand artiste, bougonna Phil en bouclant sa ceinture.

Il avait les yeux cernés et un épi sur le crâne.

— Bien sûr que j'ai raison, et de toute manière, vu l'heure, c'est moi qui décide, ajouta Arthur en démarrant.

Il désigna d'un signe le paquet marron froissé sur la banquette arrière. Philip le saisit, intrigué.

— Deux muffins au chocolat du *Steep Street*, un thermos de café et une pomme, commenta Arthur.

— Merci vieux. T'avais prévu que je saute le p'tit déj à ce que je vois.

— Lorsque tu m'appelles à quinze heures, que je suis en plein travail et que tu tiens absolument à annuler notre soirée échecs, c'est que tu as une femme à voir, dit Arthur d'un ton presque sérieux.

Devant la moue faussement innocente de Phil, il poursuivit :

— Disons que, te connaissant, ce genre d'imprévu était plutôt... prévisible.

— T'es un vrai pote ! s'exclama Philip en mordant dans un muffin. Tu es très perspicace, bafouilla-t-il, la bouche pleine. Je ne savais pas que tu me connaissais à ce point.

— Comme si je t'avais fait ! se mit à rire Arthur.

— Et tu calcules toujours tout aussi parfaitement ? demanda Phil en essuyant quelques miettes au coin de sa bouche.

— Si ça peut te rassurer, j'ai tout de même perdu cinq bonnes minutes. Quand je suis arrivé au volant, les clefs étaient restées chez moi.

— Ah, même Superman a sa petite faiblesse, on appelle ça la Kryptonite. Ton étourderie te perdra.

La Golf quitta la petite ville de Folkestone, son quartier créatif et son petit port. Un peu plus d'une heure plus tard, ils arriveraient à l'aéroport de Londres Gatwick. Leur vol pour Genève partait à dix-neuf-heures dix-neuf.

2

Mai 1991

Peter,

Cela fait déjà trois mois. Comment vas-tu ?

J'imagine que tu m'en veux. Je comprends. J'espère que tu ne me cherches pas. J'ai quitté le Royaume-Uni. Je ne veux pas que tu puisses me rejoindre. Je tiens à rester seule.

Mon amour, ce n'est pas toi que j'ai quitté, c'est cette vie. Je détestais ce quotidien. Les pancakes le matin, les sorties d'école en semaine, les dîners avec Brad et Stephanie les samedis soir. Tout ça n'est pas fait pour moi. Je ne suis pas faite pour vivre comme ça, je n'ai jamais aspiré à être une maman, je m'en suis simplement accommodée, parce que notre fils est arrivé, parce que tu voulais le meilleur pour lui. Mais c'était comme suffoquer ! Je suis ici, vois-tu, en pleine nature, avec pour seul bagage un sac en toile, quelques fringues, une gourde, un couteau. Et c'est tout ce qui m'appelle : les grands espaces, le silence et la solitude. J'ai juste de quoi écrire, ce papier, j'ai le sentiment qu'il m'est vital. J'imagine que c'est la preuve que je ne peux pas vraiment vivre sans toi. Mais voilà, je me sens libre Peter, si tu savais comme je me sens libre.

Tu dois me trouver bien égoïste et tu as raison. Je suis lâche, et je suis ingrate. Envers toi, envers tout ce que tu as fait pour moi. Mais je ne pouvais plus supporter de vivre dans cette cage dorée, tu sais. Tu m'aimais tant que tu l'as aménagée de la plus belle façon possible, elle était pleine de douceur et de tendresse, cette vie confortable où ni moi ni le petit ne manquions de rien, c'est vrai.

Mais une cage reste une cage.

Et moi, Peter, je suis un oiseau sauvage à qui tu ne pouvais pas couper les ailes. Pourquoi l'as-tu si vite oublié ? Qu'imaginais-tu, au juste ? Que je choisisse volontairement d'oublier qui j'étais ?

Je te laisse une adresse au dos de l'enveloppe. C'est une boîte postale à Monterrey, une ville au nord du Mexique. Sache que je n'y habite pas. Je viendrai parfois y récupérer le courrier, même si cela pourrait me prendre des mois.

Je t'aime,

Sophie

*

Mai 2017

Ce même vendredi, à dix-neuf heures, Emily rangea son comptoir, vérifia la caisse, referma le cahier de commandes. Elle enfila son Perfecto noir, saisit son grand sac en cuir, ferma la porte et le store de la boutique avant de remonter l'avenue du Rhône, à Annecy, où elle occupait un petit appartement. Comme presque tous les soirs, Emily se sentait d'humeur maussade. Non pas que la journée eût été mauvaise, au contraire, il y avait eu beaucoup de clients dont un adorable petit garçon de cinq ans accompagné de son papa, venu chercher un grand bouquet de roses pour fêter l'arrivée de son petit frère. Ce commerce, *Allons voir si la rose*, qui était désormais le sien, avait sans doute été la meilleure décision qu'elle ait pu prendre. Être fleuriste lui permettait à la fois de savourer le contact des plantes et le parfum des fleurs, d'échanger des banalités avec des personnes de tous horizons et de tous âges, sans jamais avoir à tisser de véritables liens avec eux. Cette boutique, ce n'était pas une vocation. Cela avait plutôt été une bouée de sauvetage. Une jolie coïncidence autant qu'une folie. Elle avait pris des risques, assurément, mais ne le regrettait pas une seconde tant cela avait redonné un peu de souffle à son existence suffocante. Ici, elle pouvait enfin profiter d'un semblant de vie bien qu'elle porte sur ses épaules un poids bien trop lourd pour elle.

Un an plus tôt, Emily avait tout envoyé valser : ses études de langues, Paris, sa ville natale qui, loin d'être accueillante, avait surtout été le théâtre du plus grand drame de sa vie, et… sa mère. Après des années à se battre contre une envie impérieuse de fuir, elle avait pris son courage à deux mains et choisi de partir loin de tout et de tout le monde. « Impulsive réfléchie », comme elle se plaisait à se décrire parfois, elle avait épluché les petites annonces des mois durant, dans le secret le plus total, avant de tomber sur celle qui allait changer sa vie.

Une annonce pour le moins insolite puisqu'il n'était question ni d'expérience, ni de formation particulière dans le domaine. Une fleuriste de soixante-neuf ans vendait son commerce, en plein centre-ville d'Annecy, une ville de Haute-Savoie où Emily n'avait jamais mis les pieds et ne connaissait rien ni personne. Il était question d'une formation obligatoire « cœur à cœur » avec la propriétaire qui avait hérité de ce commerce de sa propre mère et ne souhaitait en aucun cas passer le flambeau au premier venu. Assoiffée de renouveau, prête à tout pour changer enfin de vie et éviter de sombrer pour de bon, Emily avait téléphoné, perplexe mais pleine d'espoir et d'audace. Elle avait échangé quelques mots avec un monsieur apparemment dépassé par les exigences de sa mère qui lui avait conseillé de juger par elle-même en venant voir sur place. Poussée par l'idée qu'elle n'avait de toute façon rien à perdre, Emily avait pris le train quinze jours plus tard et fait un aller-retour dans la journée pour passer un entretien avec cette dame qui aurait pu être sa grand-mère.

Constance, puisque c'était son nom, avait été bien au-delà d'un entretien classique. Elle lui avait d'abord fait visiter les lieux, lui avait parlé des plantes grasses puis des fleurs, de celles qu'elle préférait, de celles dont elle ne supportait plus l'odeur, des retards répétés de l'un de ses fournisseurs et de sa passion pour les roses qu'elle avait toujours trouvées exceptionnelles. « Les roses, ma petite, les roses sont les fleurs ayant le plus d'esprit, voyez-vous. On les pense obsolètes ou alors trop populaires, mais il en existe près de trois mille variétés, vous savez, et bien rares sont ceux qui parviennent à comprendre laquelle ils ont entre les mains, alors qu'elles font toujours leur plus bel effet. Pas étonnant que M. de Saint-Exupéry en ait fait un personnage si complexe et que Pierre de Ronsard ait rédigé le poème qui a baptisé cette boutique », avait-elle précisé.

Constance avait parlé de ce magasin qui appartenait à sa famille depuis trois générations et de la lâcheté de son fils cadet, le dernier à vivre dans la région, qui avait pourtant opté pour un job de programmeur pour lequel il semblait se passionner plutôt que de reprendre l'affaire familiale. Puis Constance avait posé mille questions à cette jeune Parisienne au maquillage charbonneux et à l'air torturé, qui semblait ne pas même savoir ce qu'elle faisait là. Elle avait souhaité en savoir plus sur ses goûts, ses projets, ses aspirations. Elle lui avait demandé de qui elle tenait ses yeux verts et pourquoi elle ne trouvait pas son bonheur à travers ses études de langues. Mais elle ne lui avait rien demandé à propos des fleurs, ni même à propos de la gestion d'un commerce. Emily, jeune femme plutôt pudique, avait d'abord été déconcertée par ces questions parfois indiscrètes. Puis, finalement amusée par la franchise de cette dame dont les yeux rieurs cachés derrière de petites lunettes semblaient scintiller, elle s'était livrée petit à petit. Debout au milieu de cette boutique envahie d'humidité, de parfums et de fleurs, Emily avait tout dit.

Dans le train pour rentrer à Paris, les choses s'étaient mises à tourbillonner dans son esprit. Une succession de « et si ? » s'était instillée furtivement dans ses pensées, la convainquant un peu plus chaque minute que ce qui ressemblait à une idée folle, contraire absolu des aspirations qu'avaient eues les autres pour son avenir, pouvait peut-être se révéler être le changement radical dont elle rêvait tant et depuis si longtemps. Constance ne cherchait pas quelqu'un de qualifié, d'expérimenté ou de diplômé. Constance cherchait une personnalité. Quelqu'un qui soit disposé à passer six mois auprès d'elle pour apprendre sur le tas et se familiariser avec ses murs, ses clients et ses fleurs. Elle s'engageait à la prendre comme salariée pendant ce temps-là, puis à lui léguer la gérance de son affaire si tout se passait comme elle le souhaitait. Ce que

Constance voulait plus que tout, c'était voir subsister cet endroit qui constituait son héritage le plus précieux, s'assurer que personne ne chercherait à en faire une supérette ou un fast-food.

Emily avait réfléchi toute la nuit. Le lendemain matin, tout lui était apparu clair comme de l'eau de roche. L'« impulsive réfléchie » n'avait rien à perdre. Partir impliquerait de se séparer de tout ce qu'elle avait connu jusqu'alors. Ce qui revenait finalement, avait-elle réalisé, à se séparer de ce qui détruisait sa vie. Voilà pourquoi elle n'avait pas eu besoin de tant de temps pour se lancer. Malgré ses craintes légitimes et malgré le fait qu'elle ait toujours pensé être réfractaire au changement, partir avait été salvateur. Dieu seul savait ce qui serait advenu d'elle si elle n'avait pas pris son courage à deux mains pour fuir cet environnement toxique qui l'avait consumée à petit feu des années durant.

La situation n'était pas compliquée à résumer : à vingt et un ans, Emily avait choisi de partir plutôt que de prendre le risque de toucher le fond pour ne plus jamais remonter. Elle était partie parce que les marques sur ses poignets lui étaient devenues insupportables, parce qu'au fond d'elle, quelque chose lui avait crié de tenir le coup encore un peu, parce que « même les violents orages laissent toujours place au renouveau et à la lumière ». Enfin, ce quelque chose était surtout quelqu'un. Quelqu'un qui leur avait répété cela bien souvent quand ils étaient petits, quelqu'un dont les mots avaient compté plus à ses yeux que le désespoir et dont la voix tendre lui manquait plus que tout au monde.

Emily vivait à un peu plus d'une centaine de mètres seulement de ce qui était donc devenu sa boutique de fleurs. Dehors, il faisait frais ce soir-là, alors sitôt rentrée, elle s'installa devant son ordinateur, un mug de thé à la main. Ce fameux Earl Grey à la bergamote se dégustait à n'importe quelle heure de la journée. C'était une des rares choses de son quotidien qui lui procurait un sentiment de douceur, la chaleur de la tasse contre ses mains réchauffant aussi bien ses doigts que son cœur. C'est vrai, tout allait mieux depuis qu'elle vivait ici, loin du tumulte, loin de Paris, loin de sa mère et de ses éternels reproches. Pouvait-elle pour autant dire qu'elle était heureuse ou, qu'au moins, elle allait bien ? Rien n'était moins sûr. Les démons du passé semblaient impossibles à terrasser. « Mon erreur, mon fardeau », murmura-t-elle.

Emily fit trois ou quatre clics et quelques instants suffirent pour que la pièce s'emplisse d'un air d'Avril Lavigne. Elle se leva, se débarrassant d'une main de la mèche blonde qui lui tombait sur les yeux. Tandis que *Knocking on Heaven's Door*, une reprise plutôt bonne de la chanson de Bob Dylan, distrayait un peu son esprit, Emily ouvrit doucement les yeux et fixa d'un regard fasciné les volutes de vapeur qui s'échappaient de la tasse avant de saisir l'ouvrage flambant neuf qu'elle avait récupéré chez le libraire le matin même. Bien qu'elle soit accablée par ses souvenirs pénibles dès qu'elle se retrouvait seule, elle savait que, ce soir-là, elle pourrait savourer un moment d'évasion en se plongeant entre les pages du dernier roman d'Arthur Neil.

3

Mai 1991

Sophie,

Où es-tu ? J'ai reçu ta lettre ce matin. Postée d'une petite ville au fin fond de l'Amérique du Sud. Elle a rejoint dans mon tiroir le mot que tu as laissé sur mon bureau en février. Pourquoi es-tu partie ? Pourquoi nous as-tu abandonnés ? Lizzie et Arthur passent leur temps à me demander quand tu reviendras. Crois-tu que l'on puisse expliquer à des gamins de cinq et huit ans que maman est partie faire un long voyage, sans eux ?

Nous avons passé les mois de février et mars à te chercher. J'ai téléphoné à tes sœurs en France, mais elles ne savaient même pas que tu habitais à Folkestone et ne se préoccupent manifestement pas de ton sort ni du nôtre. J'ai cru à un enlèvement, à quelqu'un qui t'aurait demandé d'écrire ce mot pour qu'on te croie partie de ton plein gré. La police a même ouvert une enquête. Elle a cependant été close le jour où un officier s'est présenté à la maison et m'a fait comprendre avec un cruel manque de tact que tu étais probablement partie

avec un autre homme, que c'était regrettable mais qu'ils ne pouvaient rien pour moi.
Tu me dis que tu m'aimes.
Comment peut-on aimer de la sorte ? Je croyais que tu avais changé, je pensais que tu aimais cette vie que nous avions construite. Tu appelles cela une « cage dorée ». Sophie, jamais je n'ai mis de barreaux aux fenêtres. Cette vie-là, tu l'avais choisie, tout comme moi. N'étais-tu pas consciente que faire un enfant revient parfois à faire quelques concessions ? Le bonheur qu'on retire à être parent est tellement plus fort que cela, as-tu seulement laissé à Arthur le temps de te le prouver ? Bien entendu, je te connais. J'ai toujours su que tu aimais les grands espaces, les horizons changeants et les paysages sauvages. Mais je pensais, sans doute naïvement, que même si notre fils était arrivé par surprise, il avait su conquérir ton cœur autant que le mien. Je pensais que le temps de quelques années à ses côtés, tu apprendrais à vivre différemment de ce que tu avais imaginé au départ, mais que tu pourrais savourer ce tournant inattendu de notre vie plutôt que de le voir comme une entrave.
Ta lettre a été pour moi aussi déconcertante que blessante. Pourquoi ne m'as-tu pas dit plus tôt que tu souffrais de ce quotidien trop peu original ? Nous aurions pu bousculer nos habitudes, trouver un moyen de te redonner le souffle dont tu sembles manquer. Peut-être aurions-nous même envisagé de déménager aussi loin que tu en rêvais, qui sait ? Nous aurions parlé, pesé le pour et le contre. Peut-être que nous nous serions dit que ce serait une expérience magnifique à partager avec les

enfants, je ne sais pas, nous aurions pu l'envisager au moins ! Ne pouvais-tu pas imaginer un instant qu'on prenne cette décision ensemble et qu'on vive de nouvelles aventures en famille ? Ne pouvais-tu pas au moins envisager cela ?
Les enfants ont besoin de toi. Je ne sais leur apporter la présence maternelle dont ils ont besoin. Que tu en aies conscience ou non, tu es leur mère, ils tiennent à toi plus qu'à quiconque. Je sens que tu leur manques. Comme tu l'as dit, notre fils a grandi, déjà un peu trop à mon goût, d'ailleurs. Il comprend des tas de choses en ce moment. Des tas de choses dont un enfant de cinq ans ne devrait pas se soucier. La semaine dernière il m'a demandé si je lui mentais, si tu étais morte. Il m'a demandé si tu étais morte, Sophie !
Je t'en prie, reviens. Cela fait déjà plusieurs mois que nous sommes perdus sans toi. Je suis perdu. Je t'aime. Depuis dix longues années, mon amour pour toi n'a cessé de grandir. Je ne peux vivre heureux sans toi. Tu étais mon équilibre, cet autre qui avait l'audace, la franchise, la détermination et le courage dont je manquais. Sans toi tout cela n'est plus. Sans toi, c'est une moitié de moi-même qui a disparu et que je ne saurais remplacer. Reviens-moi, Sophie. Sans toi, ma seule raison de vivre, ce sont les enfants. Que ferai-je lorsqu'ils s'en iront ?
Mon amour, souviens-toi de tout ce que nous avons pu partager. Souviens-toi comme nous étions heureux. Pardonne-moi de n'avoir pas su t'offrir la vie dont tu rêvais, de t'avoir petit à petit créé des habitudes qui ont fini par te faire fuir. Pardonne-moi d'avoir oublié de te faire voyager. Pardonne-

moi de t'avoir laissée t'échapper sans même avoir senti la chaleur de ton corps quitter notre lit la nuit où tu es partie.
Reviens-moi. Reviens, mon amour. Recommençons tout depuis le début. Laisse-moi donner un nouveau souffle à notre histoire.
Je t'aime,
Peter

*

Mai 2017

Arthur et Phil arrivèrent aux alentours de onze heures trente à l'aéroport de Genève. Ils étaient montés dans le premier taxi et Phil avait annoncé : « Hôtel Métropole, s'il vous plaît » dans un français assez approximatif tant son accent anglais était fort. Environ trente minutes plus tard, ils arrivèrent devant l'établissement, un splendide cinq étoiles à deux pas du lac Léman. La réceptionniste gratifia Arthur d'un large sourire et d'un « Bonjour monsieur Neil, bienvenue » énoncé d'une voix mélodieuse tandis qu'on les débarrassait déjà de leurs bagages.

— Dis, tu ne crois pas que c'est un peu trop ? chuchota Arthur à l'oreille de son meilleur ami.

— Trop ? Tu as à ce point peur du luxe ?

— La prochaine fois, c'est moi qui choisis, Phil.

— Enfin ! Arrête de faire ton modeste ! C'est ton éditeur qui rince et c'est toi que les gens sont venus voir, tu les fais rêver, tu les fais rire, tu mérites bien de te faire un peu cirer les pompes, non ?

— Je ne vois pas ce que le mérite vient faire là-dedans.

— Si tu le vis mal, disons que c'est pour moi qu'on va passer une nuit dans un palace de rêve, le coupa Phil en remerciant l'hôtesse qui lui remit les cartes de leurs chambres.

Elle les conduisit jusqu'à l'ascenseur, et Phil la pria de les laisser, il la remerciait beaucoup, il préférait monter seul, il trouverait bien la bonne porte, ce n'était certainement pas bon pour elle d'approcher de trop près l'énergumène qui le suivait : un artiste, trop peu habitué aux belles choses, d'ailleurs elle avait un très joli sourire. La porte de l'appareil se referma sur le regard amusé d'une employée d'accueil charmée. Arthur soupira.

La valise cabine d'Arthur et le sac à dos de Phil les attendaient déjà dans leurs chambres lorsqu'ils y entrèrent. Chacun d'eux disposait d'une vaste chambre avec vue sur le parc et le lac. Lorsque Phil eut visité chaque pièce avec des « Ah ! » et des « Bon sang ! Ce que c'est bon d'être une star ! », les deux amis redescendirent pour aller se promener au bord du lac. Le temps était clément, l'air doux. Arthur adorait la petite ville de Folkestone qui était son chez-lui et l'inspirait tant, mais il reconnaissait un certain charme à Genève, cette ville aussi rutilante que belle. Pourtant, son cœur se serra, sans crier gare. Le soleil étant au rendez-vous, Arthur et Phil s'assirent sur un banc juste au bord de l'eau. Arthur ne parlait pas. Il fixait du regard un oiseau qui se laissait doucement glisser sur le bleu du Léman ; son regard se troubla. Philip posa sa main sur l'épaule de celui qui, après tant d'années à ses côtés, était devenu un frère.

— Allons, vieux, qu'est-ce qui t'arrive ? Voilà seulement quelques heures que nous sommes ici et tu as déjà l'air ailleurs. C'est un truc d'auteur ou je suis censé m'inquiéter ?

— Je ne sais pas. J'ai parfois l'impression que c'est trop et trop peu à la fois.

— Tu parles de l'hôtel ? Je t'assure que ce n'est pas trop. Prends-le donc comme un cadeau de la vie ! Tu vends des bouquins à la pelle, demain il y aura probablement une centaine de personnes qui feront la queue pour te voir, quoi de plus normal que de loger dans un cinq-étoiles ? Je sais bien que ton truc à toi, c'est plutôt les bicoques en briques rouges et les vieilles bagnoles, mais un week-end dans le luxe ne te prive pas de retourner à tes antiquités dès que tu seras rentré.

— Ce n'est pas tout à fait le problème, Phil. J'ai parfois l'impression que j'offre à mes personnages un bonheur que je ne connaîtrai jamais. Que je pourrais mener la grande vie mais que c'est tout sauf ce dont j'ai envie.

— Tu veux dire que tu voudrais être le héros pour une fois, c'est ça ?

— Je ne suis pas aussi enthousiaste que toi à l'idée de me faire cirer les pompes. Ma vie, la vraie, manque autant de réponses que d'inattendu.

— Pas sûr que je comprenne bien où tu veux en venir. Ce jargon d'artiste, c'est pas mon dada. Tu traduis ?

Arthur regarda Phil, un brin affligé face à l'immaturité flagrante de son meilleur ami.

— Phil, j'ai une carrière littéraire exceptionnelle pour quelqu'un qui a à peine la trentaine, j'en ai bien conscience, même si ça m'est tombé dessus par hasard.

— Ah tiens, c'est comme ça que tu m'appelles, maintenant ? « Hasard » ? De rien, le coupa Philip.

— Merci, Phil. Tu sais que je te serai toujours reconnaissant. Mais tu sais aussi qu'il ne s'agit pas de ça. Je veux dire, je ne sais plus qui je suis. On m'aimait bien dans ma rue, maintenant c'est le monde entier qui juge mes textes. Moi qui ai toujours préféré le calme d'un café ou du bord de mer pour griffonner des mots sur un cahier, sans personne qui me reconnaisse, je me retrouve à quitter ma solitude confortable pour rencontrer des lecteurs à la pelle, qui me lisent mais ne me connaissent pas vraiment. Je suis paumé.

— Je sais bien que c'est pas ton truc, les dédicaces. Je sais que tu n'aimes pas la foule, d'autant plus quand ça se bouscule au portillon pour te voir, toi. Mais relativise un peu, Arthur, y'a quand même pire comme job, non ? C'est mérité ! Tu as du talent, tu ne l'as volé à personne. Ils ne te connaissent pas comme je te connais moi, c'est vrai, mais ils connaissent tes bouquins, ils se perdent entre leurs pages et ils t'aiment, point barre. C'est gratifiant, d'avoir autant de reconnaissance, non ?

— Évidemment. Je ne m'en plains pas, c'est juste que ce n'est pas moi. Tu me connais, j'ai toujours été le bizarre, l'introverti. Toi, tu es à l'aise avec les gens, la représentation en société, pas moi. Pas étonnant que tu sois l'attaché de presse et moi l'auteur.

— Tu flippes pour rien, mon pote. Et tu réfléchis trop.

— Je sais. Je suis pas sûr que ce merdier soit très rationnel, j'en conviens ! s'exclama Arthur dans un rire franc. C'est paradoxal, hein ? Aujourd'hui j'ai peur de vivre, demain j'aurai peur qu'on m'oublie.

— Je suis pas psy, mais je dirais que tu progresses ! s'amusa Phil. Ces centaines de personnes à qui tu vas signer des bouquins, ce sont elles qui te permettent de vivre de ta passion et de passer tes journées au *Steep Street*, à observer des inconnus, comme tu te plais tant à le faire. Tu leur dois bien ça, même si ce n'est pas tout à fait toi. Tu les fais rêver, elles te font vivre. C'est un bon deal, moi j'dis.

Arthur se laissa tomber sur le dossier du banc en soupirant.

— T'as raison. Je crois que moi, le vrai moi, dans le fond, c'est toujours un môme paumé qui attend que maman rentre à la maison.

L'expression moqueuse de Phil se changea en une autre, plus grave.

— Ah, c'est donc de cela qu'il s'agit, souffla Phil. Tu devrais voir un psy, finalement, conseilla-t-il à son ami en lui donnant une tape sur l'épaule.

— Pour quoi faire ? Je ne trouverai jamais la réponse à cette question.

— Tu devrais voir une fille, alors, lança-t-il en perdant de nouveau son sérieux.

— Je doute que qui que ce soit puisse véritablement apprécier le type largué que je suis en ce moment. Je suis pas un marrant, Phil. À l'intérieur, c'est une sacrée pagaille, précisa Arthur en pointant son index sur son cœur.

— Pourtant, les filles adorent les artistes. Encore plus les artistes riches et célèbres, d'ailleurs, précisa Phil, amusé. Éclate-toi donc un peu, mon vieux !

Arthur le regarda, fasciné par le détachement de son ami.

— Je t'envie, tu sais. Pouvoir aller et venir comme bon me semble, faire la cour à une femme parce que je la trouve mignonne, l'inviter dans un resto et passer une nuit avec elle. Me réveiller le matin avec une Jennifer ou une Mirenna.

— Miranda, corrigea Phil.

— Miranda, comme tu veux.

— Et alors ? Des filles, il y en a une tonne qui ne demanderaient qu'à passer une soirée avec toi. Qu'est-ce que tu attends, au juste ?

— J'en sais rien.

— C'est encore Anna ?

— Non.

— J'espère bien. Elle t'a fait assez de mal comme ça.

— T'en fais pas, il m'aura fallu un bouquin pour digérer, mais je m'en suis remis, je crois.

— Tant mieux. Mais quand même, tu me désespères. T'es beau gosse, t'as du fric à ne plus savoir qu'en faire et en plus, tu as du talent ! rétorqua-t-il en fixant à son tour l'oiseau blanc qui se jetait goulûment sur les miettes de pain qu'une fillette lançait à la surface de l'eau.

— T'es un sacré énergumène, tu sais, lâcha Arthur. C'est ton franc-parler qui les fait craquer, les nanas avec lesquelles tu termines tes soirées ?

— Peut-être bien. Disons déjà que je leur donne pas envie de se pendre avec des remises en question existentielles. Tu devrais essayer de lâcher prise, de temps en temps, tu verras, c'est sympa aussi de ne pas toujours tout analyser.

— Sûrement. Qu'est-ce que tu veux ? C'est sans doute le propre de l'artiste, de tout analyser. Si ça se trouve, un beau jour, une fille m'aimera pour ce que je suis, un type un peu torturé et pas très sûr de lui.

— Moi, je t'aime pour ce que tu es. Même si quelquefois tu m'exaspères avec tes idées bizarres et tes romans d'amour.

— Moi aussi je t'aime, répondit Arthur en souriant. Et je m'accommode sans trop de difficulté de te trouver affalé dans mon canapé les matins où tu as squatté chez moi parce que tu as un peu trop forcé sur le gin la veille au soir. Mais tu vois, un jour, j'aimerais bien m'endormir près de quelqu'un qui me connaisse vraiment, qui ne juge pas le temps que je passe à bosser sur mes bouquins et puisse me donner le sourire même quand je broie du noir. Quelqu'un qui m'aimerait sincèrement et avec qui je partagerais mon quotidien autant que mon chez-moi, pas juste un plan d'un soir.

— Prends un chien ! répondit Phil du tac au tac.

Arthur éclata de rire.

— Ce que tu peux être con, parfois !

— Ah, ben dis donc, oui, il t'en aura fallu, des âneries, pour décrocher ton regard de ces foutus piafs sur le lac et me lâcher un vrai sourire, constata Philip, feignant le soulagement, avant de se lever. Bon, allez, j'ai faim, moi ! Ça suffit ces élucubrations, on va manger !

Arthur sourit et se leva à son tour, ses yeux azur se mirent à pétiller. Son meilleur ami était décidément beaucoup plus qu'un séducteur invétéré. C'était la seule personne sur Terre qui sache si bien balayer sa mélancolie.

4

Juin 1991

Mon amour,

Je n'ai pu lire ta lettre que ce matin. Cela faisait des semaines que je n'avais pas vu le bitume ou ne serait-ce même qu'une rue. Et à l'heure où je t'écris, je suis déjà bien loin de toute civilisation. Le soir est tombé depuis un long moment, je n'entends plus autour de moi que le bruit du vent dans les feuilles et le crépitement du feu.

Tes mots m'ont beaucoup touchée. Tu sais que je t'aime, et il ne fait aucun doute que je n'aimerai jamais plus personne autant que je t'ai aimé, toi. Mais comment un tel amour peut-il survivre entre deux êtres qui sont si fondamentalement différents ? Tu t'es épris de ma fougue et je me suis éprise de ta force tranquille. Si on y regarde de près, ce qui nous a liés est aussi ce qui nous aurait séparés, tôt ou tard, ne crois-tu pas ?

Toute ma vie, j'ai porté en moi cet appétit d'aventure insatiable. Souviens-toi de la nuit où nous avons conçu notre fils. C'était en Inde, tu te rappelles ? Il faisait chaud, l'air était moite et ça sentait les épices. Je t'avais entraîné à ma suite avec un tel enthousiasme que même ta peur de l'inconnu avait déclaré forfait. J'avais commencé à te donner goût au voyage, à d'autres saveurs et d'autres musiques. Toi, l'Anglais au charme si obsolète qu'il en était irrésistible. Toi et tes bonnes manières, toi et ton tempérament raisonnable. Tu m'avais suivie, parce que je t'avais envoûté, tu m'avais suivie parce qu'au fond de ton cœur tu avais besoin de quelqu'un de changeant, qui te pousse dans tes retranchements, qui te bouscule. En ce temps-là déjà, je ne tenais pas en place.

Longtemps, j'ai cru que toi aussi tu rêvais de cette folie, de ces voyages sans début ni fin, de sillonner le monde. Je pensais que tu avais fini par apprécier autant que moi ce quotidien sans plans, sans train-train, sans habitudes ni quotidien. Je n'avais pas conscience que cette nuit bleue et épicée à Jodhpur marquerait le début d'une tout autre vie. Les mois ont passé, mon ventre s'est arrondi, et plus je nous imaginais parcourir les vastes étendues avec ce bébé, plus je t'ai vu perdre le goût du risque, chercher à planifier, à nous installer. Quand je l'imaginais perché sur mon dos sur les sentiers du Népal, tu me parlais de lui confectionner un lit à barreaux. Quand je me plaisais à rêver de nous trois blottis les uns contre les autres face à un majestueux coucher de soleil, tu n'avais en tête que la chaleur d'un feu de bois dans la cheminée qui autrefois avait réchauffé ton propre père. Le temps a passé, ta raison l'a emporté sur mon insouciance, tu m'as convaincue de rentrer en Angleterre pour accoucher dans les conditions médicales les plus optimales. J'ai donné naissance à Arthur dans une chambre aseptisée et trop éclairée, pourtant agrippée à l'idée tenace que nous serions bientôt de nouveau en voyage.

Mais très vite, j'ai compris que nous n'étions pas revenus que provisoirement. Tu voulais qu'on se marie. Tu voulais que notre fils ait une adresse, une chambre, une bibliothèque, des camarades, une bicyclette dans la remise. Tu voulais lui offrir l'enfance douce dont tu avais toi-même profité, tu voulais lui apprendre à naviguer, à jardiner. J'ai compris. J'ai essayé. On s'est mariés. J'ai accueilli Lizzie à bras ouverts après le drame. On a vécu comme ça des années. Des années à jouer le rôle d'une femme que je n'étais pas. J'ai mis de côté mon addiction à l'adrénaline, j'ai rangé mon sac à dos au placard, je suis devenue Mrs Neil, j'ai appris à faire des gâteaux aux pommes et des rôtis à la sauce gravy.

Tu sais Peter, tout ce temps passé à jouer la parfaite mère de famille, j'ai espéré un jour y trouver mon bonheur. Tout le monde me félicitait d'avoir des enfants si beaux et si bien élevés, d'avoir une maison si charmante et un intérieur si bien tenu. On me complimentait sans cesse, Arthur avait de si beaux yeux bleus, Lizzie avait de si bons résultats à l'école. Aux yeux de tous, j'avais la vie rêvée. Mais c'était le rêve des autres. Et même si je souhaitais plus que tout aimer cette vie, même si le regard de notre fils plongé dans le mien était d'une beauté sans égale, même si tes bras étaient les plus rassurants au monde, je ne pouvais m'en contenter. Je ne pouvais supporter ni cette existence sédentaire, ni ces responsabilités. Je n'avais jamais eu envie de la moindre attache, alors, sans surprise, ce quotidien m'a entravée. J'ai manqué d'air, jusqu'à suffoquer.

Alors non, Peter, je ne reviendrai pas. Je ne suis pas partie sur un coup de tête, ma décision était réfléchie. Mon attitude n'a, certes, pas été celle d'une femme « comme il faut ». Mais l'ai-je jamais été ? Je ne suis digne ni du titre d'épouse, ni de celui de mère. Ni toi ni les enfants n'êtes coupables dans cette histoire. Parfois je me demande quel démon s'est penché sur mon berceau pour que je ne trouve ma paix que loin de ceux qui m'aiment. Peut-être suis-je destinée à une vie de solitude. Notre fils me manque, il me manque atrocement. Mais il est mieux sans moi. Je suis loin d'avoir assez de qualités pour lui dire ce qu'il a à faire. Je ne saurai jamais lui offrir la vie dont tu rêves pour lui.

Peter, tu es encore si jeune. Tu es charmant, intelligent, gentleman, bel homme. J'en suis certaine, tu trouveras une jeune femme qui saura t'aimer sans limite, qui aura dans sa nature cette envie de rester, qui aura la douceur et la stabilité dont je suis dépourvue. Qui sera des plus heureuses dans cette maison en bord de mer. Une femme qui, petit à petit, deviendra la maman rêvée pour Arthur et Lizzie. Une femme qui méritera de vivre à tes côtés, qui te rendra heureux.

Sophie

*

Mai 2017

À peine Emily avait-elle ouvert la boutique le samedi matin qu'elle avait eu hâte de terminer sa journée de travail pour rentrer se replonger entre les pages de *L'Évanescente*. La veille, elle s'était tant et si bien laissée emporter par les pages qu'elle en avait oublié de dîner. Il était environ une heure du matin lorsqu'elle avait atteint la moitié de l'ouvrage et l'avait refermé, terrassée par le sommeil. Bien que les samedis soient de grosses journées pour elle et que les clients aient été nombreux, celui-là lui avait paru interminable tant elle trépignait à l'idée de découvrir la suite de l'histoire. À dix-huit heures trente pétantes, la boutique était prête pour la fermeture, les lumières éteintes et les plantes arrosées, le cahier de comptes à jour, le store baissé et verrouillé. En un rien de temps elle était rentrée chez elle, avait pris une douche et s'était confortablement installée sur le canapé collé à cet affreux mur orange qu'elle rêvait de repeindre en blanc, un mug de soupe dans une main, le livre d'Arthur Neil dans l'autre. Aux alentours de minuit, elle atteignit la page quatre cent quarante et un, celle de l'épilogue, et s'empressa de poser l'ouvrage sur son cœur afin de prendre un moment pour respirer. Elle s'était promis de ne le découvrir que le plus tard possible, pour garder son émotion intacte le lendemain.

Depuis toujours, elle avait adoré les livres. Mais rien ne la décevait plus que d'arriver à l'épilogue. Elle avait fait connaissance avec les personnages au fil des pages, elle avait partagé leurs joies, leurs inquiétudes, leurs rencontres, leurs moments de doute, de retrouvailles… elle avait tout au long des quatre cent quarante premières pages développé un attachement unique pour ces mots, tout en oubliant provisoirement ses maux à elle. Elle avait tenté de les comprendre, elle avait espéré en même temps qu'eux, son cœur avait battu en même temps que le leur, des larmes avaient roulé sur ses joues en même temps que sur les leurs. L'épilogue, à vrai dire, elle l'attendait autant qu'elle le redoutait : il était la mort brutale de toute cette vie, née phrase après phrase, chapitre après chapitre. L'épilogue ressemblait à ce train qui s'en va en emportant les gens qu'on aime, nous laissant seul sur le quai de la gare, à le regarder s'éloigner, les au revoir et les mains qui s'agitent disparaissant petit à petit sans qu'on puisse les rattraper. L'épilogue, c'était le moment où la réalité lui reviendrait en pleine figure, où sa vie, la vraie, la rattraperait instantanément, jusqu'au roman suivant.

Emily caressa la couverture du bout des doigts, pensive. Cette fois-ci, l'épilogue ne marquerait pas pour autant la toute fin de ce moment d'évasion. Le lendemain, le plaisir de sa lecture serait quelque peu prolongé, le rêve durerait exceptionnellement un peu plus longtemps, même si elle ne se faisait pas d'illusion et que, lundi, elle retrouverait le chemin de son quotidien. Demain, dimanche, elle le rencontrerait, face à face.

Emily esquissa un large sourire à cette idée, qui disparut en une fraction de seconde, effacé par une vive décharge d'adrénaline. Jamais elle n'avait rien planifié d'aussi exaltant et terrifiant à la fois, jamais elle n'avait rencontré quelqu'un qui comptait pour elle autant que lui.

Arthur Neil.

Elle avait toujours adoré les livres, elle y avait trouvé un semblant de soulagement après… eh bien, après. Déterminée à tout faire pour ne plus voir sans arrêt les mêmes images défiler devant ses yeux dès qu'elle fermait les paupières, elle avait petit à petit plongé entre les pages de tous les romans à sa disposition, pour essayer de garder la tête hors de l'eau, pour tenter de vivre mille vies les plus différentes possible de la sienne. Elle avait lu des centaines d'ouvrages. Des romans, des contes, des biographies, des essais, des nouvelles, des pièces. Perrault, Zola, Molière, Hugo, Anouilh, Verne, Saint-Exupéry. Elle avait dévoré des milliers de pages, poussée par le besoin irrépressible de toujours avoir une autre histoire en tête que la sienne. Lire les récits des autres, c'était le meilleur moyen qu'elle avait trouvé pour tourner le dos à son effroyable réalité.

*

Les images qu'elle avait toujours souhaité enfouir au plus profond d'elle resurgirent en une fraction de seconde, sans prévenir, comme à leur habitude.

La pluie battante et les essuie-glaces qui vont et viennent sur le pare-brise. Les jolies fraises dans les mains de Jules, la main qui se tend car son estomac gargouille, papa qui dit non et hausse le ton une première fois. L'envie d'en manger une ou deux seulement, Jules qui écarte vivement la barquette pour qu'elle n'en chipe aucune, maman avait bien dit de ne pas y toucher avant d'être rentrés à la maison, elle devait d'abord y piocher les plus belles pour décorer le gâteau avant que tonton et tatie n'arrivent pour le dîner. Papa qui leur dit d'arrêter de se chamailler, on est presque arrivés, on peut tout de même rester sages plus de dix minutes, est-ce que c'est trop demander ? Mais quel mal y a-t-il à ne manger qu'une ou deux fraises ? Emily a tellement faim ! Alors, elle tend une fois encore le bras vers les fruits, et Jules se met à hurler. Papa se retourne et prononce trois mots : « Emily, ça suffit ! » Ce seront ses derniers. Quelques secondes et c'est terminé. Le puissant klaxon du camion qui arrive en sens inverse, le coup de volant, les pneus qui crissent, la voiture qui glisse, puis l'impact, violent, la tête ballottée de gauche à droite, le bruit des vitres qui se brisent. Enfin, le noir total, le silence absolu, le temps comme suspendu. Une absence aussi brève qu'interminable, et soudain, la lumière, de nouveau. Faiblarde mais suffisante pour distinguer les fraises sur le goudron. Les fraises renversées sur le goudron mouillé de pluie et de sang.

*

Emily était jeune, fluette et élancée. Elle avait de longs cheveux d'un blond doré et de grands yeux verts qu'elle maquillait toujours en noir. Enfant, elle avait été espiègle et joyeuse ; elle s'était rêvée bibliothécaire, vétérinaire et même princesse. Mais les rêves de cette petite fille, après cette journée d'automne, après cette barquette de fraises, s'étaient changés en un tableau des plus sombres : dès lors, son unique projet, ça avait été d'attendre le jour où elle trouverait le courage de s'éclipser de ce monde pour ne plus voir pleurer sa mère ou l'entendre lui rappeler à quel point tout était sa faute, ni risquer de croiser dans le miroir le reflet de celle qui lui avait volé son frère, Jules, et son père, Guillaume. La première fois qu'elle avait songé à se suicider, cela avait été quelques jours seulement après les obsèques. Et ces pensées suicidaires ne l'avaient plus jamais quittée, elle avait grandi avec. Elle y avait songé tout en les dessinant lentement, au rasoir, sur ses poignets. Personne ne le savait. Voilà pourquoi elle portait toujours de longues manches qu'elle tirait jusqu'à la paume de ses mains, été comme hiver. C'était sa culpabilité, qu'elle camouflait.

« Mon erreur, mon fardeau. »

Emily avait petit à petit adopté un comportement si distant qu'il frisait l'asocialité : elle ne supportait plus la présence de personne, parce qu'elle ne voulait plus faire partie du quotidien de personne. Renfermée, elle avait sciemment et inlassablement rejeté toute tentative de ses camarades de la fréquenter et n'avait jamais entretenu de relation amicale ou romantique sérieuse. Enfin, à l'exception de ce Dylan qui lui avait fait croire à l'amour le temps de quelques mois quand elle était entrée à l'université, allant jusqu'à lui envoyer des poèmes pendant les cours avant de la plaquer sans explication puis de réapparaître la semaine suivante au bras d'une autre, la laissant plus convaincue encore qu'elle ne méritait l'amour de personne.

Un après-midi de septembre, alors que, les yeux rougis par les larmes, elle pensait enfin avoir trouvé la force et le moyen d'arriver à ses fins, ou plutôt, à *sa fin*, elle avait trébuché sur un livre, dans les couloirs déserts de sa fac de langues. C'était *Le Décompte*, d'Arthur Neil. Un livre comme un autre, de prime abord. Les coins cornés, un marque-page, mais pas de nom à l'intérieur ni d'étiquette de bibliothèque, et personne autour. Un livre perdu. Un livre qu'elle avait ramassé et feuilleté, par curiosité. C'est alors que son regard s'était posé sur cette phrase qui resterait à jamais gravée dans sa mémoire : « Il n'y a de plus grand courage que de rester en vie lorsque notre plus puissant désir consiste à y mettre fin. »

Sans ce livre, deux heures plus tard, elle aurait mis son plan à exécution.

Ce jour-là, Arthur Neil, un auteur qu'elle n'avait jamais lu auparavant, l'en avait empêchée. Elle s'était reconnue dans chacun de ses mots. Secouée par ce message du hasard, elle avait gardé l'ouvrage et l'avait dévoré le soir même, éprise de son écriture, plus émue que jamais devant tant de justesse, chamboulée par le sentiment que ce texte lui était comme adressé, telle une bouée de sauvetage lancée juste avant la noyade. Au travers de ses pages, elle avait compris que, quelque part sur cette Terre, quelqu'un d'autre éprouvait le manque atroce qu'elle avait cru insurmontable. Elle qui était brisée, qui étouffait sous le poids de ses souvenirs tranchants, elle dont le cœur saignait sans cesse depuis des années, qui pensait sombrer sous les flots du chagrin, avait trouvé un écho. Pour la première fois ce jour-là, elle n'avait plus souhaité mourir, alors que jamais elle n'en avait été si proche. Comme si l'auteur l'avait connue depuis toujours, comme si les mots avaient été choisis précisément pour elle. Ce livre lui avait sauvé la vie.

Les années avaient passé, et lentement mais sûrement, elle avait tenté de se reconstruire, de bâtir plutôt que de détruire. Elle avait compris qu'elle ne pouvait plus vivre dans cette maison qui lui rappelait tant Jules et son père et dans laquelle elle s'attendait, machinalement, à les croiser, comme avant. Arthur Neil, un jeune auteur anglais dont la carrière était florissante, était devenu à ses yeux bien plus qu'un nom sur la couverture d'un livre. Il vivait à des milliers de kilomètres, mais elle se sentait proche de lui comme de personne. C'était une relation à sens unique, certes, mais pas moins authentique pour autant. Cet homme dont elle ignorait tout l'avait sauvée sans même en avoir conscience, il lui avait redonné le goût de se battre pour au moins essayer d'oublier. Quelquefois, ses éternels *happy endings* lui avaient même redonné l'espoir que, peut-être, un jour, ses cicatrices ne la feraient plus souffrir. Non seulement elle l'admirait, mais aussi, elle lui était redevable.

Son cœur battait fort, très fort. Trouverait-elle le courage, le lendemain, de lui dire ce que, sans le savoir, il avait fait pour elle ? Depuis qu'elle avait noté la date de la dédicace dans son agenda, Emily cherchait les mots qu'elle pourrait prononcer pour le remercier, mais sans jamais y parvenir. Comment pourrait-il comprendre ? Il ne la connaissait ni d'Ève ni d'Adam, il n'avait pas la moindre idée de quoi était faite son histoire à elle, peut-être bien qu'il n'en aurait rien à faire, d'ailleurs. Pourtant, demain, ce serait peut-être la seule et unique occasion qu'elle aurait d'échanger quelques mots avec cet auteur qui ne se rendait que très rarement dans les salons. Elle devait saisir cette opportunité sous peine de le regretter toute sa vie. Peu importe quels mots elle prononcerait, en fin de compte, tant qu'elle parvenait à lui dire au moins un simple « Merci ».

Emily ne résista pas plus longtemps et entama avec autant de regrets que d'impatience l'épilogue de *L'Évanescente*. C'est ainsi qu'elle vit sous ses yeux défiler un homme amoureux mais contraint de regarder celle qu'il aimait s'envoler vers New York avec leur petite fille, un couple d'amoureux qui emménageait dans un appartement près de la marina de Brighton, une certaine Mrs Abbotts qui gagna le premier prix au concours de la maison la plus fleurie et un inspecteur de Scotland

Yard qui épousa celle qu'il aimait depuis des années dans une chapelle à Venise. Emily referma doucement le livre tandis que quelques larmes d'émotion roulaient sur ses pommettes, pencha sa tête en arrière, ferma les paupières et sourit. Ce roman était sans nul doute l'un des plus beaux de tous ceux qu'elle avait lus d'Arthur Neil. Demain, au salon du livre de Genève, elle pourrait le remercier pour ces petits bonheurs et les instants d'évasion absolue qu'il lui permettait de vivre à travers ses mots.

5

Juin 1991

Sophie,

J'ai reçu ta dernière lettre il y a quelques jours, il m'a fallu du temps pour essayer de comprendre tout ce que j'ai pu y lire.

Tu me dis que tu as passé des années à vivre avec nous une vie qui n'était pas la tienne. Pourtant, souviens-toi : nous avions tous les deux choisi cela. C'est vrai, lorsque nous nous sommes rencontrés, tu ne tenais pas en place, et c'est vrai, ce qui m'a plu chez toi, c'est cet appétit de l'aventure que je n'avais jamais éprouvé moi-même. Cela t'a rendue fascinante à mes yeux, jamais je n'ai souhaité te couper les ailes. Mais à te lire, c'est à croire que la naissance d'Arthur t'a dépossédée de ta liberté. C'est faux et c'est injuste pour lui, te rends-tu seulement compte de ce que tu m'as écrit ? As-tu oublié ? Il est arrivé par surprise, et toi et moi nous avons accueilli cette nouvelle avec étonnement mais aussi avec la certitude que nous souhaitions le garder. Tu savais tout autant que moi que cet enfant changerait notre vie, mais pour le meilleur.

Je ne t'ai pas contrainte à abandonner tes passions pour devenir une parfaite ménagère. Jamais cette idée ne m'a traversé l'esprit, pas une seconde je n'ai souhaité te priver de ce qui te faisait vibrer. Ce quotidien plus calme, ce désir de lui offrir une vie stable quelques années au moins, nous en avions discuté longuement. Tu sembles l'avoir totalement occulté, mais tu étais d'accord. Ce bébé, tu voulais lui offrir du confort, toi aussi. Tu pensais autant que moi qu'il nous faudrait freiner un peu nos projets de voyage, et cela s'est confirmé lorsque Lizzie est entrée dans notre vie, bien que cela non plus n'ait pas été prévu. Mais c'est cela, aussi, vivre, Sophie. Les imprévus, l'inconnu. Faire front, se dire que tout arrive pour une raison. C'est vrai, nous n'avions pas vraiment imaginé notre vie de cette manière, c'est vrai, les levers de soleil à la fenêtre de notre chambre n'ont rien de ceux que nous admirions jadis sur les hauts plateaux du Vietnam. Mais nous n'avions pas tiré un trait définitif sur tout cela, il ne s'agissait que d'une pause le temps de prendre soin de ces enfants dont la présence n'avait certes pas été planifiée mais qui inondait nos cœurs d'amour. Comment as-tu pu oublier tout cela ?

Tu invoques ce besoin de liberté comme seul motif de ton départ. Je ne peux pas y croire. Nous étions heureux, Sophie. Tous les quatre, avec les enfants. Je ne peux imaginer une seconde que tu jouais la comédie, je ne peux me résigner à croire que j'ai passé ces cinq années avec une étrangère. Je voyais l'amour dans tes yeux quand Arthur se blottissait contre toi, je voyais ces petites larmes de bonheur quand tu respirais son odeur comme si c'était la drogue la plus addictive possible. Je voyais ta fierté quand tu surprenais Lizzie s'inventer de joyeuses histoires dans le jardin avec ses poupées, toi qui t'étais fait un devoir d'accrocher des sourires sur son visage dès la minute où nous lui avions annoncé la mort de ses parents. Tes émotions n'étaient pas travesties. Ne me mens pas. Des gens faux, j'en ai connu des tas, tu n'es pas ce genre de personne. Je te connais. Et je ne te crois pas.

Il est vrai que tu n'as jamais été le genre de maman qui rêvait de préparer des gâteaux ou de faire de la couture. Je sais mieux que quiconque que tu savourais bien plus les longues soirées à montrer des photos de nos précédents voyages aux petits en leur racontant qu'un beau jour nous pourrions les emmener découvrir ces incroyables horizons à leur tour. Tu leur racontais des histoires de pirates avides et sanguinaires pour qu'ils s'endorment tandis que d'autres mamans leur auraient raconté de doux contes pour les tout-petits. Et alors ? Ils s'endormaient quand même ! Avec en tête des rêves de voiliers, de perroquets bavards et de merveilleux trésors. Ils en ont toujours redemandé. Ils te regardaient comme une héroïne, parce que tu portais de longues robes et ton large ceinturon de cuir, parce que tes cheveux bruns étaient les plus longs qu'ils aient jamais vus, parce que quand les mamans de leurs camarades de classe s'affairaient en cuisine, toi, tu coupais du bois avec moi dans le jardin ou penchais ton corps élancé sur nos carnets de voyage, impatiente d'entreprendre le suivant. Ils te dévoraient des yeux, remplis de fierté et d'admiration tant tu étais différente, tant ta démarche semblait celle d'un cygne qui glisse sur l'eau, tant tes cils étaient noirs et ton regard sorti d'un conte des mille et une nuits, contrastant gracieusement avec ta peau claire et rosée. Tu n'as jamais rien eu du cliché de la mère de famille. C'est ce qui te rend si unique et si irremplaçable. Ils t'aimaient éperdument. Tout comme moi.

Tu leur as tant apporté à tous les deux, comment peux-tu m'écrire que tu n'étais pas toi-même ? Tu leur as donné tant d'amour, penses-tu vraiment que l'on puisse duper des enfants ? Tu as toujours été une mère exceptionnelle, Sophie. Pas commune, c'est vrai. Mais pas moins apte à les couvrir d'amour. Ne cherche pas à me convaincre du contraire. Comment peux-tu m'écrire que les enfants sont mieux sans toi ?

« Ni toi ni les enfants n'êtes coupables dans cette histoire. Parfois je me demande quel démon s'est penché sur mon berceau pour qu'à l'aube de mes trente ans je ne trouve ma paix que loin de ceux qui m'aiment. »

Plus que tout le reste, ce sont ces phrases que je ne comprends pas. De quelle « histoire » et de quelle culpabilité parles-tu ? Pourquoi choisis-tu le mot « paix » plutôt que celui de « bonheur » ? Quelle est donc cette paix que tu es partie chercher si loin ? Qu'as-tu fui Sophie ? Pourquoi, ou à cause de quoi es-tu partie ? Je ne peux croire encore à ta soif d'aventure. Tu me dis toi-même qu'Arthur te manque atrocement. Je sais que tu aurais tout fait pour les enfants. Et par-dessus tout, je sais que jamais tu n'aurais voulu les abandonner. Sophie, ne me mens plus. Je sais qui tu es. Je t'aime, je te connais par cœur. Parle-moi sans crainte, laisse-moi t'aider. Retrouvons-nous et affrontons cette épreuve ensemble, comme nous l'avons toujours fait.

Il ne se passe pas une nuit sans qu'Arthur t'appelle dans son sommeil. Quatre mois, quand on a cinq ans, c'est un siècle. Il me demande sans cesse ce qu'il a fait pour que tu t'en ailles, j'ai beau lui répondre qu'il n'y est pour rien et que tu l'aimes très fort, il ne comprend tellement pas ton départ qu'il s'est convaincu qu'il en est responsable. Je lui répète sans cesse qu'il a tort, que tu vas revenir bientôt. Je ne suis pas certain qu'il me croie, cela dit. Et Lizzie, ma foi... on me dit qu'elle est très dissipée en classe, et même ici, elle semble souvent ailleurs. C'est en quelque sorte la deuxième fois qu'elle perd sa maman.

N'oublie pas que nous attendons tous les trois ton retour,

Peter

*

Mai 2017

Arthur et Philip réglèrent la note après s'être rempli la panse d'une authentique tartiflette pour l'un et d'un délicieux steak tartare pour l'autre. Ils avaient terminé leur déjeuner par une glace à l'italienne qu'ils dégustèrent tout en flânant de nouveau sur les rives du bord du lac. L'air n'était ni trop chaud ni trop frais. Quelques bateaux à voile voguaient calmement sur l'eau, comme bercés par le vent doux. Une jeune femme enceinte caressait son ventre rond, un sourire aux lèvres, tandis que son compagnon la prenait en photo. Une petite bourrasque fit virevolter l'une des mèches brunes de la future maman et l'homme approcha d'elle pour dégager doucement les cheveux de son front. Le regard d'Arthur s'attarda quelques secondes sur ce geste qu'il trouva aussi simple que beau. Il nourrissait son imaginaire de ces instants volés, il avait depuis son enfance cette habitude d'observer les gens et de gorger son esprit de certains détails, c'était ce qui l'inspirait, c'était ce qui faisait son talent. C'était aussi ce qui serrait son cœur si souvent. L'espace d'un instant, il fut jaloux de cet homme. Le bonheur des autres s'étalait à sa vue, mais il ne pouvait savourer le sien qu'à travers ses textes. De jolies images sorties tout droit de son imaginaire qu'il se plaisait à visualiser avec passion mais qui s'évanouissaient invariablement et irrémédiablement, tout insaisissables qu'elles étaient.

Sa relation la plus stable était sans nul doute celle qu'il entretenait depuis son enfance avec Philip. Côté cœur, il n'y avait eu qu'Anna. Anna, cette femme qui lui avait fait croire au grand amour pendant trois ans et lui avait fait le plus beau cadeau au monde, avant de mettre les voiles du jour au lendemain, « lasse de vivre aux côtés d'un artiste torturé », lui avait-elle dit avant de boucler sa valise et celle de Hayley pour partir vivre à New York. Partie. Sans crier gare, sans discussion, sans qu'il puisse l'en empêcher.

Comme sa mère.

À croire qu'il avait été destiné à voir fuir toutes les femmes de sa vie sans jamais pouvoir les retenir.

Philip, trop occupé à lécher la crème glacée qui lui dégoulinait le long du poignet, était bien loin de se douter des états d'âme de son ami.

*

Il fut bientôt quinze heures. Pendant deux heures encore, Arthur était un parfait inconnu au profil banal, dans cette ville qui voyait passer chaque année des milliers de visages. Pendant deux heures, il était encore Arthur, juste Arthur, celui qui redoutait tellement les voyages en solo qu'il avait fait appel à celui qu'il surnommait son *frère* pour ne pas se retrouver dépourvu de tout repère loin de son appartement au-dessus du Guildhall, bien que la présence d'un attaché de presse ne soit pas indispensable pour un sou à ce genre d'occasion. Son éditeur avait insisté pour qu'il fasse au moins une séance de dédicaces au salon du livre de Genève, un événement important sur la scène littéraire francophone. Arthur Neil était adulé par des millions de lecteurs à travers le monde, tout particulièrement en France, puisqu'il avait lui-même un lien fort avec ce pays d'où venait sa mère, mais il se faisait si rare auprès de son public que sa cote de popularité avait besoin d'un petit coup de boost ; un auteur accessible était un auteur plus apprécié encore, lui avait-on répété. Le côté mi-timide, mi-misanthrope d'Arthur Neil avait beau lui donner le charme décalé et caractéristique des artistes, venir à la rencontre de son lectorat une fois de temps en temps, ça faisait du bien à son image, avait rappelé Philip.

Depuis qu'Anna était partie un matin d'hiver, lui volant au passage le bonheur de serrer Hayley dans ses bras chaque jour, il était terrifié à la simple idée de se sentir seul. Il avait mis une éternité à se remettre de cette séparation, et son dernier roman, *L'Évanescente*, avait constitué sa thérapie. Il avait eu beau tenter pendant longtemps de poursuivre sa vie en allant de l'avant, sans regarder en arrière, parce qu'il était encore très jeune et que des femmes, il y en aurait d'autres, comme le lui avait dit sa sœur, rien n'y avait fait. Quand il essayait de se concentrer sur d'autres projets, son esprit se mettait systématiquement à vagabonder pour en revenir à Anna. Anna et ses cheveux noirs, Anna et ses grands yeux ébène, Anna et son odeur suave de vanille, Anna et ses longues mains qui couraient sur son appareil photo dès le petit matin alors qu'elle n'était encore qu'à demi vêtue. Arthur était de ces hommes transis qui en oublient presque de vivre lorsque leur cœur s'éprend.

Anna avait été sa muse dès le jour où il l'avait découverte, de dos, au comptoir de ce pub à Cardiff, alors qu'il était parti chercher l'inspiration loin de chez lui. La première fois qu'il l'avait vue, ça avait été aussi fascinant qu'une scène au ralenti dans un vieux film. Il faisait noir au-dehors, et dedans, il y avait de la fumée, un assourdissant brouhaha mêlé de grosses voix et de verres qui s'entrechoquent, une odeur de bière et de cigarette. Et face à lui, cette silhouette parfaite surgie de nulle part. La vue d'Arthur s'était troublée, cela avait été comme si la lumière n'avait éclairé qu'elle et personne d'autre. Elle, si frêle et si féminine parmi tous les hommes bourrus accoudés au bar qui ne manquaient pas de lui jeter des regards aussi moqueurs que captivés. Elle avait tout pour plaire et pour intriguer.

Arthur était entré et avait donc posé les yeux sur cette « apparition » et sa robe noire dos nu qui tranchait avec la blancheur de sa peau. Lorsqu'elle s'était tournée et l'avait dévisagé à son tour, il avait compris que cette rencontre changerait le cours de son existence. Les yeux revolver, comme on dit.

C'était elle qui avait fait le premier pas. Et Arthur s'était imaginé passer le reste de sa vie à ses côtés, fasciné par son tempérament impulsif, son audace, sa soif de gravir les échelons et d'obtenir tout ce dont elle rêvait sans faire de concessions. Anna était une femme au charme que seule égalait son intelligence. Ils avaient vécu ensemble des semaines de passion qui bientôt s'étaient transformées en neuf mois durant lesquels il avait observé, aussi stupéfait qu'émerveillé, le fruit de cet amour grandir en elle.

Et puis, un matin de décembre, emportant ce qu'il avait de plus précieux, à savoir sa fille et le délicieux sentiment de vivre auprès d'elles, Anna était sortie de sa vie après trois années d'amour, aussi fougueusement qu'elle y était entrée.

L'Évanescente, c'était elle. Oh, Arthur Neil était un auteur de talent, et il avait eu la chance, grâce à Philip, d'être repéré très tôt par Ashton & Co., l'un des plus gros éditeurs britanniques, qui avait vu en lui la star de la nouvelle génération littéraire. Ses ouvrages s'étaient toujours très bien vendus, les gens s'étaient passionnés dès le premier roman pour sa plume aussi précise qu'accessible et ses récits qui vous emportent le cœur dès les premières pages. Le premier, paru en 2011, s'était vendu à plus de 500 000 exemplaires à travers le Royaume-Uni, un succès immédiat qui lui avait valu d'être très rapidement traduit alors qu'Arthur n'était encore âgé que de vingt-cinq ans. Mais *L'Évanescente*, c'était certain, connaîtrait un succès plus vaste encore, Phil n'en doutait pas. Parce qu'Arthur y avait épanché son cœur comme jamais il ne l'avait fait auparavant et qu'au-delà de l'imaginaire, il y avait déversé son amour, sa peine et ses tripes. Anna appartenait désormais à son passé, Arthur le savait. Pourtant, même à des milliers de kilomètres d'elle, elle continuait de l'inspirer, et dans son malheur et son incompréhension, cette rupture qu'il avait jugée brutale avait propulsé son talent sur des chemins qu'il n'avait encore jamais empruntés. Bousculé par cette idylle qu'elle lui avait volée aussi vite qu'elle la lui avait offerte, il avait signé là son plus beau texte. Ce livre que les gens dévoreraient avec plus d'entrain encore que les autres avait été sa façon à lui de tourner la page, avec deux ans de différé.

Dans deux heures, il lui faudrait faire l'impasse sur le déchirement qui l'avait inspiré et afficher un air ravi devant les très nombreux lecteurs qui se précipiteraient au salon du livre pour l'apercevoir de leurs propres yeux et échanger quelques mots avec lui. Faire bonne figure, ne pas oublier la chance qu'il avait de rencontrer tant de succès, se focaliser sur le plaisir qu'il transmettait à ses lecteurs bien qu'il ne soit pas parvenu à l'atteindre dans sa propre vie. Encore deux heures et ils lui adresseraient de larges sourires en ajoutant des « j'aime beaucoup ce que vous faites » et des « ça me fait très plaisir de vous rencontrer ». Il répondrait des « de même », des « merci » et des « à bientôt », évitant de dévoiler un seul brin de son existence solitaire et de ses blessures présentes et passées. Encore deux heures avant de voir défiler devant sa table de dédicace des dizaines de personnes qui le salueraient mais dont il ne se rappellerait ni le nom ni le visage. Seulement deux heures et il serait quelqu'un d'autre, sans vraiment en avoir décidé.

6

Août 1991

Peter,

Je vais bien. Merci de m'avoir donné un peu de nouvelles des enfants. Je suis désolée pour Lizzie... Mais elle est encore toute jeune, elle m'oubliera vite.

Je veux juste te rassurer : je n'ai rien fui. Mes mots dans le courrier précédent étaient certainement mal choisis. Ne sois pas suspicieux, je suis bien là où je suis.

Oublie-moi Peter. Notre histoire n'a pas d'avenir, je t'assure. Tu n'aimes que le souvenir d'une femme qui n'existe plus, ou qui n'a jamais existé. Je ne suis pas celle que tu crois, voilà pourquoi cette lettre sera la dernière. Je ne veux plus en écrire, ce que je veux, c'est que les enfants et toi, vous m'oubliiez, que vous appreniez à vivre sans moi.

Arthur grandira, un beau jour il prendra confiance en lui, il décrochera un job qui lui plaira, et puis il se mariera avec une femme merveilleuse, je n'en doute pas une minute. Et Lizzie aura besoin de beaucoup d'amour avant de pouvoir voler de ses propres ailes, c'est vrai, mais je ne doute pas que

tu lui en donneras assez. Quant à toi, chasse de ta mémoire le souvenir de mon visage, tourne la page et réinvente-toi une vie belle et heureuse avec une autre. Ne te soucie pas de moi. Notre histoire est terminée, Peter, je ne reviendrai pas.
Adieu,
Sophie

*

Mai 2017

Emily s'était endormie à plus de minuit et sa nuit avait été entrecoupée de multiples réveils et de rêves étranges. *Qu'est-ce que je vais bien pouvoir lui dire ? Est-ce vraiment une bonne idée que j'y aille ? Quel intérêt si je n'arrive pas à lui parler, au bout du compte ?*

Elle avait rêvé à une promenade en bord de mer, au moment où le soleil se couche, quand on ne sait plus où s'arrête le ciel et où commence l'horizon. Il lui semblait que quelqu'un lui prenait la main doucement, et au moment où elle se retourna pour voir le visage de cet inconnu, tout s'évanouit autour d'elle ; le sable sous ses pieds, l'écume qui léchait la plage, l'air chaud des soirées d'été. De cette main qui avait tendrement saisi la sienne, il ne resta plus rien, tout fut balayé en un rien de temps par un souffle froid, un bruit de pneus qui crissent suivi de celui du verre qui se brise et de la carrosserie qui dérape sur le bitume. Et les fraises renversées. Elle s'éveilla avec des frissons qui couraient le long de son dos.

La dédicace avait lieu à dix-sept heures. Le salon du livre et de la presse de Genève, elle n'y était encore jamais allée, mais c'était un événement qui attirait chaque année environ 100 000 personnes et rassemblait des auteurs de tous horizons, dont certains connaissaient un succès international. On était donc bien loin d'une rencontre intimiste avec les auteurs, et bien qu'elle ait appris des années durant à se faire discrète et à passer inaperçue, aujourd'hui pourtant, elle n'avait pas envie de n'être qu'un visage parmi tant d'autres. Cette rencontre, elle l'attendait autant qu'elle la redoutait. Au plus profond d'elle, elle ressentait le besoin irrépressible de dire sa reconnaissance à Arthur Neil, tout en sachant que trois minutes à se faire dédicacer un roman n'y suffiraient pas. Emily savait pertinemment que sa satisfaction de le voir et de le remercier serait immanquablement accompagnée de la frustration de ne pouvoir lui exprimer pleinement sa reconnaissance. Il y aurait du monde, beaucoup de monde, elle n'aurait ni le temps, ni les mots.

7

Octobre 1991

Sophie, mon amour,
J'ai mis du temps à trouver le courage de t'écrire encore. Ta dernière lettre m'a laissé sans voix, mais pas sans angoisse. Moi qui depuis ton départ conservais un semblant d'espoir que tout cela ne soit bientôt qu'un lointain souvenir, je n'y ai pas trouvé le moindre sentiment, tu parlais comme si ton cœur était éteint.
Comment pourrions-nous t'oublier ? Comment pourrais-je seulement envisager de refaire ma vie sans toi ? Ta lettre se termine par un « adieu ». Comme si elle sonnait une mort imminente. Cet adieu m'a glacé le sang. Un au revoir, ça fait mal, mais que dois-je penser d'un adieu ? Que dois-je comprendre ? Est-ce là une manière de m'annoncer que tu songes à mettre fin à tes jours ? Tu n'es plus ici, avec nous, mais je sais que tu vis, je le sais et j'en ai besoin pour survivre moi-même. Tant qu'il y a de la vie, il y a de l'espoir, dit-on, et moi je ne veux pas cesser d'espérer ton retour. Parce que je t'aime. Et que jamais je n'en aimerai une autre comme je

t'ai aimée toi. Non, nous ne t'avons pas oubliée, et non, je ne veux pas que les enfants essaient d'oublier. Bien que, il est vrai, par la force des choses, nous ayons petit à petit appris à vivre sans toi. Tout a changé. Six mois déjà que tu n'es plus là. C'est une éternité, Sophie.
Lizzie semble avoir perdu la notion du temps, elle me demande chaque jour si on sera bientôt ce soir, si je sais quand tu reviendras. Parfois même, elle me dit : « Tu sais papa, hier, quand maman est partie, je lui avais fait un dessin, je vais le lui donner quand elle reviendra. » Et tous les soirs elle me montre cette feuille de papier qui commence à être cornée et usée, puisqu'elle la replie et la remet systématiquement sous ton oreiller. Elle a dessiné au feutre quatre personnages. Au-dessus d'un des deux grands, elle a mis une flèche et écrit un « maman » entouré d'un cœur. Un dessin de petite fille, tout simple, celui de sa famille. Mais tu le sais aussi bien que moi, ce « maman » a une valeur inestimable quand on sait ce qu'elle a traversé. Seulement, tous les autres dessins qu'elle fait depuis ton départ sont au crayon de papier. Les couleurs ont disparu. Le soleil aussi.
Et Arthur... Il ne mentionne plus ton nom. Je n'aime pas la manière dont il change. Il se comporte comme un grand, passe son temps à faire ses devoirs, aider sa sœur et griffonner dans des carnets qu'il m'a interdit d'ouvrir. Il fait tout pour ne pas avoir à parler de toi. Il se montre fort, parfois même dur. Il lui arrive de me demander de lui parler « d'homme à homme ». Il y a quelques jours, il a voulu savoir ce qu'il y avait après la mort. Je me suis souvenu de

cette conversation qu'on avait eue toi et moi, cette fois où tu ne trouvais pas le sommeil et où nous avions profité de notre nuit blanche pour refaire le monde. Je me suis souvenu de ton désir profond de ne pas diaboliser la mort ni de l'enjoliver. « Ni tourment ni paradis », tu avais dit. Alors, Arthur, je lui ai parlé de cette bougie, de la flamme qui est soufflée, qui ne va nulle part. Il a semblé apaisé, à croire qu'il est fait sur le même moule que toi.
Mais tu sais, ses questions me préoccupent. J'ignore s'il t'en veut ou bien s'il te croit morte. Je ne leur ai pas dit que je corresponds parfois avec toi, mais je n'ai pas soulevé non plus une seule fois l'idée que tu puisses être morte. Peut-être se pose-t-il des questions à propos de Steve et Lynn ? Penses-tu que je doive lui en parler ? Je suis perdu. Toutes ces questions essentielles, toutes ces problématiques de parents, c'est avec toi que je m'étais toujours imaginé y répondre…
Je ne sais quel mal te ronge, mais sache que ton départ a changé des tas de choses dans cette maison comme dans mon esprit. Mes rêves se sont ternis jusqu'à s'effacer, à quoi bon encore rêver si cela revient à ne pas être à tes côtés ? Lorsque je me projette dans l'avenir, je ne vois qu'une pièce froide et vide, où le son de ta voix et la douce odeur de ta peau ne seraient plus que des souvenirs. Tu me manques atrocement.
Je t'aime, je ne sais plus comment te le dire pour que cela te fasse songer à revenir. Je t'aime comme au premier jour. Reviens et j'oublierai tout, je te le promets. Cette vie sans toi n'a aucun sens, tout cela

a déjà bien trop duré. Reste en vie, et reviens-moi, Sophie. Je t'en supplie.
Peter

*

Mai 2017

Arthur arriva à Palexpo accompagné de Phil peu avant dix-sept heures. Sitôt sorti du taxi, il fut accompagné par un membre du service sécurité et entra dans le bâtiment bien loin de la porte principale. Ici, il n'était plus du tout anonyme, son visage était connu de tous et attirait immanquablement les regards. La libraire qui gérait le stand dans lequel se déroulerait la dédicace, une quarantenaire à l'allure sportive et aux très longs cheveux châtains qui portait un badge avec le logo de son enseigne avec son prénom « Amélia », les salua avec un air aussi ravi que pressé. Elle lui demanda s'il était prêt sans vraiment attendre de réponse et lui annonça qu'à vue de nez, il y avait déjà à peu près deux cents personnes qui faisaient la queue devant sa table. Arthur sourit – nerveusement – cette information avait suffi à lui déclencher une vive bouffée d'adrénaline. De tempérament discret, il ne s'était jamais habitué à attirer autant de monde ni d'attention – d'où le fait qu'il ait toujours cherché à esquiver les dédicaces. Il songea pour la centième fois ce jour-là à ce charmant café-livre, le *Steep Street*, à Folkestone, où il avait l'habitude de venir écrire tôt le matin. Elles lui semblèrent soudain à des années-lumière de lui, ses matinées seul avec lui-même, les mains posées sur le clavier, son carnet de notes et une grande tasse de *mocha latte* à côté, bercé par le doux chahut des discussions et des cuillers. Là, tout de suite, il aurait payé cher pour s'y téléreporter et oublier les dizaines de regards qui se poseraient sur lui à la seconde où il entrerait dans le hall d'exposition. Ses yeux reflétaient son inquiétude. Phil posa sa main sur son épaule, comme il avait l'habitude de le faire.

— Fais-leur confiance, vieux. Tu illumines leurs moments de lecture, laisse-les donc te rendre la pareille. Je reste dans le coin.

*

Lorsqu'Emily entra dans l'immense bâtiment, elle se sentit minuscule. L'endroit était aussi vaste que bondé. Le brouhaha de milliers de lecteurs passionnés traduisait avec force leur impatience de rencontrer leurs auteurs favoris et de découvrir de nouveaux ouvrages. Ce dimanche-là, il y aurait le sympathique chef triplement étoilé Pierre Gagnaire qui dédicacerait son nouveau livre sur la scène gastronomique, mais aussi Fred Vargas, la reine du rompol, et bien sûr, Arthur Neil. Il faisait chaud, ça sentait le papier neuf, c'était le rendez-vous des amoureux des mots, tout le monde était en ébullition. Emily avait projeté d'arriver une heure environ après le début de la dédicace, espérant naïvement pouvoir le rencontrer lorsque la foule se serait un peu dissipée et, peut-être, disposer d'un peu plus de temps pour échanger avec l'auteur, quoiqu'elle ne soit toujours pas parvenue à organiser ses pensées ni à trouver quels mots employer.

À peine eut-elle atteint l'étage où devait déjà avoir commencé la dédicace d'Arthur Neil que des dizaines de personnes se regroupèrent, la bousculant sur leur passage. Autour d'elle se précipitait une multitude de passionnés de tous âges, tenant à bout de bras le nouvel ouvrage du chef Gagnaire. Le si sympathique cuisinier aux cheveux blancs et au charmant sourire venait d'arriver avec un certain retard dans son stand pour faire une démonstration culinaire avant de commencer sa dédicace. Lorsque le mouvement de foule se fut un peu dissipé, Emily distingua, à quelques dizaines de mètres de là, la zone où Arthur Neil devait déjà être en train de signer. L'infinie file d'attente devant en disait long. Quelques employés du salon l'arpentaient d'ailleurs pour distribuer des feuillets. Elle y était presque. Encore quelques minutes seulement et elle le verrait de ses propres yeux, enfin.

Elle rejoignit la file à son tour, serrant contre elle son exemplaire de *L'Évanescente*, et le cœur de la jeune femme s'emballa, caché sous le noir profond de son cardigan dont elle ne manqua pas de tirer les manches le plus possible, d'un geste automatique.

8

Décembre 1991

Sophie,

Es-tu en vie ?

J'espérais une réponse à la lettre que je t'ai envoyée il y a deux mois, mais rien. Vas-tu vraiment arrêter de m'écrire ? Cette adresse à Monterrey est-elle encore seulement valable ? Je me pose tant de questions, je me fais tellement de souci. Et je ne comprends toujours pas ton départ.

Nous venons de voir tomber les premières neiges sans toi, sans maman. Plutôt qu'une journée magique, celle-ci aura été comme un jour de deuil. Ce soir avant le dîner, nous avons ouvert ensemble l'album photo des années précédentes, c'est Lizzie qui l'a rapporté dans le salon lorsqu'elle a vu les premiers flocons commencer à tomber. Quand la page s'est tournée sur celle de l'année dernière, que Brad avait prise et où nous avions tous posé dans le jardin enneigé, elle s'est mise à sangloter sans pouvoir s'arrêter. Arthur, tout petit qu'il soit encore, l'a prise dans ses bras et m'a lancé un

regard noir qui disait : « Jamais tu n'aurais dû la laisser voir ça. »
Liz est en effet de plus en plus fragile, elle a beaucoup maigri. Le médecin m'a mis en garde et lui a prescrit un médicament pour l'aider, mais je ne peux pas dire que cela suffise. Le pire étant qu'elle ne parle plus. Depuis un mois environ, les mots ne viennent plus. On en a presque oublié le son de sa voix. Elle s'est enfermée dans un petit monde à elle d'où personne ne réussit à la sortir. Je l'ai emmenée chez un psychologue, puis chez un psychiatre. On m'a dit qu'elle était en « dépression induite par un syndrome de stress post-traumatique », suite aux différents chocs qu'elle a subis en si peu de temps. Une dépression, Sophie ! Elle n'a même pas dix ans, c'est un peu tôt pour avoir perdu ses deux parents et sa maman d'adoption.
Arthur lui parle beaucoup, depuis peu il a d'ailleurs décidé de dormir dans la chambre de sa sœur, pour qu'elle n'ait pas peur la nuit. Je ne sais pas si elle lui parle, en tout cas, aussi jeune qu'il soit, il la comprend. Souvent, elle n'a qu'à faire un geste pour qu'il lui apporte ce dont elle a besoin. Il prend son rôle très au sérieux. Lui qui sait lire depuis plusieurs mois à présent, il se plaît de plus en plus à écrire, il m'a d'ailleurs demandé un nouveau carnet, spécifiquement pour y écrire ; je lui ai offert une reliure vierge avec une couverture en cuir, il y écrit chaque jour, entre deux dessins, c'est aussi fascinant qu'inquiétant je dois dire. Il est aussi fougueux que remonté lorsqu'il le saisit pour écrire, comme si c'était un besoin urgent, comme si la colère et la tristesse prenaient

subitement possession de tout son petit être et qu'il ne pouvait rien faire d'autre qu'épancher son cœur sur le papier. Cela semble cathartique et je suis soulagé que, d'une certaine manière, il ait trouvé un moyen de ne pas contenir ce trop-plein d'émotions, car le dessin ne lui suffisait vraiment plus. Mais du haut de ses cinq ans, il ressemble étrangement à un petit adulte. Il grandit vite, bien trop vite, depuis que tu es partie. Il ne devrait pas. Ce n'est pas juste.

Et moi, je ne sais plus si je suis un bon père. Je me demande même qui je suis, si je t'ai fait du mal sans m'en rendre compte. Si j'ai oublié de te regarder, si j'ai oublié de t'aimer comme toi tu l'aurais voulu. Pourquoi serais-tu partie, après tout, si je t'avais donné ce dont tu avais besoin ?

Il m'arrive de plus en plus souvent de prendre la mer l'après-midi, pour aller vider toutes ces pensées sordides qui me viennent. J'ai peur que tu sois morte, j'ai peur que les enfants aillent trop mal, j'ai peur que tu ne reviennes jamais et que je ne puisse rien faire pour les rendre heureux. Nous sommes tous brisés et je perds pied. Je n'ai plus goût à rien. Je t'aime et cet amour me ronge. Il y a une lame enfoncée loin dans mon âme, qui me torture chaque soir quand je retrouve ces draps dans lesquels je ne devrais pas me glisser sans toi. Je saigne de ce vide, de ce froid qui me saisit. De ces cauchemars où je te vois sur un bateau au loin, en pleine tempête, ce voilier blanc malmené par le vent et les vagues que je n'arrive pas à rattraper, et que je regarde sombrer, avec effroi, sans pouvoir intervenir.

Je t'ai perdue, toi, ma sœur d'âme, cela fera bientôt un an. Depuis, je ne m'aime plus. Je t'avais confié mon cœur, pourquoi m'as-tu laissé t'aimer si fort et vivre de si belles années auprès de toi avant de t'échapper sans crier gare ? J'aurais voulu que le temps s'arrête il y a un an, que je puisse appréhender ton désir de partir, que je puisse te réconforter, te rassurer, t'en empêcher. Que rien de tout cela n'arrive. Que nous soyons encore heureux, tous les quatre. Mais je n'ai rien vu, et tu n'es jamais revenue.

Que Dieu m'aide à occulter le chagrin qui nous accable tous, au moins le temps que les enfants grandissent et s'en aillent, après quoi je pourrai songer à partir à mon tour, là où ton absence ne pourra plus me ronger. Que Dieu veille sur eux. Qu'il veille sur toi.

Peter

*

Mai 2017

Arthur ne les avait pas comptés, mais il avait déjà dédicacé une quarantaine d'ouvrages en l'espace d'un peu plus d'une heure, sous le regard amusé de Phil qui, intérieurement, se disait que son ami avait bien besoin de cette reconnaissance doublée d'une large dose d'amour désintéressé. Malgré l'effervescence, Arthur n'avait pas eu l'opportunité d'être intimidé bien longtemps, tant les lecteurs se bousculaient pour le voir, lui tendre leurs romans et lui demander une photo. Ça allait vite, il y avait du monde, du bruit, quelques larmes de joie lâchées par des lectrices trop émues de le découvrir face à face, ce qui le mettait particulièrement mal à l'aise. Mais il n'avait pas eu le choix et, d'une certaine manière, il savait que c'était important d'offrir plus que des pages à ces gens qui étaient venus pour le voir. Alors le tourbillon l'avait emporté. Malgré sa timidité couplée à l'adrénaline, il s'était mis à signer, échanger quelques mots et se lever pour enchaîner les photos. L'enthousiasme des gens était irrésistible bien que déstabilisant. Quoique réfractaire à ce genre d'événement qui le plaçait immanquablement au centre de l'attention générale, lorsqu'il avait commencé à signer, il s'était aussi souvenu du plaisir que c'était de voir le ravissement dans les yeux de ses lecteurs. Mais leur accorder seulement deux ou trois minutes à chacun alors qu'ils avaient attendu plus d'une heure debout dans une file pour la plupart, c'était loin d'être suffisant, pensait-il.

Le voyant enchaîner les dédicaces sans s'arrêter et consciente que la séance allait durer au moins deux heures de plus au vu de la file qui n'en finissait pas de s'allonger, la libraire s'approcha discrètement d'Arthur et lui conseilla de faire une pause quelques instants. Arthur, qui n'avait pas vu l'heure passer, hésita à l'idée de s'absenter déjà alors que tant de monde attendait après lui. Il jeta un regard interrogateur à Phil qui, s'approchant, lui suggéra d'aller « s'en jeter un dans le gosier, histoire de tenir le coup ». Phil avait raison. Non pas qu'il soit temps de siffler un verre d'alcool, mais plutôt que cinq minutes de pause lui permettraient sans doute de retrouver un peu ses esprits de manière à poursuivre la dédicace avec le même entrain. Il avait chaud et sa tête tournait.

Arthur s'excusa auprès des deux jeunes filles devant lui, il revenait tout bientôt, c'était promis, puis il regarda sa montre, saisit la feuille de papier mentionnant son nom et ses horaires de dédicace, la retourna, et inscrivit au dos ces quelques mots :

Je reviens à 18 h 30
Merci

Il la plia en deux et la reposa sur la table. Puis il se leva et sortit de la grande salle en direction des toilettes. Il était dix-huit heures vingt.

*

Arthur entra dans les toilettes pour hommes, qu'il trouva étonnamment silencieuses, et s'approcha du miroir, quelque peu désorienté. Ses oreilles sifflaient, le stress l'avait secoué. Il saisit le lavabo de part et d'autre pour respirer à fond, puis se passa de l'eau froide sur le visage. C'est alors que derrière lui, la porte s'ouvrit sur un petit homme bedonnant qui devait avoir la soixantaine. Celui-ci le regarda fixement avant de lui demander :

— Tout va bien, mon brave ?

— Oui, merci. Juste un peu secoué, il y a beaucoup de monde aujourd'hui, expliqua Arthur en essuyant grossièrement l'eau qui coulait sur son menton.

— N'en dites pas plus, j'ai deviné, le coupa l'homme.

Arthur, intrigué, ne répondit pas.

— Votre femme, n'est-ce pas ? Elle vous a fait aussi le coup du chef Gagnaire ?

N'ayant jamais entendu parler de ce M. Gagnaire et ne comprenant pas où il voulait en venir, Arthur leva un sourcil interrogateur tout en chiffonnant le papier qu'il tenait encore entre ses mains.

— Ah les femmes ! reprit l'homme en se retournant vers les urinoirs. On peut pas vivre avec, mais on peut pas vivre sans ! Un jour elles vous disent que vous êtes l'homme de leur vie, et le lendemain, elles s'amourachent d'un cuistot grisonnant en prétendant que « lui au moins, il sait faire la cuisine ». Je vous comprends, on perd un peu la tête dans ce genre de situation. Ne soyez pas gêné, vous pouvez continuer de vous mouiller la figure, après tout, chacun soigne ses problèmes de couple comme il peut. Moi, j'ai plutôt tendance à aller fumer une cigarette, d'ailleurs, c'est ce que je vais aller faire, même si ça aussi, elle me le reproche, ajouta-t-il en remontant la braguette de son pantalon.

Il se retourna et se lava les mains tandis qu'Arthur passait une serviette en papier sur son visage humide. Avant de sortir, l'homme approcha de lui et lui donna une petite tape amicale sur le bras.

— Vous verrez, ça va s'arranger. Quand elles comprennent leur erreur, elles reviennent au galop, même si vous ne savez pas faire cuire un œuf, croyez-moi.

Il semblait se rassurer lui-même.

Arthur se retourna vers la glace et contempla sa moue dubitative. Il se demandait s'il avait vraiment une tête à avoir une femme qui l'aurait délaissé pour un cuisinier. De toute façon, il ne courait pas ce risque, son quartier abondait de délicieuses adresses. Et en plus, il n'avait pas de femme.

L'ordre de son propre raisonnement lui sembla étrangement combiné.

*

Seule dans ses pensées, avançant petit à petit parmi la longue file de lecteurs sans oser lever le nez, Emily réalisa qu'elle ne se trouvait plus qu'à quelques mètres. Chaque pas qui la rapprochait de la table d'Arthur Neil faisait monter un peu plus en elle l'inquiétude de ne pas être à la hauteur. Elle regardait le bout de ses pieds tout en tirant machinalement ses manches sur ses mains, mi-impatiente, mi-angoissée, un nœud au ventre.

Une jeune femme portant un badge aux couleurs du salon arriva près d'elle et lui tendit un formulaire en lui expliquant – comme elle l'avait fait à des dizaines de reprises plus tôt – qu'il s'agissait d'une rapide enquête permettant aux libraires et organisateurs du salon de mieux cibler les attentes du public pour les années suivantes et qu'une urne au bout de la table de dédicace était prévue pour recueillir les exemplaires complétés. Emily le saisit, voyant en ce bout de papier un moyen de focaliser son attention sur quelque chose d'autre que son stress pour au moins quelques instants. Les yeux rivés sur le questionnaire plutôt que sur les minutes qu'il lui restait avant de croiser le regard d'Arthur Neil, elle remplit chaque champ consciencieusement, y compris celui, facultatif, de ses nom, prénom et e-mail, avant de replier la feuille et de sentir la tension s'emparer de nouveau de tout son corps.

Des mois qu'elle songeait à cette journée et rien, aucune phrase ne lui semblait assez juste ni assez représentative de ce qu'elle aurait voulu lui dire. Plus les jours étaient passés, plus elle s'était convaincue qu'une fois devant lui, cela lui viendrait spontanément, mais elle avait beau se tenir à seulement quelques mètres, les mots se raréfiaient plus encore. Cela la mit en colère tant c'était affligeant. Parce que ce qu'elle avait sur le cœur lui aurait pris de longues heures à sortir, et qu'elle ne disposerait tout au plus que de quelques minutes.

Une petite fille la bouscula sans même qu'elle s'en rende compte. L'adrénaline la submergeait. Elle se demanda une fois encore si l'idée d'assister à cette dédicace avait été pertinente. Avant qu'elle n'ait pu trouver une réponse à cette question, ses yeux furent attirés par la couverture d'un livre qu'elle avait lu plusieurs fois déjà. Puis elle en remarqua d'autres, tous disposés sur la même table, à côté de l'urne dont lui avait parlé la jeune femme plus tôt. C'était le bout de la table de dédicace. Il y avait encore cinq ou six personnes devant elle. L'évidence lui apparut alors avec clarté : oui, il fallait qu'elle prenne son courage à deux mains. Car sinon, elle le regretterait toute sa vie. Elle devait lui dire. Ou du moins, tenter.

Lorsqu'elle daigna enfin lever ses yeux clairs vers la chaise, elle n'y vit rien ni personne. La dédicace était-elle déjà terminée ? Était-elle arrivée trop tard ? Avant même qu'elle n'en vienne à être déçue, elle remarqua un morceau de papier plié et les quelques mots qui y étaient notés d'une écriture légère, tout à fait masculine. Ce furent les premiers mots qu'Emily lut directement de la main d'Arthur.

9

Février 1992

Sophie,

Réponds-moi, je t'en supplie. Il est quatre heures du matin et j'ai froid même si mon front perle. Je tremble, je prie. Je suis malade. Malade de toi. Cela fait de longues semaines que le sommeil ne me prend plus. Que la fatigue s'accumule sous un monceau de larmes. Dois-je faire mon deuil ? Qu'as-tu fait de moi ? Je ne me reconnais pas.

Un an aujourd'hui que tu as disparu. Que dois-je redouter ? J'ai peur. De ne plus voir ton visage, que ma raison succombe à ton absence.

Réponds-moi. Dis-moi que tu es en vie. Dis-moi ce que je dois faire. Sans un mot de toi l'espoir s'envole. Quel sens ma vie peut-elle avoir si je te perds à jamais ? Je ne veux plus rester ici sans toi, je ne peux te survivre.

Ton mari qui t'aime à en mourir.

*

Mai 2017

Arthur remonta le couloir qui conduisait au hall d'exposition, apaisé : cette brève rencontre l'avait pour le moins amusé et lui avait permis de reprendre un peu son souffle. Lorsqu'il passa la grande porte, il remarqua l'estrade dressée dans l'espace dédié aux ouvrages culinaires et le grand écran, sur lequel on pouvait voir les mains de Pierre Gagnaire et ses casseroles du dessus, devant lequel l'homme élancé aux yeux rieurs et à la barbe blanche partageait ses astuces au micro pour réaliser une blanquette de veau unique. Arthur ne put s'empêcher d'observer la scène quelques minutes, c'était son habitude, il se laissait toujours happer par ce qui l'entourait. La foule amassée tout autour en disait long. Il se dit que, en fin de compte, l'homme qu'il venait de croiser avait peut-être de bonnes raisons de se faire du souci pour son mariage : ce chef avait un bagou certain, ce genre de charme qu'il n'aurait jamais lui-même et dont Arthur aurait pu se servir pour créer un personnage de roman. Enthousiaste, sûr de lui, pédagogue et passionné. Sans compter que ce qu'il préparait avait effectivement l'air délicieux, pensa-t-il en souriant avant de se remettre en marche pour rejoindre sa propre table. Il laissa échapper un petit rire amusé en découvrant son ami Phil en grande conversation avec la libraire qui lui parlait avec passion des ouvrages de Bernard-Henri Lévy, lui qui n'avait pourtant jamais accroché avec les livres philosophiques.

Avec un peu de retard, mais tout sourire et bien plus à l'aise que lorsque la dédicace avait débuté, Arthur revint s'installer tout en saluant les lecteurs qui attendaient devant lui, et se remit à signer.

*

Les joues d'Emily avaient blanchi dès l'arrivée d'Arthur. Elle qui s'était si souvent imaginée le rencontrer, il y avait un décalage évident entre l'image qu'elle s'était faite de lui à travers les médias – celle d'un auteur dont l'imaginaire était si effervescent qu'il en devenait un brin intimidant – et celle de l'homme qui venait de s'installer à deux pas d'elle. Le voir en vrai l'impressionnait beaucoup, certes, mais à la fois, elle fut rapidement soulagée de constater qu'il ne dégageait rien d'inaccessible ni de suffisant.

Vêtu d'un tee-shirt gris chiné par-dessus lequel il portait une veste de smoking noire qu'il n'avait pas boutonnée, il dégageait quelque chose d'aussi simple que sophistiqué. Un jean brut, une paire de derbies marron dont le cuir était manifestement patiné depuis longtemps, rien n'était véritablement assorti dans sa tenue et cependant tout cela collait à la perfection à son écriture authentique, travaillée mais sans fioriture. Pas une once de vanité. Ses cheveux étaient blond foncé, il ne les portait pas vraiment courts et pas vraiment coiffés, ce qui, associé à sa barbe de trois jours dont la couleur était bien plus sombre, accentuait son allure d'artiste.

Emily l'observa timidement, son regard faisant des allers-retours nerveux entre le bout de ses bottines et le visage d'Arthur. Tandis qu'il échangeait quelques mots avec la première lectrice à sa table, elle remarqua son regard azur. Oh, bien souvent, elle l'avait distingué, sur les affiches dans le métro, dans les magazines littéraires. Mais ses grands yeux bleus, en réalité, étaient gorgés d'une telle sympathie et d'une telle sensibilité qu'elle en fut captivée au point de ne plus remarquer la file qui avançait.

Devant, une femme rondelette d'une cinquantaine d'années portait tant bien que mal un sac plein à craquer de livres de la main gauche et trois romans neufs d'Arthur Neil de la droite. Tentant de remonter l'anse de son sac à main, elle en fit tomber deux exemplaires sur les pieds d'Emily, qui reprit soudain ses esprits.

— Oh ! Navrée ! Suis-je maladroite ! s'exclama-t-elle en peinant à se pencher tant elle était chargée.

— Ce n'est rien, voilà, tenez, répondit Emily en lui tendant les livres qu'elle venait de ramasser.

Devant elles, la dernière personne était sur le point de partir avec son roman dédicacé. Plus que cette dame et ce serait le tour d'Emily. L'angoisse l'avait tant envahie que ses mains étaient crispées sur le roman qu'elle tenait fort contre elle. Elle glissa le formulaire dans l'urne d'une main tremblotante.

— Tout va bien, mademoiselle ? s'inquiéta la dame en remarquant son teint livide.

— Oui, oui, souffla Emily, je suis un peu émue, ce n'est rien.

— C'est adorable. Je suis venue faire signer ces livres pour mes trois nièces qui sont folles de ce M. Neil, poursuivit la dame, manifestement très à l'aise. À vous voir, j'imagine qu'ils valent le coup, ces romans, vous me donnez envie de m'y plonger à mon tour !

— Vous ne serez pas déçue.

— Allons mon petit, reprenez vite vos couleurs et passez donc devant moi ! s'exclama-t-elle en poussant gentiment Emily devant la table de dédicace où Arthur Neil attendait en souriant.

*

Emily se retrouva face à Arthur Neil. Ses joues s'empourprèrent, soumises aux pulsations de son cœur.

L'adrénaline faisait bourdonner chacune de ses veines jusque sous ses tempes. Agrippée à son exemplaire de *L'Évanescente*, celui de ses romans qu'elle avait préféré de tous même si *Le Décompte* aurait toujours une place unique dans sa mémoire, elle cherchait ses mots sans pouvoir en prononcer un seul.

Cet homme lui avait sauvé la vie.

Comment le lui dire ?

Non, les mots ne venaient pas libérer le son de sa voix.

Arthur posa le regard sur la silhouette svelte de cette jeune femme arborant de magnifiques boucles d'un blond doré, toute de noir vêtue et manifestement troublée tant elle avait les yeux rivés sur ses souliers. Elle tira nerveusement le bout de ses manches sur ses mains.

— Bonjour, lui dit-il gentiment tandis qu'il se levait.

Lorsqu'elle releva vers lui ses grands yeux verts au maquillage charbonneux, il fut pris au dépourvu par une sensation qu'il avait oubliée depuis bien longtemps. Pourtant si prolixe, Arthur n'arriverait d'ailleurs jamais à vraiment poser de mots sur cette émotion qui le percuta instantanément. C'était à la fois fascinant et dérangeant. Elle dégageait une aura aussi délicate que ténébreuse qu'il ne parvint pas tout à fait à cerner, il fut happé par ses traits doux et son air incroyablement mélancolique. Une mèche blonde tomba sur les yeux de l'inconnue. Ils s'observèrent quelques secondes, interdits. Puis Emily chassa enfin ses cheveux d'un revers de main et baissa à nouveau la tête, le teint de plus en plus pâle.

— Tout va bien ? s'inquiéta-t-il.

— Bonjour, répondit-elle, figée, sans même cligner des paupières. Vous… vous êtes… bafouilla-t-elle, cherchant désespérément les mots qu'elle rêvait de lui adresser depuis si longtemps.

— Oui ?

— Eh bien… Vous êtes… Vous êtes en retard, finit-elle par dire malgré elle, en pointant du doigt la feuille sur la table.

Surpris, Arthur détourna son regard d'elle pour se relire et jeta ensuite un coup d'œil à sa montre. Il saisit alors son stylo et fit une croix sur le chiffre 30, puis corrigea, juste à côté, en inscrivant 43. Relevant la tête et faisant mine d'être tout à fait naturel, mais sans crédibilité aucune, il demanda :

— Quel est votre prénom ?

— Emily. C'est Emily. Avec un « y ».

Arthur ajouta donc au-dessus de « Je reviens à… » le prénom « Emily », puis signa au bas de la page avant de la lui donner, un sourire amusé sur le visage.

— Voilà pour vous. C'est plutôt insolite comme dédicace mais il est vrai que je suis revenu en retard. Navré.

— Non, ce n'est rien, je suis désolée, précisa-t-elle, confuse. C'est moi qui… je n'aurais pas dû vous…

— Non, j'insiste, mes excuses. Aimeriez-vous une dédicace sur le livre, aussi ? l'interrogea-t-il en montrant le roman qu'elle tenait toujours contre elle.

— Oh. Oui. Oui, bien sûr. Merci, ajouta-t-elle en le lui tendant.

Il en ouvrit la première page. Plus tard, lorsqu'elle l'ouvrirait de nouveau, elle pourrait y lire :

Arthur Neil

À Emily

L'ÉVANESCENTE

Roman

En attendant le prochain épisode…

Amitiés,

A. N.

Il lui rendit l'ouvrage, un sourire un peu étrange aux lèvres et le regard égaré, souhaitant la retenir pour une raison qui lui était obscure mais ne voyant aucun moyen de le faire au vu de la longue file d'attente qui suivait. Elle saisit le livre, le même malaise au fond de ses grands yeux.

— Au fait, je suis venue parce que... je voulais vous dire que...

— Oui ? s'enquit-il, espérant presque qu'elle parviendrait à arrêter le temps afin qu'il puisse peut-être en avoir assez pour la déchiffrer.

— Eh bien, vous savez... vos romans m'ont... il y a une phrase que vous avez écrite qui...

La colère monta en elle ; à croire qu'elle ne pourrait jamais lui dire ce qu'elle avait sur le cœur, elle se désolait elle-même, pourquoi diable se retrouvait-elle à ce point incapable de s'exprimer ?

— J'aime beaucoup ce que vous faites, abdiqua-t-elle, dépitée face à sa propre incapacité à prononcer autre chose. Ça m'a fait très plaisir de vous rencontrer.

Arthur avait perçu la réflexion interne de la jeune femme sans parvenir à l'interpréter.

— À moi aussi. Merci, répondit-il machinalement, un brin déçu lui aussi de ne pas avoir trouvé moyen de la retenir.

Ce « merci » sonna le glas d'une rencontre en demi-teinte et manifestement trop brève, de ces éphémères instants de flottement au cours desquels deux âmes égarées s'étaient comme agrippées l'une à l'autre sans pour autant parvenir à se retenir.

Elle devait partir à présent. Lui devait rester, il y avait encore plusieurs dizaines de personnes qui attendaient après une dédicace. Tout alla très vite. Elle baissa les yeux en soupirant, replia la feuille de papier dans son exemplaire du livre, souffla un « au revoir » et s'éloigna précipitamment, comme on prend la fuite, dévastée par la frustration d'avoir été à ce point incapable de s'exprimer, elle qui avait tant à lui dire.

Arthur, quant à lui, la voyant s'éloigner sans trouver l'audace de quitter sa table et de la poursuivre, resta debout et immobile, chamboulé par la sensation inédite qu'il venait de croiser quelqu'un qui lui en avait dit bien plus à travers son silence qu'à travers ses mots. *Reviens*, pensa-t-il, le souffle court en observant le blouson noir d'Emily qui disparaissait parmi la foule.

Mais elle ne se retourna pas.

10

Mai 1992

Peter,

Je n'ai pu lire tes lettres qu'hier. Cela faisait de longs mois que je n'avais pas croisé de voiture ou de cabine téléphonique. Je préfère le calme des lieux retirés.

Je suis en vie. Ne fais pas de bêtises, reste-le, toi aussi. Remets-toi. Fais-le pour les enfants.

Pardonne-moi. Ce silence n'est autre que la retranscription du fait que je suis lasse de te mentir. Mais je ne peux me résoudre à t'avouer la vérité. Crois-moi, j'y ai pensé un millier de fois au moins, sans jamais y parvenir. Tu me manques aussi, beaucoup. Je vendrais mon âme pour avoir la chance d'apercevoir ton visage au coin d'un chemin, à l'orée d'un bois. Je donnerais le peu qu'il me reste pour pouvoir serrer encore dans mes bras ce petit garçon aux grands yeux bleu clair qui a toujours été ce que j'ai de plus précieux tant il est un savant mélange de nous deux. Son odeur me manque. Chaque soir, c'est un supplice d'avoir à chercher le sommeil sans avoir ne serait-ce que caressé ses cheveux ni

attrapé ta main. Je suis seule. Si seule ! Mais je ne peux pas revenir, Peter, je ne mérite pas cela, je n'ai pas le choix. Pardonne-moi de vous avoir fait tant de mal. Je ne sais que détruire, encore et encore. Rien ne sera plus jamais comme avant. Je porte un fardeau que personne ne doit porter avec moi. J'ai commis une erreur impardonnable. Je refuse de te mêler à cela, à cet air morbide qui me consumera jusqu'à mon dernier souffle. Je devais vous épargner, Arthur et toi. La seule vérité que tu dois connaître absolument, c'est que je vous aime plus que tout au monde et que jamais rien ne pourra compter plus que vous. Je ne pourrai jamais vous oublier, mais je ne peux oublier non plus le mal que j'ai causé. Je ne peux pas vivre auprès de vous. Là-bas, tout était perpétuellement sous mes yeux, j'en perdais la raison. C'était au-delà de ce que je pouvais supporter.
J'espère qu'Arthur me pardonnera un jour d'être partie. Je comprends qu'il m'en veuille. Moi-même, je m'en veux, si tu savais ! Et tant mieux s'il ne veut plus parler de moi ou ne le faire que dans cette reliure que tu lui as offerte, tant mieux s'il préfère ranger le souvenir de sa mère avec ceux qu'il n'aime pas. Lui non plus n'a pas à porter indéfiniment le poids de mon absence. Dans tous les cas, il ne reste rien de cette mère que j'ai été jadis. De cette femme que tu décris non plus. Bien au-delà de la globe-trotteuse que j'ai pu être auparavant, je suis devenue une vagabonde. Le bruit des villes m'est devenu assourdissant, me voilà désormais aussi agoraphobe que misanthrope. La nature est mon seul refuge, bien que je ne puisse pas non plus y trouver la paix. Ne t'inquiète pas, je ne suis

pas morte. La mort serait sans doute ma meilleure option pour anéantir définitivement le mal qui me ronge, c'est vrai. Mais ce serait faire preuve d'une lâcheté sans pareille que d'y céder. Je ne mérite pas de vivre ; seulement de survivre en tirant derrière moi les chaînes de mes erreurs.

C'est ma faute si nous sommes si loin l'un de l'autre. Je ne peux plus faire marche arrière, et Dieu sait pourtant comme je le souhaiterais. Certains actes ont cette saveur d'amertume, celle qui accompagne invariablement ce qui est définitif. C'est la saveur de ce qui est impardonnable.

Sophie

*

Juillet 2017

Arthur se rendit à l'aéroport de Gatwick avec impatience. Il y arriva peu après onze heures, même si l'avion n'atterrissait qu'à douze heures trente-sept. Il prit place à la plus petite table du bar situé au terminal 8, juste à côté des grandes baies vitrées qui donnaient sur les aires d'atterrissage. Il ne voulait rien rater de l'arrivée de l'appareil, il tenait plus que tout à savourer chaque seconde de ces retrouvailles. Comme à son habitude, il sortit un calepin et un très vieux stylo-plume de la poche de sa veste.

Lorsque son père lui avait offert son premier carnet d'écriture, une magnifique reliure à la couverture en cuir, il n'avait cessé de tout noter, de ses colères à ses rêves les plus chers, en passant par le bruit d'une vieille voiture qui passait dans la rue ou le regard émerveillé d'un gamin découvrant une locomotive. Écrire avait dès lors été sa seconde nature. Si le dessin avait occupé la première place de ses exutoires pendant ses plus jeunes années, Arthur avait plongé corps et âme dans les mots dès qu'il avait su les apprivoiser. Ils l'avaient dès lors porté, il n'avait plus jamais imaginé son existence sans ce stylo et des pages à noircir. Des mots solitaires, chantants ou dissonants au possible, phrases flirtant avec la perfection ou totalement dénuées de sens, idées volatiles ou effroyablement concrètes… C'était tantôt cathartique, tantôt exaltant. C'était comme si le sang d'Arthur s'était changé en de longues phrases qui ruisselaient dans chacune de ses veines, comme si son oxygène ne résidait plus qu'en l'imprégnation perpétuelle de tout ce qui l'entourait, comme si sa respiration consistait à les retranscrire indéfiniment, pour vivre, tout simplement.

Ces notes, mises bout à bout, avaient un beau jour fait de lui un écrivain. Ces notes avaient changé sa vie du tout au tout.

Un serveur qui essuyait des verres derrière le comptoir, ayant remarqué cet homme seul à une heure où il n'y avait que très peu de voyageurs, posa sa serviette blanche et s'approcha de lui.

— Bonjour monsieur, qu'est-ce que je vous sers ?

— Bonjour, répondit courtoisement Arthur, je prendrai bien un… diabolo fraise s'il vous plaît.

— Très bien monsieur, je vous apporte ça tout de suite. Autre chose peut-être ?

— Non, ce sera tout, merci.

Arthur tourna de nouveau ses yeux vers le ciel gris. Plusieurs avions circulaient sur les différentes pistes et celle qui manquait tant à son cœur se trouvait actuellement entre ciel et terre. Il l'attendait depuis ce qui lui semblait être une éternité, tout était fin prêt à la recevoir chez lui, à Folkestone.

Le serveur vint poser sur la table un grand verre aux couleurs rose acidulé. De petites bulles s'échappaient du fond pour remonter à la surface, telles de petits flamants roses volant à toutes ailes dans les airs. Les yeux d'Arthur fixaient ce spectacle muet avec insistance. Il fronça les sourcils.

— Un problème, monsieur ? s'inquiéta le jeune homme.

— Si ces bulles étaient vraiment des oiseaux, raisonna Arthur à haute voix sans quitter son diabolo des yeux, comment feraient-ils pour sortir de l'aéroport une fois en dehors de mon verre ?

— Je vous demande pardon ? demanda le serveur, je ne suis pas sûr de vous suivre.

— Moi je crois qu'ils ne pourraient pas sortir si facilement, poursuivit Arthur avec un naturel déconcertant. Ils n'ont pas de passeport. Ils ne sont pas britanniques. Je pense qu'ils auraient bien du mal à passer les postes de contrôle, vous n'êtes pas d'accord ?

— Vous faites quel métier dans la vie, monsieur ? s'enquit le serveur, amusé.

— Arthur Neil, répondit-il du tac au tac en lui tendant la main, quittant enfin les bulles des yeux. Je suis auteur. De romans.

— Enchanté, monsieur Neil, moi, c'est Jasper, répondit le serveur d'une voix rassurée et soudain très intéressée. Dans ce cas, si vous voulez mon avis, ajouta-t-il en s'approchant de l'oreille d'Arthur, ces flamants roses ne sortiraient pas d'ici, en effet.

— Ah oui, et pourquoi donc, d'après vous ?

— Parce que quand on leur demanderait s'ils sont là pour le plaisir ou pour le business, *Diabolo fraise*, ça ne passerait pas.

— Hum, c'est bien vrai, acquiesça Arthur en se frottant le menton de sa main droite. Je vous remercie.

— À votre service, fit le serveur, enjoué.

Il s'en retourna essuyer ses verres à vin, tandis qu'Arthur se remit à observer les avions tout en buvant à petites gorgées le liquide aussi sucré que gazeux. Le serveur, dès qu'il eut séché son dernier verre et comme aucun nouveau client ne s'était installé, sortit de sa besace le fameux *1984* d'un certain George Orwell, et reprit sa lecture là où il l'avait arrêtée la veille au soir.

*

Le téléphone portable qui vibrait dans sa poche sortit Arthur de ses rêveries. L'écran affichait « Phil ». Il décrocha.

— Salut vieux, ça va ?

— Ça ira mieux dans un peu plus d'une demi-heure.

— Tu es anxieux ?

— Non, impatient. Tu sais à quel point elle me manque.

— Oui, je sais bien. J'espère que ça va te faire du bien de passer enfin un peu de temps avec elle.

— C'est certain. J'ai l'impression de ne pas l'avoir vue depuis une éternité.

— Ça te changera un peu les idées, aussi. T'en as besoin.

— Il y a un message subliminal ?

— Arthur, ne te voile pas tant la face.

— Quoi ?

De l'autre côté de la ligne, Phil soupira, désolé.

— Eh bien, tu n'es plus tout à fait toi.

— C'est-à-dire ? lâcha Arthur, agacé.

— Cela va faire deux mois que tu ne fais que rêvasser.

— Oh, je t'en prie, ne recommence pas avec ça.

— Et toi, ne commence pas avec moi, je te connais

par cœur. Je persiste et signe, tu… tu as la tête ailleurs. Continuellement.

— Je ne vois pas en quoi cela est un problème. C'est mon boulot d'imaginer des histoires, non ? C'est mon boulot de rêvasser.

— Certes. Enfin là, tu es plus préoccupé que dans les nuages, non ? C'est une phase de rêverie un peu différente, tu ne crois pas ? tenta Phil.

— Tu crois ? Pourtant, à l'instant présent, je suis là, à la table d'un café, avec mon carnet et mon vieux stylo-plume, répondit Arthur en faisant tourner ledit stylo entre ses doigts. Tu me connais, ça fait bien vingt ans que je fonctionne comme ça, tu es bien placé pour le savoir.

— Ne me fais pas tourner en bourrique. Bien sûr que je te connais. Et c'est précisément pour cette raison que je m'inquiète.

— Nous y revoilà.

— Eh oui, nous y revoilà ! Mais soit tu es en plein déni, soit tu me caches quelque chose. À un moment, il va falloir que tu ouvres les yeux ou que tu m'expliques, nom d'un chien !

— Mais que je t'explique quoi, Phil ? Ça va, je te dis ! C'est toi qui vois des énigmes là où il n'y en a pas.

— C'est ça, prends-moi pour un abruti, aussi. Arthur, cela fait des semaines que tu sembles plus frustré que jamais, au point d'envoyer valser toutes les propositions d'interview que je t'envoie sous prétexte que tu n'as pas la tête à ça, et de me dire que tout ce que tu écris est bon à jeter. Que tu me dis être trop occupé pour jouer aux échecs, que tu oublies subitement ce dont on est en train de parler et te retournes sans explication, en pleine rue, comme si tu avais vu un fantôme – ou un ange, j'en sais rien – et que ton regard se met à briller, gonflé d'espoir, avant de se gorger de larmes l'instant suivant.

Arthur resta muet.

— Je te connais, vieux. Je vois bien qu'il y a quelque chose que tu ne m'as pas dit. Il serait temps que tu m'expliques, non ?

Il y eut quelques secondes de silence.

— C'est compliqué, avoua Arthur.

— Vraiment ?

— Vraiment.

— Tu vois quelqu'un mais tu n'oses pas me le dire.

— Non.

— C'est une de mes ex ?

— Mais non, pouffa Arthur.

Il entendit Philip souffler à l'autre bout du fil.

— C'est Anna, alors. Tu la revois et comme tu sais ce que j'en pense, tu me l'as caché.

— Non, Phil, ce n'est pas Anna ! s'exclama Arthur, agacé.

— Hum, répondit Phil, manifestement soulagé. Qui donc, alors ?

— Personne, il n'y a personne. Juste un flottement, un… Un acte manqué.

— Eh bien voilà, on progresse ! C'est flou mais je n'ai pas fabulé, il y a bien quelque chose. Ou plutôt, quelqu'un, moi j'dis.

— Il n'y a personne.

— C'est ça.

— Cette discussion est ridicule, termina Arthur, poussé dans ses retranchements par la perspicacité de son ami.

Phil perçut au ton de sa voix qu'il ne servait à rien d'insister.

— Très bien. Au moins tu reconnais qu'il y a un truc, on en reparlera un de ces quatre, quand tu te sentiras. Vous venez dîner chez moi ce soir ?

— Ah non, désolé, ce soir, je dîne en tête à tête avec ma princesse.

— Disons demain soir alors ?

— Ça marche pour demain !

— OK, alors à demain, dix-neuf heures.

— J'apporte le gin et les crackers, conclut Arthur.

Au moment où il regarda sa montre qui indiquait alors midi et trente-cinq minutes, une voix indiqua à tous les passagers du vol 2356 que l'appareil venait de se poser à l'aéroport de Londres Gatwick, et que la température extérieure était de vingt-trois degrés Celsius. Une petite fille aux grands yeux noirs colla son petit bout de nez au hublot sur sa gauche. Au loin, à travers les vitres d'un grand bâtiment, elle crut apercevoir la silhouette familière d'un homme que depuis longtemps elle avait hâte de retrouver.

*

Lorsque Hayley apparut parmi une foule de voyageurs en costume cravate et déjà pendus à leurs téléphones, le cœur de son père s'emballa de joie. Dès qu'elle le vit, un large sourire éclaira son visage et elle se mit à courir à toutes jambes dans les bras d'Arthur.

— Hayley !

— Papa ! s'écria à son tour la petite fille d'une voix mélodieuse.

« Papa… » Depuis combien de temps à présent n'avait-il pas eu le bonheur d'entendre de vive voix ce mot gorgé de tendresse ?

— Tu m'as tellement manqué ma puce, chuchota Arthur à l'oreille de Hayley tout en la serrant fort contre lui.

— Papa, tu m'étouffes, se mit-elle à rire.

— Pardon.

Il relâcha son étreinte, les yeux humides.

— C'est fou comme tu as grandi, en cinq mois ! constata Arthur en la regardant. Comment as-tu pu pousser aussi vite ?

— Maman dit toujours que c'est important de bien manger, pour que je puisse devenir grande, alors je mange bien. D'ailleurs, j'ai faim ! s'exclama telle. On va au restaurant ?

— Ah ah ! Tu ne perds pas une seconde, crapule, mais tu as raison, je meurs de faim aussi ! Viens par là, on va se trouver un coin sympa pour le déjeuner.

— On rentre à la maison, après ? demanda Hayley.

— Oui, ma puce, et ça a un peu changé d'ailleurs. Tu verras, c'est très bien décoré, maintenant. C'est Phil qui m'a aidé à tout réaménager. Et Liz a participé pour la déco, il y a même une licorne sur ton lit, maintenant !

— Oh ! Une licorne ! Merci ! Eh, papa, on peut aller la voir, tatie Lizzie ?

— Évidemment, Hayley. En une semaine on aura bien assez de temps pour faire tout ce que tu voudras, et Lizzie a hâte de te revoir.

— Alors ça veut dire qu'on pourra aussi aller voir les tableaux au musée et puis les momies et aussi Big Ben ? enchaîna la petite fille avec tant d'enthousiasme que ses yeux s'étaient mis à briller.

— Eh bien, ce bon vieux Big Ben se refait une beauté en ce moment, mais pour le reste, si on s'organise bien, pourquoi pas ?

— Super !

Arthur s'éloigna, tenant d'une main son trésor le plus précieux, et de l'autre un sac de voyage aux petites fleurs roses, qui lui rappelèrent sa discussion avec le serveur. Après avoir discrètement essuyé ses yeux, il dit à sa fille :

— Hayley, tu aimes les flamants roses, toi ?

— Ouais, j'aime bien leur couleur, on dirait des bonbons, dit-elle pour toute réponse, sans même le regarder.

De sa minuscule main, elle passa ses cheveux bruns derrière son oreille droite. Elle portait de petites boucles d'oreilles en forme de fleurs des champs, souvenir d'un au revoir poignant dans le même aéroport.

*

Emily observait le marbre lisse étinceler sous le soleil de plomb de cette fin d'après-midi. Il faisait chaud, mais elle frissonnait : son cœur était frigorifié. Devant elle, deux noms, mais une seule et même date. 1er juillet 2003. Le jour où elle les avait perdus, tous les deux. Quatorze ans. Comment avait-elle pu leur survivre quatorze années ? En avait-elle seulement le droit ? La culpabilité la rongeait. Elle était debout mais ses jambes tremblaient.

Mon erreur, mon fardeau.

Emily se tenait droite mais une simple bourrasque l'aurait fait s'écrouler. Entre ses mains, un bouquet qu'elle avait composé elle-même ce matin-là, avant de sauter dans le train direction Paris. Des pivoines blanches et des œillets bleus entre quelques tiges d'eucalyptus. Pour papa et pour Jules. Il y avait déjà plusieurs bouquets sur la tombe. Elle était venue après les autres, comme chaque année. Parce qu'elle ne supportait pas leurs regards, parce que tout était sa faute et qu'elle ne méritait ni les accolades, ni la pitié. Elle ne méritait pas non plus le « Je t'aime » que lui avait envoyé sa grand-mère par SMS quelques heures plus tôt. Et parce que sa mère lui avait fait comprendre sans équivoque qu'elle serait toujours *persona non grata* à cet endroit-là, aussi.

Non, ce qu'elle méritait, pensa-t-elle, c'était d'être là-dessous, à leur place. Elle en était certaine. Elle ne supportait pas la douleur de leur absence, mais elle ne pouvait la faire disparaître. « Mon erreur, mon fardeau », chuchota-t-elle une fois encore. Emily n'avait nulle part où fuir, cela ne serait jamais assez loin pour oublier. Les larmes montèrent à ses yeux et se mirent à dévaler les pentes de ses joues. Elle leva son regard charbonneux vers le ciel pour tenter de les contenir, cherchant quelque chose, quelqu'un à qui se raccrocher. Mais il n'y avait là personne d'autre, rien qu'elle et son éternelle culpabilité, secouée par un sanglot. Le bouquet lui glissa des mains. Elle se pencha pour le ramasser et le poser sur la pierre noire sous laquelle reposaient son père et son frère, et ne put se relever. À genoux devant la tombe, en pleurs, elle se demanda pour la millième fois comment remonter le temps. Le manque était si tranchant, la plaie encore béante et la douleur si vive ! On dit souvent que le temps efface toutes les blessures, mais elle ne pouvait y croire. La douce étreinte de son père, la voix chantante de son frère. Les promenades au parc, les après-midi d'hiver à jouer aux cartes. Tous ces souvenirs ne s'étaient pas étiolés malgré les années, ils s'affichaient avec tant de précision dans ses pensées depuis le tout premier jour sans eux qu'ils avaient créé un gouffre au beau milieu d'elle, un gouffre ardent qui la consumait de l'intérieur en permanence, sans jamais l'achever. Le grand brasier de l'enfer, pris au piège entre les parois de son cœur.

Pourrait-elle un jour sourire de nouveau ? Pourrait-elle un jour tourner cette page et savourer ne serait-ce que quelques instants de bonheur ?

Sans qu'elle puisse la réfréner, l'image d'un homme apparut soudain dans ses pensées. C'était un souvenir. Son sourire doux, ses yeux bleus. Cette image surgit si promptement qu'Emily elle-même en fut surprise. Deux mois plus tôt, pour la première fois depuis les fraises, elle avait savouré ce qui avait été pour elle quelques secondes de bonheur à l'état pur. Un bonheur sans doute bien différent de celui décrit par le commun des mortels, mais qui n'en était pas moins un à ses yeux à elle. Un bonheur bien singulier car parsemé d'appréhension, de confusion. Un bonheur en demi-teinte, gorgé de non-dits et de frustration, c'est vrai, mais elle se rendit à l'évidence : sa rencontre avec Arthur Neil avait été, et de loin, le moment le plus heureux et intense qu'elle ait jamais vécu. Bien qu'elle n'ait pas réussi à lui confier ce qu'elle avait sur le cœur, ces quelques secondes face à lui l'avaient marquée à jamais. Cela avait été si déstabilisant qu'elle avait fui. Cela avait été tellement hors du temps qu'elle n'avait pas trouvé le moyen de le suspendre.

*

Le lendemain, Arthur emmena Hayley faire un tour dans Londres. Nous étions mardi, les Londoniens travaillaient dans leurs bureaux, Philip y compris. Depuis de longues années, il était attaché de presse chez Ashton & Co., et depuis que son poulain auteur de best-sellers s'avérait être son meilleur ami, il n'avait guère le temps de s'ennuyer et travaillait d'arrache-pied à ses intérêts. Cela lui demandait une quantité considérable d'énergie et de temps et le poussait bien souvent à dormir à Londres plutôt que chez lui, à quelques rues de l'appartement d'Arthur, à Folkestone. Mais il avait toujours adoré les livres et son métier plus encore, d'autant qu'il avait une capacité assez exceptionnelle à s'impliquer à cent pour cent dans ce qu'il entreprenait – qu'il s'agisse d'exceller en communication ou de séduire une charmante inconnue. Arthur savait la chance qu'il avait de pouvoir compter sur Phil pour assurer la promotion de ses ouvrages. Personne n'était plus à même que lui de le faire, d'autant plus que c'était Phil, quelques années plus tôt, qui avait fait d'Arthur un auteur mondialement reconnu.

Arthur quant à lui avait cette chance de pouvoir aller et venir où et quand il le désirait. Pas besoin de demander de jour de congé, il œuvrait toujours et jamais à la fois. À vrai dire, c'était son imagination qui travaillait pour lui. Chaque son, chaque odeur, chaque paysage était matière à œuvrer sur un nouveau projet. D'autant plus à Folkestone, cette petite ville du Kent qu'il connaissait par cœur puisqu'il y avait toujours vécu, mais dont il ne se lasserait jamais, il en avait la conviction profonde. *Folkestone is an art school*, pouvait-on lire sur plusieurs murs de la ville. Et c'était vrai. Tout ici le faisait vibrer. Le sable fin sur la plage de Sunny Sands, le petit port et les bateaux qui y mouillaient, les cris des goélands, les vagues violentes qui s'éclataient sur les rochers à The Warren, les hautes falaises fouettées par le vent, l'odeur rassurante des embruns et du fish and chips, le quartier créatif, les pubs, la médiévale St Mary and St Eanswythe's Church au-dessus de chez lui… tout autour de lui était propice à créer.

Son père, lui aussi, lui avait donné l'inspiration pour concevoir toutes sortes d'histoires pleines d'humour, d'amour et de rêves. Son premier roman avait été pour lui.

Un soir, tard, après avoir passé des heures à deviser avec Phil au *Pullman*, le pub du coin, Arthur, qui ne trouvait pas le sommeil, avait sorti ce carnet noirci de notes qui ne quittait pas la poche de son manteau, et s'était mis à rédiger quelques phrases sur le clavier de son ordinateur comme cela, sans but particulier, juste parce qu'il en avait eu envie. À l'époque, il travaillait encore comme technicien réseau dans une entreprise de télécoms. Il avait écrit toute la nuit, sans voir le temps passer, sans s'apercevoir que ce qui prenait forme sous ses doigts n'était ni plus ni moins qu'un roman. Il y avait pris tant de plaisir qu'il avait recommencé le soir suivant, puis le surlendemain, encore, et encore, et encore, sans jamais parvenir à s'arrêter. Il avait découvert l'adrénaline et la satisfaction de se perdre entre les lignes, de créer et vivre d'autres vies, d'autres histoires, d'autres rencontres, d'autres retrouvailles. Et puis, lorsqu'au bout de quelques mois, il avait terminé ce texte qui s'était pratiquement imposé à lui, il l'avait imprimé et l'avait confié à sa sœur.

Lizzie n'en avait pas cru ses yeux. Elle qui dévorait des dizaines d'ouvrages chaque année, elle s'était penchée avec curiosité sur ce roman tout droit sorti de l'imagination de son petit frère. Elle avait alors avalé les uns après les autres les chapitres décrivant les péripéties d'Erin et Thomas, les deux héros d'un roman entre Londres et Jodhpur qui, un an plus tard, serait imprimé en soixante-dix langues et diffusé dans de très nombreux pays. Elle l'avait tant aimé qu'à travers sa lecture, elle en avait oublié que c'était Arthur qui en était l'auteur. Elle s'était laissée emporter, elle avait ri, pleuré, haleté en même temps que les personnages, sans remarquer tout de suite à quel point cela n'était purement et simplement qu'une allégorie de l'histoire de leurs parents. Avec une fin alternative, si l'on peut dire.

En le refermant, Lizzie avait souri, gonflée par la fierté d'avoir entre ses mains ce qu'elle jugeait être un véritable trésor, un trésor écrit par son frère et inspiré par une idylle perdue qu'elle aurait pourtant rêvé de pouvoir admirer rien qu'un instant de plus. Alors, le soir venu, elle lui avait préparé un roast-beef sauce gravy avec de grosses frites maison au paprika fumé, comme il en raffolait, puis lui avait rendu le manuscrit, émue, avant de lui annoncer avec assurance : « Arthur, tu tiens là quelque chose d'incroyable. Tu devrais le faire lire à tout le monde. »

Ç'avait été alors le début d'une grande aventure. Arthur, suivant le conseil plein de bienveillance de Lizzie, avait demandé à son ami Phil, qui travaillait déjà dans le monde de l'édition, de jeter un coup d'œil à ce bouquin qu'il avait écrit, juste comme ça. Philip Stevens, qui n'avait jamais manqué une occasion de fouiller dans les méninges de son meilleur ami, avait lu l'ouvrage à son tour et s'en était trouvé époustouflé tant il l'avait jugé excellent. Sitôt terminé, il avait envoyé le manuscrit au directeur éditorial de chez Ashton & Co. « Juste au cas où, vous devriez y jeter un coup d'œil », avait-il précisé. Le comité de lecture avait été immédiatement séduit par cette comédie dramatique hors du commun. Huit jours plus tard, Arthur Neil avait reçu l'appel téléphonique qui avait changé sa vie, et tout était allé extrêmement vite. Dès que le roman avait paru dans les librairies anglaises, ça avait été un succès incontestable. En quelques mois seulement, *Jusqu'à la ville bleue* avait été vendu à des centaines de milliers d'exemplaires, traduit puis lu dans toute l'Europe par des millions d'autres lecteurs. Il était passé en tête des ventes en Angleterre, en France et en Allemagne, et y était resté durant plusieurs semaines. Un succès aussi mérité que fulgurant pour un jeune homme modeste venu d'une si petite ville.

Dès lors, son œuvre lui rapportant plus qu'il n'aurait jamais imaginé, mais surtout, son plaisir à écrire étant des plus exaltants, Arthur avait rapidement démissionné pour se consacrer à l'écriture. Ses ouvrages suivants s'étaient tout aussi bien vendus tant son talent était incontestable et ses récits, captivants. Ainsi, il était devenu sans peine le favori de sa maison d'édition, l'une des plus prestigieuses du Royaume-Uni, qui avait trouvé en lui la poule aux œufs d'or. Il avait même vendu ses droits d'auteur à un célèbre producteur de cinéma américain, ce qui avait couronné la réussite de ce M. Neil qui n'aurait pas été connu plus loin que *The Bayle* si sa sœur ne lui avait fait remarquer son talent.

*

Il aimait Hayley comme sa propre chair. Bien au-delà de son succès littéraire, elle était ce qu'il avait réussi de mieux. Alors qu'ils flânaient pieds nus sur les pelouses de Hyde Park, après avoir arpenté les couloirs du musée d'Histoire naturelle de Londres, il la regarda danser dans l'herbe, sa petite robe d'été virevoltant à chacun de ses mouvements. Arthur l'observait comme si c'était au ralenti, cherchant à immortaliser ce moment dans sa mémoire, partagé entre l'envie furieuse de profiter de l'instant présent et l'appréhension de devoir lui dire au revoir dans quelques jours à peine. Insouciante et loin des préoccupations de son père, Hayley riait aux éclats, de ses yeux noirs qui lui rappelaient tant Anna. Comme elle lui ressemblait ! Ses cheveux ébène, son regard rieur, étincelant et malicieux, c'était d'elle qu'elle les tenait. Cette façon qu'elle avait de remettre sa frange en place en passant ses doigts dans ses cheveux, de lisser sa robe en coton dès qu'elle s'asseyait, de se tenir droite et d'afficher cette expression assurée.

Hayley avait sans le moindre doute hérité du charme et de l'audace d'Anna. Ce qui la rendait fascinante.

Arthur étala sa veste en cuir sur le gazon verdoyant, et elle s'assit dessus, tout près de lui. « Je t'aime papa », lui dit-elle simplement en le serrant dans ses bras. Il l'étreignit à son tour, en caressant ses cheveux et en s'imprégnant de sa douce odeur. Rien au monde n'égalait la plénitude que lui apportaient ces moments simples partagés avec sa fille. Cette enfant avait été le fruit d'un amour passionnel qui lui avait fait découvrir les joies incomparables bien qu'inattendues de la paternité, même si l'amertume de ne pas vivre auprès d'elle le torturait sans cesse. Après qu'ils eurent partagé leurs club-sandwiches et un paquet de Reeses, Arthur emmena Hayley visiter le British Museum. À quatre ans à peine, la petite fille était déjà férue de veilles choses, d'histoire, de mystères. Lorsque ses amies jouaient à la poupée, elle ne cessait de plonger son petit nez entre les pages d'encyclopédies consacrées aux pharaons, à l'Atlantide ou aux Mayas – sous le regard fier de sa maman qui se félicitait chaque jour d'avoir une enfant aussi curieuse et intelligente. Elle resta là pendant un long moment, fixant à travers une vitre de verre le sarcophage et la momie du roi d'Égypte Antef, happée par ce visage biscornu qui, loin de l'effrayer, semblait la transporter vers une autre époque. Arthur, quant à lui, n'était pas du genre à être intrigué par les cadavres, mais il dévorait sa fille du regard, aussi amusé qu'attendri face à ce petit être qui ne cessait de le surprendre. Pour Arthur, à n'en pas douter, rien entre les murs de ce musée, pas même les tableaux les plus précieux, n'avait autant de valeur qu'elle.

11

Juin 1992

Sophie,

La dernière fois que j'ai lu tes mots, ils provenaient d'une petite ville au beau milieu de la Bolivie. Devrais-je comprendre par là que c'est finalement bien cette soif de paysages qui t'a poussée à quitter notre pays et notre famille ?

Je ne peux pas le croire. Car encore une fois, et de plus en plus clairement, apparaît derrière tes mots ce sentiment déroutant de culpabilité. Qu'as-tu donc fait pour en venir à tout quitter de la sorte ? Qu'est-ce qui t'amène à penser que tu as commis « l'impardonnable » ? J'ai passé en revue tous mes souvenirs, tous ces moments que nous avons vécus ensemble. Je n'ai rien trouvé. Tu n'as rien fait à mes yeux, qui justifierait un tel comportement. Il semblerait donc que j'ignore quelque chose d'important. Je m'en veux. De n'avoir rien remarqué alors que cela semble si grave. De n'avoir pas été à la hauteur de ta confiance. Que tu n'aies pas osé m'en parler avant de prendre la décision de t'en aller. Cette culpabilité est-elle liée à moi ? J'aimerais tant comprendre !

Je vais mieux. Lizzie se remet elle aussi, petit à petit. Elle a repris un peu de poids mais reste tout de même très fragile, tant physiquement que psychologiquement. Même si aucun mot ne sort de sa bouche. Elle passe le plus clair de son temps plongée dans les livres. Arthur s'occupe soigneusement d'elle. C'est certainement pour cela, d'ailleurs, qu'il t'en veut. Il refuse toujours de parler de toi, mais je suis certain que tu lui manques au moins autant qu'à moi. Je garde espoir. Il lui arrive à nouveau de rire quelques instants parfois, ce qui avait disparu trop longtemps. Je fais ce que je peux pour qu'il ne soit jamais seul, qu'il y ait toujours un copain pour jouer, ou même juste pour faire ses devoirs. Il semble s'être beaucoup rapproché du petit Stevens, le fils de Martha et Donald. Un brave môme, ce petit Philip, même s'il en bave aussi, le pauvre. J'imagine qu'ils ont quelques fardeaux en commun, les petits.
Je dois reconnaître qu'Arthur se remet avec une force étonnante, même si je sais qu'au fond de lui il conserve secrètement cette sensibilité à fleur de peau. Ton départ a formé en lui une carapace dont il ne semble plus vouloir se détacher, c'est sa façon à lui de survivre, j'imagine.
Cette lettre sera, si j'y arrive, la dernière que je t'écrirai. On m'a en effet conseillé de me battre contre la tristesse. J'ai repris le tennis avec Sam Lloyd, un de nos nouveaux voisins qui est devenu un ami. Sa femme et lui ont acheté la maison des Boyle, Jared étant décédé il y a huit mois. L'épouse de Sam est très gentille. Elle me propose souvent de garder les enfants pour que je puisse prendre

un peu de temps pour moi. Je joue de nouveau au bridge les vendredis soir. J'essaye d'occuper mon temps le plus possible. Je veux m'en sortir, sortir de cette dépression qui m'a écrasé depuis ton départ. Tu es partie, il me faut me résigner à présent ; essayer de vivre avec, même si je t'aime encore et que ton souvenir est permanent, dans chaque mur et chaque pièce de cette maison que je ne peux pas me résoudre à quitter. Je dois me faire à l'idée que nous avons été, mais que nous ne sommes plus. Je dois cesser de chercher à tout prix ce qui t'a chassée d'ici. Alors je n'écrirai plus.

Même si tout au fond de moi, je continue d'espérer ton retour.

Je t'aime,

Peter

*

Juillet 2017

Arthur et Hayley avaient partagé une soirée à l'appartement londonien de Phil, situé dans la City, qui était sa résidence la plupart des jours de semaine tant il travaillait tard parfois, et plus ou moins sa « garçonnière », aussi, comme le lui avait fait remarquer Arthur, qui désapprouvait ses habitudes faussement volages qu'il jugeait surtout autodestructrices, dans le fond. Mais le cœur de Phil portait ses propres balafres et s'il avait une affection toute particulière pour sa petite maison de Folkestone, héritée de sa mère, il avait juré ne jamais y faire entrer de conquête à moins d'avoir la certitude absolue qu'elle serait celle avec qui il passerait le restant de sa vie. Sous ses airs frivoles, Philip était un romantique qui avait choisi de batifoler pour ne pas risquer de souffrir. Il n'y avait au fond rien d'étonnant à ce que ces deux-là soient comme deux frères depuis l'enfance.

Plus fin cuisinier que Don Juan – c'est que Phil avait plus d'une corde à son arc –, il leur avait préparé une table bien garnie dont le plat principal consistait en un exquis saumon d'Écosse farci. Lorsque la petite fille eut terminé sa troisième boule de glace à la vanille et ingurgité autant de crème chantilly que son estomac pouvait en contenir, elle se blottit au creux des bras de son papa et s'endormit en quelques instants. Arthur la garda contre lui plus d'une heure tant elle lui avait manqué, mais se résigna à la coucher lorsque Phil sortit la bouteille de gin.

Il était désormais plus de minuit. Hayley dormait paisiblement sur le grand lit dans la mezzanine qui faisait office de chambre d'amis, tandis qu'Arthur et Phil devisaient plus ou moins sérieusement dans le salon du vaste loft, dont les fauteuils club en cuir s'accordaient à merveille avec la décoration industrielle. Sur la table basse gisaient deux paquets de crackers vides, quelques miettes éparpillées de-ci, de-là, et deux verres de gin qui avaient été vidés à trois ou quatre reprises, ils ne se souvenaient plus très bien. Philip, qui n'avait guère eu le temps de discuter longuement avec Arthur depuis la dédicace en Suisse, en profita pour lui annoncer que son roman *Le Décompte* avait tapé dans l'œil d'un producteur américain et de la plateforme Netflix. Arthur n'en crut pas ses oreilles, malgré le fait qu'il n'ait plus de poste de télévision chez lui depuis une éternité. Bien qu'un peu soûl, Philip fit preuve d'un enthousiasme authentique. Phil et Arthur avaient une capacité étonnante à conserver cette étincelle dans leurs yeux comme s'ils étaient toujours deux gamins, même si, à cette heure-là, le gin était en partie responsable de ladite étincelle. Ils avaient saisi l'opportunité de vivre de métiers qui leur procuraient une satisfaction très similaire à celle que peut ressentir un enfant de cinq ans qui vient de se lancer dans une construction en Lego. Bien qu'acharnés de travail et d'une persévérance sans égale, ils savaient quelle chance ils avaient de pouvoir se lever chaque matin sans ressentir la moindre lassitude. Ils adoraient leurs jobs à peu près autant que le gin.

La conversation tourna autour de la future adaptation en série et de la potentielle participation d'Arthur à la rédaction du scénario, puis du marketing au multimédia, et du multimédia à l'influence des réseaux sociaux. Philip, dont l'esprit vif commençait à se troubler quelque peu au bout du sixième verre, se souvint alors de cette dédicace à Genève et se mit à relater à son ami quelques bribes de sa discussion avec la libraire qui ne l'avait manifestement pas laissé indifférent.

— Ah ! Qu'est-ce que j'en ai appris ce jour-là ! Ta libraire, c'est une sacrée nana. Une philosophe née ! Elle m'a pratiquement fait une thèse sur la place d'Instagram dans la société et les dérives sous-jacentes qui vont avec. Bon, c'était pas la discussion la plus sexy de ma vie, mais je dois reconnaître qu'il n'y avait pas une seule personne dans la file d'attente qui n'était pas scotchée sur son téléphone et qu'en fin de compte, je suis bien content de réussir à décrocher du mien plutôt facilement.

— Pas sûr que tu sois capable de décrocher des femmes, par contre, le taquina Arthur qui commençait à avoir un peu chaud.

— Eh bien, figure-toi que c'est sans doute moins malsain, au moins, ce sont de vraies personnes que je courtise, pas des pseudos, mon vieux ! Pas de mauvaise surprise, comme ça. Blague à part, je suis pas souvent tenté par les intellos, mais elle était drôlement futée, cette libraire. Et elle avait de ces cheveux ! s'exclama-t-il d'une voix forte. Je t'ai déjà dit à quel point j'aime les femmes aux très longs cheveux ? enchaîna Phil en posant un doigt interrogateur sur son menton.

— À peu près deux cents fois, oui.

— Dommage qu'on n'ait pas eu le temps d'aller dîner avec elle ce soir-là, enchaîna-t-il, je l'aurais bien écoutée me parler de ce Bernard-Henri Lévy encore un moment, elle avait même accepté de me donner son numéro. Et si je l'invitais à passer un week-end ici, tiens ? lança Phil en sortant son portable avant de se mettre à fouiller dans ses contacts.

— Tu es soûl, rit Arthur.

— Je ne vois pas le rapport.

— Qu'en est-il de ta règle immuable de ne pas t'embarquer dans quelque chose qui s'approche du mot « relation » ?

— Un week-end, c'est pas encore une relation, si ?

— Tout dépend pour qui. Tu ne sais rien d'elle.

Phil marqua une pause, embrouillé par l'alcool mais tenté de s'en verser un verre supplémentaire.

— C'est faux, répondit-il après quelques secondes en saisissant de l'autre main la bouteille de gin qui en avait pris un coup. Je sais…

Arthur, qui n'était pas aussi ivre que son ami, arrêta gentiment la main de Phil qui reposa de bon gré la bouteille sur la table.

— … je sais qu'elle est libraire, reprit-il, déterminé, déroulant encore la liste de ses contacts sur l'écran de son mobile.

— C'est un bon début, se moqua Arthur.

— Je sais qu'elle aime la philosophie, continua Phil en l'ignorant, le running et le café. Je sais aussi que chaque année, elle distribue des formulaires dans les files d'attente des dédicaces aux gens qui veulent bien les remplir et qu'à cause des réponses qu'elle a pu y lire, elle ne veut plus de mômes parce qu'elle les pense incapables de s'intéresser aux livres avec un grand « L », et crois-moi que ça a son importance pour moi.

Il avait prononcé cette phrase à rallonge à une vitesse vertigineuse et sur un ton si monotone qu'Arthur retint un rire.

— Qu'elle veuille pas de mômes, hein, pas les bouquins, précisa Phil sans remarquer une seconde le sourire moqueur de son ami qui le fixait, amusé.

— Évidemment.

— Tu es jaloux parce que ton téléphone est dépourvu de tels numéros, répondit Philip sans lever les yeux de son écran. Je n'arrive pas à me souvenir de son prénom par contre, Amélie ? Aurélie ?

— Et moi, je n'arrive pas à croire que tu te sois tellement amusé cet après-midi-là. Tu as infirmé mes soupçons ! plaisanta Arthur.

— Et puis-je savoir quels soupçons, môssieur le grand auteur ?

— J'étais persuadé que tu ne pouvais pas t'intéresser tant que ça à des femmes plus âgées que toi, avoua Arthur.

— Et pourquoi pas ? s'indigna Phil. Les femmes expérimentées ont quelque chose de piquant et d'assez irrésistible, c'est justement ce que j'ai découvert avec ta libraire.

Arthur afficha une mine amusée avant de frotter ses paupières qui commençaient sérieusement à s'alourdir.

Phil interrompit sa recherche quelques instants avant de regarder dans le vague et de se souvenir :

— Il y en avait pourtant une, de jeunette, dans la file de tes admiratrices. Une qui aurait pu rivaliser avec elle sans problème, elle avait des cheveux magnifiques aussi, tiens. Bouclés et longs. Blonds. Blonds dorés, même, je dirais.

Arthur se redressa dans son fauteuil, comme secoué par les mots de son ami. L'image qu'il essayait désespérément de chasser de son esprit depuis deux mois refit soudain surface.

— Bon sang, c'était quoi son nom, déjà, à la libraire ? s'interrogea Phil pour la deuxième fois en s'énervant sur son téléphone. Aurélia ?

— Blonde ?

— Qui ça ?

— La jeune femme dont tu parles. Celle que tu as vue dans la file d'attente.

— Oui, blonde, oui. De très longs cheveux bouclés qu'elle portait de côté.

— Et comment était-elle, à part ça ?

— Euh... eh bien... plutôt mince, un maquillage très noir et le regard fuyant. Jolie, mais alors trop maquillée. Et puis elle dégageait quelque chose qui m'a mis mal à l'aise, ponctua Phil en fronçant les sourcils, les yeux vitreux.

C'était d'*elle* que parlait Phil. À n'en pas douter. Le cœur d'Arthur fut soudain malmené par l'adrénaline, ses mains crispées sur son verre.

— Ah ! Voilà ! Amélia ! s'exclama Philip en retrouvant le nom de la libraire parmi ses contacts. Amélia Chappuis, précisa-t-il en relevant la tête vers Arthur, tout fier qu'il était d'avoir remis la main sur son numéro.

Mais Arthur ne réagit pas. Il était comme pétrifié.

— Ça va vieux ? s'enquit Phil en remarquant l'air étrange de son ami. T'as trop bu ?

— Ça va, ça va, répondit-il en se frottant les yeux, cherchant à reprendre un peu ses esprits. Qu'est-ce que tu veux dire par « Elle m'a mis mal à l'aise » ?

— Mais rien.

— Allons, dis-moi, tu veux ?

— Qu'est-ce qu'il y a, avec cette fille, dis ? demanda Philip qui tentait de reprendre un peu ses esprits face au sérieux soudain de son ami.

— J'ai besoin de savoir, Phil, dis-moi.

Phil sembla un peu gêné. Il saisit de nouveau la bouteille de gin et s'en versa un autre verre avant de proposer d'un geste de le resservir à Arthur, qui refusa de la main.

— Eh bien ? Qu'est-ce qu'elle avait de si dérangeant ? insista Arthur.

Phil but une gorgée et esquissa un sourire un peu crispé.

— Ne le prends pas mal, mais aussi improbable que cela puisse te paraître, elle m'a vraiment fait penser à toi.

Arthur le toisa, interdit.

— À moi ?

— Yep. Je l'ai observée un moment, elle dénotait complètement parmi les gens, c'était assez bizarre. Elle tenait un de tes bouquins contre elle comme si c'était ce qui la maintenait debout, comme toi juste maintenant avec ton verre, tiens. Elle avait l'air aussi paumé que mélancolique. Comme toi, je te dis.

— Je ne suis pas convaincu de savoir comment je dois le prendre, commenta Arthur.

— Bah, tu me demandes, je te réponds, hein ! Moi, j'aime les femmes sûres d'elles et pétillantes, là, on aurait dit toi en fille, et autant je te supporte comme ami avec tes états d'âme un peu sombres et ton côté renfermé, autant chez une femme, ça me fait pas spécialement rêver, tu vois.

Il marqua une pause.

—Mais faut reconnaître qu'à part ça, elle était jolie, ajouta-t-il en faisant un signe de la tête.

Arthur posa son verre plein sur la table. L'image de cette jeune femme ne l'avait pas quittée depuis deux mois.

—Vieux ? s'inquiéta Phil. Il se passe quoi, là ? T'as changé de couleur. Allez, avoue, t'as trop bu.

—Non.

—Eh bien ?

Arthur regardait dans le vide, blafard.

—Vieux, tu me fais peur, là. Tu m'éclaires ? Il se passe quoi ?

—Elle portait un Perfecto en cuir noir et elle avait de grands yeux verts, pas vrai ? lâcha Arthur comme s'il avait les yeux fixés sur une autre époque.

—Tu la connais ?

—Réponds à ma question, s'il te plaît, dit-il sans bouger d'un millimètre.

—Pour le blouson noir, répondit Phil en passant la main dans ses cheveux ébouriffés, je dirais oui. Mais la couleur des yeux, c'est trop m'en demander, je l'ai pas vue d'aussi près, pis après c'est avec la libraire que j'ai fait causette, et je peux pas dire que je me sois tellement concentré sur autre chose… Pourquoi ?

Arthur se laissa tomber tout au fond du fauteuil, décontenancé. Il aurait préféré ne pas être malmené par le souvenir de cette inconnue qui occupait ses pensées avec ténacité. Il avait passé deux mois à regretter jour et nuit de ne pas l'avoir poursuivie, submergé par l'impression inextricable qu'une alchimie étrange les avait liés pendant quelques secondes, avant de se répéter aussi sec à quel point c'était stupide, que ce n'était pas parce qu'il écrivait des romans que son existence en était un. Il ne pouvait se pardonner de l'avoir laissée disparaître parmi la foule.

— Arthur ? Tu la connais ?

Arthur avait la tête qui tournait. Il se passa les mains sur le visage pour essayer de chasser le désordre de ses pensées.

— Oh, vieux, tu m'expliques ?

Arthur raconta alors à son ami cette rencontre aussi singulière qu'éphémère. Il lui parla de cette jeune femme à qui il avait à peine eu le temps de signer un livre et avec laquelle il n'avait échangé que quelques mots confus, mais qui avait laissé une empreinte indélébile dans sa mémoire. Il lui décrivit cette étrange ivresse qui l'avait envahi puis ces quelques secondes pendant lesquelles le temps avait semblé s'arrêter. Il lui dit à quel point cela lui semblait absurde tant ce n'était qu'une lectrice parmi tant d'autres, mais qu'il n'avait pas passé une seule journée sans penser à elle depuis.

Phil sourit, amusé.

— Et tu aimerais la revoir ? demanda-t-il.

— Quelque chose au fond de moi me répète que c'était quelqu'un qui aurait pu compter. Ça n'a pas de sens, je sais.

Phil le fixa.

— Ne me regarde pas comme ça, je sais que c'est ridicule.

— Ridicule ? Tu me considères comme un ami faisant si peu de cas de tes sentiments ? Je te connais, vieux. On est différents, certes, mais je vois quand quelque chose te touche. Ce qui me désole en revanche, c'est que tu aies ressenti ça mais que tu n'aies pas bougé. Là, je te rejoins. Tu vas passer ta vie à te demander si tu n'as pas loupé un truc.

— Je sais. Ma lâcheté me perdra. J'aurais dû la poursuivre. L'inviter à boire un verre, n'importe quoi, je ne sais pas. La retenir, un peu. Juste pour être sûr. Juste pour avoir tenté, au moins. Toi, tu l'aurais fait. Un de mes personnages l'aurait fait.

— Qu'est-ce que tu attends ? Tu sais ce qu'on dit : il n'est jamais trop tard.

Arthur laissa échapper un rire nerveux.

— Arrête, donc. Comment veux-tu que je la retrouve ?

— N'as-tu pas toi-même écrit que « le champ des possibles s'évanouit là où la peur paralyse notre cœur » ?

— Tu es sérieusement en train de citer mon dernier bouquin ? s'étonna Arthur.

— C'est moi qui pose les questions ! Ça fait deux ans qu'Anna est partie en te laissant presque pour mort ! se fâcha Phil avant de vider son verre cul sec. Et tout autant de temps que je désespère à te voir plongé dans des univers imaginaires où tu offres à tes héros l'amour dont tu rêves, plutôt que de le rechercher dans la vraie vie, ajouta-t-il, agacé.

Arthur lui fit signe de baisser le ton, il ne voulait pas que Hayley s'éveille et encore moins qu'elle écoute ce genre de conversation.

— Tu crois que la vie t'a fait un clin d'œil, Arthur, reprit Phil, soûl, en essayant tant bien que mal de parler moins fort. Toi qui passes tes journées à dépeindre l'amour sous chacune de ses facettes, toi qui prônes l'art de l'inattendu, de ce hasard poétique qui parfois nous joue des tours, qu'attends-tu au juste, hein ? Ça fait combien de temps qu'on se connaît, vieux ? Hein ?

— Un peu plus de vingt-cinq ans.

— Bon sang, Arthur ! répéta Philip, manifestement aussi éméché que passionné.

— Arrête, il est tard, la petite dort, fit Arthur pour tenter de calmer ses ardeurs.

— Mon vieux, je t'ai connu heureux deux fois seulement : le jour où Addison a accepté de t'accompagner au bal de fin d'année, et pendant tes trois ans avec Anna. Et il s'est passé quoi, avec elles, tu peux me dire ?

— Elles sont parties, répondit Arthur, fuyant son ami du regard.

— Elles sont parties ? Nan, vieux, elles sont pas juste « parties », précisa Phil en le pointant du doigt. Elles t'ont largué comme une merde, l'une pour le prof de musique, l'autre pour une carrière new-yorkaise dans la photo de mode en embarquant ta propre gamine sous son bras. Anna ne t'a pas seulement brisé le cœur, elle a sauté dessus à pieds joints avant d'en piétiner allègrement chacun des débris.

Les mots de Phil étaient bruts, sans filtre. Arthur resta muet, il savait que ce n'était pas uniquement le gin qui parlait. Le gin ne faisait que libérer ce qui tournait dans son esprit.

— Et tu sais quoi ? T'as pas eu le cran de les en empêcher, vieux. Tu t'es contenté de penser que d'une certaine façon, tu l'avais mérité, parce que tu crois que t'es pas un gars bien, parce que tu crois qu'il y aura toujours mieux que toi, lança-t-il en se levant pour se diriger vers la cuisine.

Il y eut quelques secondes de silence. Puis Phil réapparut, visiblement toujours aussi remonté.

— Et pour te consoler, pour éviter de broyer du noir, reprit-il d'une voix forte en pointant son ami du doigt, tu inventes des histoires. De belles histoires, hein, c'est clair, tu le mérites, ton succès. Mais tu te résignes, tu t'enfermes dans ton monde, tu rêves de tomber amoureux et que ça dure pour l'éternité, tu vis la vie de tes rêves par procuration, celle de tes personnages. C'est bien beau, ça se vend par millions, j'en suis le premier ravi, hein, j'ai pu me payer une belle bagnole et cet appart, grâce à tes bouquins ! Mais tu sais, les femmes idéales que tu crées ne viendront jamais sonner à ta porte, Arthur. Et Addison, et Anna, elles ne te méritaient pas ! Elles t'ont brisé le cœur, et puis ? Ça arrive, c'est la vie, mais des femmes bien, y'en a aussi.

Arthur resta interdit. Phil était à la fois complètement soûl et incroyablement lucide, aussi paradoxal que cela puisse paraître.

— J'en ai marre de te voir malheureux, lâcha-t-il d'un ton plus doux. Tu crois que ça se reproduira encore et encore, parce que tu as vu ta mère se tirer et vous abandonner et que le môme au fond de toi a fini par croire que c'était normal, mais c'est pas une fatalité et c'est pas normal pour un sou, Arthur. T'as le droit au bonheur, t'as le droit de tomber sur une fille qui t'aimera pour de vrai, et de rester avec elle jusqu'à ton dernier souffle, si c'est ce dont tu as envie.

Arthur ne put s'empêcher de sourire en écoutant son plus vieil ami lui faire ainsi la leçon qu'il avait bien méritée. Son ton était sec, ses grands gestes et sa voix animée auraient pu en intimider plus d'un, mais Arthur savait très bien que ce qui motivait Philip, c'était avant tout son amitié indéfectible, et il savait quelle valeur elle avait. Il avait besoin d'entendre ça, il avait besoin qu'on lui dise ses quatre vérités.

— Si celle-ci t'a tapé dans l'œil, retrouve-la, lâcha Phil en se laissant tomber sur le dossier du vieux cabriolet en cuir. Cherche, par tous les moyens, parle-lui, dis-lui que c'est peut-être stupide mais que tu as ressenti un de ces trucs que tu décris dans tes bouquins, là, une « alchimie » ou je ne sais quoi. Si elle sourit, invite-la à dîner, bavardez, apprenez à vous connaître. Même si elle refuse, même si elle te rit au nez, au moins tu en auras le cœur net, conclut-il avant de bâiller.

Ce soir-là, en observant son meilleur ami s'endormir face à lui, celui-là même qui le lendemain ne se souviendrait probablement pas de la conversation qu'ils venaient d'avoir, Arthur se dit que sa bonne étoile avait brillé drôlement fort cet après-midi de 1992 où il avait croisé Philip Stevens pour la première fois et partagé avec lui ce paquet de Reeses dont il n'oublierait jamais la saveur.

*

Arthur grimpa à pas de loup dans la mezzanine et s'allongea comme il put près de sa fille qui, entre-temps, s'était couchée en travers du lit, serrant dans sa main un gros ourson Paddington que son père lui avait offert plusieurs années auparavant. Il sourit en l'observant, ses cheveux bruns décoiffés et ses petites mains de part et d'autre de son visage. Il ramena sur elle la couette et passa son doigt sur sa joue, fasciné. Même si près de lui, elle lui manquait. Depuis sa séparation d'avec Anna, il ne pouvait la voir que très rarement, Anna ayant obtenu le poste de ses rêves à New York et n'ayant jamais souhaité revenir au Royaume-Uni. En deux ans, c'était seulement la onzième fois qu'il pouvait la revoir.

Quand Anna était partie, Hayley n'avait que deux ans, c'était encore un bébé, mais le temps avait passé, elle en avait quatre à présent. C'était une petite fille qu'on avait obligée à grandir un peu trop vite, à comprendre un peu les histoires des grandes personnes et à voyager en avion avec une hôtesse de l'air et son doudou pour seule compagnie. À chaque fois qu'il la retrouvait, c'était comme s'il avait manqué un millier d'étapes qu'il ne pourrait pas rattraper. À chaque fois, il la redécouvrait différente, c'était comme la rencontrer de nouveau, réapprendre ce qu'elle aimait faire, quel parfum de glace elle préférait, quel était le nom de ses amis. Le propre de l'enfance n'est-il pas ce perpétuel changement qui emporte les bambins et bouscule les parents ? Ce tourbillon incessant qui fait briller les yeux des petits autant qu'il fait frémir de nostalgie les grands ? C'est du moins ce que ressentait Arthur qui la sentait se dérober un peu plus chaque année. Là-bas, sa mère ne pouvait pas s'en rendre compte, elle la voyait chaque jour évoluer à petit pas. Mais c'était un fait : Hayley grandissait à une vitesse vertigineuse et Arthur ne pouvait ni réduire la distance qui les séparait, ni arrêter le temps. Hier, à son départ, c'était encore une petite poupée qui dodelinait de la tête sans arrêt, disait « non » à tout ce qu'on lui proposait et rougissait dès qu'elle découvrait un visage inconnu. Aujourd'hui, elle pouvait tenir une conversation des plus sérieuses sur le trésor de Toutankhamon, prenait au moins cinq minutes chaque matin pour peigner ses longs cheveux noirs et ne semblait plus contenir une once de timidité. Alors cette nuit-là, allongé près d'elle, Arthur se sentait comblé et vide à la fois. Parce qu'elle était là, pour quelques jours encore, mais que bientôt elle prendrait un avion et lui échapperait une fois de plus.

— Papa, dit une petite voix dans l'obscurité de la chambre, tu vas dormir ici ?

Le discours de Philip avait sans surprise eu raison de son sommeil.

— Oui, ma puce. Tonton Phil s'est endormi dans son fauteuil et il est très tard, alors on dort ici cette nuit.

— Mais tu ne dors pas, là.

— C'est bien vrai. Je te regardais et je me disais une fois de plus que tu es décidément belle comme un cœur quand tu dors. Enfin, même quand tu ne dors pas.

— Papa, c'est vrai ce qu'il a dit, tonton ? C'est vrai que maman t'a brisé le cœur ?

Le cœur d'Arthur se serra.

— Oui, un peu, Hayley.

— Tu es allé à l'hôpital ?

— Non, ma puce. Ça ne fait pas tout à fait mal comme ça.

— Ça fait mal comment, alors, papa ?

Arthur sourit devant la candeur de sa fille, souhaitant au plus profond de lui qu'elle n'ait jamais à connaître le sentiment qu'il s'apprêtait à lui décrire.

— Ça fait mal comme quand on perd quelque chose auquel on tient beaucoup, qu'on n'arrive pas à retrouver et qui nous manque très fort ensuite. Ça rend très triste et on ne sait plus très bien comment aller mieux.

— Comme quand j'ai perdu mon doudou, déduisit la fillette en caressant les oreilles de Paddington.

— Un peu, oui. Tu sais, les grandes personnes sont souvent un peu bêtes. Elles se font du mal, et la plupart du temps elles ne le font pas exprès. Mais tu sais, je ne lui en veux pas à ta maman, parce que sans elle tu ne serais pas là ce soir.

Il y eut quelques secondes de silence.

— Papa ?

— Oui, Hayley ?

— Qu'est-ce qu'elle t'a fait la dame avec les longs cheveux blonds dont parlait tonton tout à l'heure ?

Arthur connaissait trop bien sa fille pour s'imaginer esquiver sa question.

—Eh bien, elle m'a juste regardé très fort.

—Et tu es tombé amoureux d'elle ?

—Peut-être. Je n'en sais rien, elle est repartie très vite et elle habite très loin, je ne sais même pas où.

—Elle va te manquer comme un doudou, elle aussi ?

—Je ne sais pas très bien, ma puce.

—Alors tiens, lui dit Hayley en lui tendant son Paddington. Comme ça cette nuit, personne ne pourra casser ton cœur.

Arthur saisit l'ourson.

—Merci. Allez, dors maintenant, il est déjà bien tard pour tes petits yeux. Passe une bonne nuit, lui dit-il tendrement. Je t'aime.

—Moi aussi je t'aime, papa. Bonne nuit.

Et Arthur serra sa fille contre lui en se disant qu'elle était décidément la personne la plus extraordinaire qu'il ait jamais connue.

12

Peter,
Ses yeux me suivent sur chacun de mes pas. Je les vois dans mon dos, qui scrutent chaque mouvement, chaque geste, chaque parole, chaque souffle. Elle est là, derrière moi, à épier tout ce que je fais, elle est même là quand je dors.
Elle m'a rattrapée ! Elle m'a retrouvée, même ici, aux confins de la terre. Ma dette ne sera-t-elle donc jamais payée ? Je l'avais fuie mais elle est là et ne me quitte plus. Je vais devoir errer avec ce regard fixé sur moi jusqu'à ce que la mort m'emporte pour enfin retrouver la liberté. Je n'en peux plus. Je ne sais plus où me cacher.
J'ai peur. Je les ai tués.
Sophie

*

PARTIE 2

13

Août 2018
Un an plus tard

Une Peugeot 407 immatriculée en France remonta Bayle Street au ralenti. Le retraité de soixante-neuf ans scrutait chaque recoin de la rue où quelques passants marchaient sans se soucier de lui. Il était environ dix-huit heures trente, cela faisait donc de longues heures à présent qu'il faisait route. Félix était épuisé, il n'était plus habitué à conduire autant. Depuis son départ de Nantes, il n'avait fait que deux escales. L'une pour faire le plein dans une petite station-service au bord de l'autoroute, l'autre pour déguster le délicieux sandwich jambon-fromage que lui avait préparé Yvette, la voisine avec laquelle il discutait souvent depuis son jardin.

Il arrêta son moteur au niveau du 42, *The Bayle*, à Folkestone. Regardant par la fenêtre, il lut sur la façade, au rez-de-chaussée : « The Guildhall ». Son cœur se serra. Félix ferma les yeux doucement, et l'espace d'une seconde, il se revit pousser la porte de ce qui en son temps s'appelait le *café Thérèse*, le seul café français de Folkestone. L'odeur du savoureux café noir qu'elle y préparait se faufila à travers les trente-six années qui le séparaient de ce souvenir et vint lui chatouiller les narines. Ses yeux bleus soulignés de rides marquées se plissèrent en apercevant de nouveau les lucarnes sur la façade et il revit la scène comme si c'était hier ; le vieux Jerry, au fond, qui trempait sa meringue dans le thé brûlant chaque après-midi, le vent qui balayait les fenêtres et elle, là, derrière son comptoir.

Thérèse.

Son tablier rouge lui marquant la taille comme un ruban de velours. Ses mains agiles qui versaient bière et whisky à une cadence folle sans en perdre une goutte. Sa chemisette blanche un peu décolletée qui, dès qu'elle se penchait en avant… Thérèse s'empressait alors de reboutonner ce petit bouton rebelle qui glissait si délicieusement quelquefois. Et puis ses yeux. Deux noisettes scintillantes dans la lumière un peu terne de la pièce où s'entassaient des clients aux regards éteints. Félix la voyait encore là, face à lui, préparant la meilleure limonade de la ville. Il sourit. C'était ridicule, pas vrai, de boire de la limonade ? « N'arrêtez pas de boire de la limonade, monsieur Félix » lui avait-elle dit.

Félix Granger entendit cette phrase résonner dans sa tête comme l'un des dix commandements. *N'arrêtez pas de boire de la limonade, monsieur Félix…* Depuis ce jour d'hiver 1983, il n'avait rien commandé d'autre que de la limonade dans les bars où il pouvait aller. Cette habitude passa pour une lubie. Soit on s'en moquait, soit on s'en amusait. Il ne révéla toutefois jamais son secret.

L'odeur qui s'échappait du pub au 42, *The Bayle* n'était en rien celle d'un café noir. Cela sentait le fish and chips. Il n'avait jamais apprécié la cuisine typique anglaise, et les effluves lui donnèrent un haut-le-cœur. Lui qui avait espéré durant tout son trajet retrouver le *café Thérèse* se dit alors qu'il avait été bien stupide d'imaginer que trente-six ans auraient pu laisser son empreinte intacte. Il sortit de la voiture et entra dans le pub avec appréhension. Un homme aussi bedonnant que jovial lui demanda avec un accent typique du Kent ce qu'il voulait boire en lui montrant les tireuses à bière sur le bar. Félix refusa de la main et demanda alors :

— Je cherche Thérèse… Thérèse Bertrand, précisa-t-il en français, ne connaissant presque rien de la langue de Shakespeare. Vous la connaissez ?

L'homme ne le comprit pas. Alors Félix répéta.

— Thérèse Bertrand. Elle tenait un café ici dans les années 1980.

— *Coffee?* fit l'homme qui ne parlait pas un mot de français.

— Non, Thé-rèse. Ber-trand. *You know?*

Le tenancier le regarda en réfléchissant avant de simplement faire « non » de la tête et d'ajouter un *sorry* qui sonna comme un coup de couteau dans le cœur de Félix. C'était à prévoir, mais il avait rêvé de la retrouver là, voilà tout. Déçu, Félix retourna s'installer au volant de sa Peugeot et poussa un soupir de tristesse. Tous ces kilomètres pour rien. Toutes ces années à hésiter pour finalement tenter un coup de folie et voir ses espérances désenchantées… Bien sûr, que c'était à prévoir. Bien sûr qu'il y avait une chance sur mille, sur cent mille, sur un million qu'il la retrouve là, au même endroit, avec juste quelques rides en plus et un tablier neuf. Comment avait-il pu être aussi naïf ?

Un homme gara une vielle Golf bleue sur une place de parking réservée, de l'autre côté de la rue. Félix, l'observa tout en essuyant du revers de la main les quelques larmes qui lui avaient échappé. L'homme, la trentaine, une barbe de trois jours, portait un jean et une chemise bleue ouverte sur un tee-shirt blanc. Il referma la portière, traversa la rue, le regard baissé. Lui aussi semblait déçu, pensa Félix. Le vieil homme se fit petit lorsque l'inconnu passa devant sa 407, sans y prêter attention. Ce dernier sortit un trousseau de clefs de sa poche, poussa une porte à droite sur le côté du restaurant, entra. Ladite porte affichait également le numéro 42. Intrigué, Félix se dit qu'il n'avait pas fait tout ce chemin pour ne pas tout tenter. Qu'avait-il à perdre, après tout ? Il sortit de l'habitacle, ferma la portière à clef et suivit le chemin de l'homme à la chemise. Devant la porte du rez-de-chaussée, il y avait un interphone à deux sonnettes : « A. NEIL » et « GUILDHALL – PUB ». Il semblait donc y avoir un appartement au-dessus du restaurant. Neil. Le nom ne disait rien à Félix. Il sonna.

*

Lorsque la sonnerie retentit, Arthur, qui venait de s'affaler de tout son long sur son canapé, poussa un soupir d'agacement. Il n'attendait personne à cette heure, et il ne souhaitait qu'une chose, c'était pouvoir passer une soirée seul avec lui-même. Ce soir, il avait envie de garder sa peine pour lui. Comme on sonna une seconde fois, il finit par se lever en marmonnant, et décrocha l'interphone.

— Hum… Hello… Mister… Neuille ? dit Félix de sa voix rauque en lisant comme il pouvait le nom sous la sonnette. Do you… hum… do you comprendre… euh… French ?

Arthur sourit.

— Oui, monsieur, répondit Arthur.

— Vous parlez français ? s'étonna Félix. C'est une bénédiction !

Intrigué, Arthur déverrouilla la porte.

—Montez, je suis à l'étage.

Arthur s'arrêta devant le miroir de l'entrée, passa la main dans ses cheveux ébouriffés pour leur redonner un semblant d'ordre qu'il n'était toutefois jamais parvenu à obtenir, et redressa le col de sa chemise avant d'ouvrir la porte. Le vieil homme qui se tenait devant lui portait une chemise à carreaux dans les tons de beige dont les manches étaient retroussées, sur un pantalon à pinces gris. Malgré son visage buriné par les années et de petits yeux bleus rieurs, il avait un air timide et gêné à la fois. Devant la mine interrogatrice d'Arthur, Félix Granger se lança :

—Eh bien ! C'est le ciel qui m'a fait croiser votre chemin ! s'exclama le vieil homme à nouveau. Un Anglais qui parle français ! Quelle aubaine !

—Pardonnez-moi, mais... En quoi puis-je vous être utile ? demanda Arthur qui rêvait de vite retrouver son canapé et sa solitude.

—Oui. Alors, hum... Je sais que c'est sans doute un peu surprenant, mais je vais essayer de faire court. Je m'appelle Félix Granger et je suis à la recherche de Thérèse. Elle habitait ici dans les années 1980 et je... eh bien, voyez-vous, je la cherche. Pourriez-vous m'aider ? termina-t-il, hésitant.

—Thérèse ? répéta Arthur.

—Thérèse, acquiesça Félix.

—Thérèse comment ?

—Eh bien, depuis combien de temps vivez-vous ici si ce n'est pas trop indiscret monsieur... Neuille ?

—Un peu moins de quinze ans, pourquoi ?

Félix frotta son menton parfaitement rasé.

—Eh bien, il y avait ici, tout du moins au rez-de-chaussée, un café français qui, dans le temps, s'appelait le *café Thérèse.* Oh, la tenancière était une charmante dame, elle… elle devait avoir à peine plus de trente ans quand j'ai fait sa connaissance, raconta Félix, toujours sur le pas de la porte, dont le regard sembla se perdre dans le passé.

Arthur avait beau être quelque peu intrigué par cette visite inopinée, il n'en était pas moins exténué et se sentait partagé entre l'envie de mettre un terme le plus vite possible à cette discussion et sa curiosité. Félix continua :

— Et pour tout vous avouer, ne m'en tenez pas rigueur mais je n'ai jamais aimé l'Angleterre, alors, voyez-vous, moi qui suis resté coincé quelques semaines dans le Kent à cause de mon emploi de l'époque, j'avais trouvé dans ce petit bistrot tout le bonheur du monde, expliqua Félix en baissant les yeux comme si le bout de ses chaussures était une fenêtre sur une autre décennie.

— Je ne suis pas sûr de vous suivre, monsieur.

— Ma foi, reprit le vieil homme en relevant le regard vers Arthur, j'en étais éperdument amoureux, voilà tout ! avoua-t-il, un air ému dans sa voix rocailleuse.

Félix avait parlé avec tant de sentiment qu'Arthur n'avait plus du tout envie de fermer la porte.

— Et puis vous savez, l'amour, le grand, le vrai, celui qu'on reconnaît dès la première seconde, il reste gravé dans nos mémoires même si on n'en a pas conscience tout de suite, n'est-ce pas ? dit Félix. Alors moi, moi qui n'étais là que pour trois mois de travail, j'ai dû m'en aller, un jour. Parce que ma vie était en France et que j'avais des responsabilités, là-bas. Je ne pouvais pas rester, je ne pouvais pas changer de vie sur un coup de tête, pour une inconnue. Je suis rentré à Nantes, j'y ai retrouvé ma femme, Annette, qui est restée mon épouse jusqu'à ce qu'un cancer me la vole voilà sept ans.

Arthur avait été tant absorbé par les paroles de Félix qu'il en avait définitivement oublié l'appel de son canapé. Cette rencontre, au beau milieu d'une journée des plus maussades, ravivait en lui la flamme qui lui donnait tant envie d'écrire.

—Ne vous méprenez pas, mon petit, reprit le vieux monsieur, j'ai vécu très heureux avec ma femme les trente-deux ans de mariage qu'elle m'a offerts, soyez-en convaincu. Annette a été ma compagne et ma meilleure amie à la fois, je l'ai aimée intensément, je n'ai jamais songé à la tromper, oh ça non. Mais je n'ai pas pu oublier Thérèse, je le reconnais. Voilà pourquoi je suis là aujourd'hui.

Arthur était touché par la sincérité de ses mots. Il regarda Félix qui semblait s'être envolé vers une autre décennie le temps de son récit, avec des touches de nostalgie, de tristesse et d'espoir au fond de sa voix sans doute éraillée par la cigarette. Félix s'était interrompu. Il fixait de nouveau le bout de ses souliers usés.

—Vous ne connaissez aucune Thérèse pas vrai ? chuchota-t-il, résigné. Thérèse, Thérèse Bertrand elle s'appelait, répéta-t-il, déçu.

Le nom sonna aux oreilles d'Arthur comme une lueur dans l'obscurité. Tout à coup, il visualisa ce nom sur un document. Il tâcha de se concentrer et cela lui revint. Thérèse Bertrand. C'était elle, bien sûr ! Mademoiselle Bertrand, l'ancienne propriétaire de l'appartement. C'était à cette femme qu'Arthur avait loué puis finalement acheté quelques années auparavant ce qui était désormais son chez-lui. Arthur posa sa main sur l'épaule du vieux monsieur.

— Je ne vous promets rien, annonça Arthur, mais j'ai peut-être quelque chose. Laissez-moi vous offrir un verre le temps de jeter un coup d'œil sur un vieux dossier, ajouta-t-il en invitant d'un geste à entrer Félix, qui s'exécuta, le cœur battant.

*

Arthur s'était servi un scotch, mais son improbable invité lui avait demandé de la limonade. Ce qu'il avait toujours en stock puisque Lizzie en raffolait. Assis bien droit sur le divan, le vieil inconnu était partagé entre l'appréhension que ce M. Neil n'ait rien à lui apprendre au sujet de Thérèse et l'espoir ardent qu'il puisse l'aider, même juste un peu, à retrouver sa trace. Il avait l'air bien aimable, après tout, ce jeune homme. Et malgré son fort accent local, il se débrouillait drôlement bien en français. Peut-être que c'était son jour de chance, finalement, pensa Félix.

Dans son bureau, Arthur, qui avait rapidement retrouvé dans ses dossiers un acte de vente sur lequel étaient bel et bien mentionnées les coordonnées de Mlle Bertrand, les avait recopiées sur une feuille avant de réaliser naïvement que cela n'était pas tout à fait légal. Il plia le papier et le glissa dans la poche de son pantalon, indécis. Après tout, il ne connaissait rien de cet homme, et bien qu'il semble digne de confiance de prime abord, ce pouvait tout aussi bien être un imposteur ou une personne mal intentionnée. Non, non. Il ne pouvait pas le croire ; le type transpirait la sincérité. Cela dit… songea Arthur en frottant ses cheveux ébouriffés, cela dit, il n'avait pas toujours disposé d'un jugement des plus fiables. Il n'y avait qu'à voir comme il s'était fait mener en bateau par la fameuse

Addison Jasper, se souvint-il tandis qu'il tournait en rond, seul dans la pièce. Il ne pouvait se résoudre à communiquer des informations personnelles au premier venu. Non seulement parce qu'il savait qu'il n'en avait officiellement pas le droit, mais surtout parce que, tout fleur bleue qu'il était, il en avait oublié que dans « la vraie vie », les gens ne sont pas toujours aussi bienveillants qu'on l'imagine. Pourquoi l'avait-il fait entrer, d'ailleurs ? Si cela se trouvait, c'était un journaliste en quête de détails sur sa vie privée, qui était présentement en train d'observer à la loupe les notes sur le tableau dans la cuisine et les photos de famille dans l'entrée. Ou alors, un voleur, qui sait ? Et si l'homme était en train de retourner ses tiroirs les uns après les autres dans son dos pour lui dérober quelque chose ? Malmené par son cerveau soudainement torturé entre élans de zèle et méfiance, Arthur prit une grande inspiration et se décida à rejoindre Félix.

— Monsieur Granger, lui dit Arthur en arrivant dans le salon avant de constater avec soulagement que ses tiroirs n'étaient pas ouverts et que Félix n'avait pas bougé d'une semelle. Je suis romancier, annonça-t-il, peu sûr de lui mais ne voyant pas d'autre issue à son problème. Que diriez-vous de me raconter ce qui vous a fait parcourir cette route depuis Nantes pour… pour retrouver une femme, si je vous ai bien suivi ?

— C'est ça, acquiesça Félix, en riant un brin nerveusement.

— Je suis sûr que l'histoire vaut le détour, commenta Arthur en saisissant son verre de scotch.

— Avec plaisir.

Félix Granger avait attendu sept longues années pour trouver l'audace de partir à la recherche d'un amour perdu plus de trente ans auparavant. Il raconta avec entrain la manière dont cette charmante femme allait et venait là, derrière son comptoir, coordonnant chaque mouvement de ses mains et de son corps avec ce qu'il jugeait être une grâce sans pareille. À coup sûr, le vieil homme était toujours amoureux d'elle, avait pensé Arthur dès les premières minutes. Simplement, expliqua Félix, il avait aimé sa femme tout aussi intensément quoique différemment, et pendant les sept années consécutives à son décès, il avait choisi de faire son deuil et, par respect pour ses enfants, de ne pas songer à retrouver quelqu'un. Et puis ça lui avait pris comme ça, un matin, au printemps. Il avait observé la première tulipe de la saison, et s'était alors souvenu du rouge de ce tablier. Il s'était dit que le renouveau existe même après les grands incendies, que l'hiver, aussi glacial puisse-t-il être, n'en est pas moins temporaire. Que les vieux rêves n'ont pas d'âge. Alors il avait demandé à ses quatre filles de passer le voir, car il ne s'imaginait pas une seconde entreprendre de telles recherches sans disposer de leur approbation. Véronique, Françoise, Nadine et Évelyne l'avaient regardé avec les mêmes petits yeux bleus rieurs que lui, émues, avant de le serrer dans leurs bras les unes après les autres, lui donnant non seulement leur bénédiction mais même soulagées qu'il s'autorise enfin à être heureux à nouveau. Alors il avait sorti un carnet neuf et y avait noté tous les souvenirs qu'il avait en mémoire, déterminé à retrouver cette Thérèse qui n'avait jamais tout à fait quitté ses pensées.

Arthur avait bu ses paroles avec bien plus d'entrain que son verre de scotch, qu'il avait, à vrai dire, à peine touché tant il avait été absorbé par le récit de Félix.

— Eh bien, que voulez-vous ? Thérèse m'avait touché en plein cœur. Pourtant, jamais nous ne nous sommes vus en dehors du café, j'étais juste le seul petit Français qui prenait une limonade chez elle, tous les jours pendant trois mois, en 1983. Elle me parlait en français, elle disait que ça lui rappelait ses parents, quand elle était plus jeune et vivait encore à Paris. On parlait de tout et de rien, de nos vies, de nos projets, sans jamais évoquer ce qui se passait entre nous. Parce que, ne nous mentons pas, elle et moi, on savait bien qu'il y avait quelque chose, mais ce n'était pas convenable d'aller plus loin que des banalités. Et pourtant, même sans en parler, entre elle et moi, c'était évident. Évident mais inavoué. Je n'ai jamais su précisément ce qu'elle pensait de moi, mais je voyais bien son grand sourire quand je passais les portes du café, et je voyais tout aussi bien qu'elle n'en gratifiait personne d'autre. J'avais trente-trois ans à l'époque, et pourtant, eh bien, je l'aimais comme un gamin, raconta Félix en riant.

— Et vous n'avez jamais essayé de la revoir avant ? Je veux dire, avant aujourd'hui ?

— Non. Enfin, il m'est arrivé à plusieurs reprises de me lever de mon fauteuil, de prendre les clefs de la voiture et de me convaincre qu'il était temps, mais à chaque fois je suis revenu sur mes pas, me disant que si ça se trouve, j'avais imaginé ses sourires, ses sentiments. Après tout, nous ne nous étions jamais rien dit de bien sérieux, voyez-vous. Je n'avais aucune preuve qu'elle puisse m'aimer, vous savez.

— Mais elle vous manquait.

— Bien sûr. Parfois, lorsque j'allais travailler à Paris, je croyais la reconnaître au coin d'une rue, alors je me mettais à courir derrière elle. Simplement parce qu'elle m'avait raconté qu'elle y allait souvent pour y voir sa mère. Et puis je la rattrapais, et juste avant de tendre le bras pour qu'elle se retourne, je renonçais. J'avais peur de m'être trompé, des silhouettes comme la sienne, Paris en compte des milliers. Je crois qu'au fond, j'avais tout simplement peur que ce ne soit pas elle. Je préférais vivre avec l'idée qu'elle avait peut-être été à quelques mètres de moi…

—… plutôt qu'avec la déception que ce ne soit pas le cas, compléta Arthur sans réfléchir, les yeux rivés sur le fond de son verre.

Félix l'observa, amusé.

—Je prêche un convaincu ? comprit le vieil homme.

—Il semblerait, en effet, souffla Arthur, la gorge nouée.

—Courir après une femme que vous croyez reconnaître ?

—Oui.

—Quel était son nom ? s'enquit Félix.

—Emily. Avec un « Y ».

Emily. La dernière fois qu'il avait prononcé ce prénom, c'était il y a des mois. En revanche, la dernière fois qu'il avait pensé à elle, c'était tout à l'heure, en revenant de l'aéroport. Parce qu'à peine Hayley était-elle repartie vers New York, il s'était retrouvé seul et perdu, comme à chaque fois.

—Eh bien, eh bien. Nous avons un sacré point commun, monsieur Neuille. Où en êtes-vous ? demanda Félix avant de boire quelques gorgées de limonade.

—Ma foi, j'ai fait comme vous, j'ai petit à petit retenu mon souffle quand je croyais la revoir, j'ai arrêté de poursuivre les fantômes de cet amour qui n'a même pas existé, j'ai essayé de ne plus penser à elle, de ne plus en parler.

—Mais vous n'avez pas réussi, vous non plus.

—Pas réussi à quoi ?

—À l'oublier.

La gorge d'Arthur se serra. Félix avait raison, évidemment. Le visage de cette jeune femme était comme imprimé de façon indélébile sur son cœur, peu lui importait que ça ait du sens ou pas. Peu lui importait que ça n'ait duré que quelques secondes et qu'il ait peut-être été le seul à percevoir ce « quelque chose ». Il aurait pu la décrire encore et encore sans jamais s'en lasser, elle lui avait laissé un souvenir aussi doux que précis. Bien sûr qu'il n'avait pas réussi à l'oublier, bien sûr qu'il aurait voulu la revoir, ne serait-ce que quelques secondes, pour se délecter de nouveau de son regard profond et mystérieux. C'était invraisemblable, mais cette inconnue, du moins ce qu'il s'était imaginé d'elle, il l'avait aimée. Et il l'aimait toujours.

Comme on aime un souvenir, comme on aime un rêve.

— Alors vous aussi…

— Pardon ? fit Arthur que la voix de Félix avait tiré de ses pensées.

— Vous avez parlé à voix haute. Murmuré serait plus exact. Vous avez dit que vous l'aimiez toujours.

Arthur venait de s'avouer à lui-même ce qui depuis tant de temps résidait dans son cœur sans réussir à s'en échapper. Il y eut quelques secondes de silence. Puis, n'ayant plus de doute quant aux intentions de ce M. Granger, Arthur sortit de la poche de son jean la feuille pliée en quatre et la tendit au vieil homme en souriant.

*

Aux alentours de minuit, Félix Granger s'endormit sur le divan, sous le plaid en tartan, après plusieurs heures à discuter avec un jeune auteur apparemment célèbre dont il n'avait certes, jamais entendu parler, mais qui lui avait redonné un espoir et un toit pour la nuit. Sur le bout de papier qu'il garda au creux de sa main même dans son sommeil, étaient inscrits une adresse, un numéro de téléphone, et un nom. Celui d'une femme qui, il ne le savait pas, avait quitté à contrecœur l'Angleterre qu'elle chérissait tant quatorze ans plus tôt pour rentrer à Paris retrouver sa mère atteinte de la maladie d'Alzheimer. Elle avait vendu son café, son appartement au-dessus. Sa vie.

Arthur alla se coucher mais le sommeil ne l'emporta pas tout de suite. Assurément, cette visite inattendue avait réveillé chez lui des pensées qu'il avait tenté tant bien que mal de faire taire pendant des mois mais qui, en réalité, ne pourraient jamais le quitter, il l'avait compris en écoutant ce M. Granger, dont les sentiments n'avaient pas flétri le moins du monde malgré les décennies, ni pour cette Thérèse, ni pour sa défunte épouse, à vrai dire.

C'était un fait : il voulait la revoir. Il avait toujours voulu la revoir. Depuis Genève, il n'avait pas trouvé la force de se lancer à sa poursuite. Pour aucune et pour mille raisons à la fois.

Elle appréciait ses livres, certes, elle le lui avait dit, mais cela pouvait-il être suffisant ? Il en doutait beaucoup. Il se demandait depuis plus d'un an quelle était cette phrase qu'il avait écrite et dont elle avait voulu lui parler. Il avait écrit quatre romans ; c'était mission impossible de deviner. Évidemment qu'il y avait eu quelque chose d'unique dans leur échange, évidemment qu'il avait perçu une émotion qui l'avait interpellé bien qu'il ne soit pas parvenu à l'identifier. Mais avait-elle seulement ressenti cela, elle aussi ? Et même si c'était le cas, n'était-il pas ridicule de s'imaginer qu'elle puisse avoir envie de partager autre chose qu'une dédicace avec lui ? Après tout, elle était repartie si vite. Et elle avait l'air si jeune. Cette Emily devait avoir un peu plus de la vingtaine, elle étudiait probablement encore, ou travaillait, sortait avec des amis. Elle devait avoir un petit ami qui la faisait rire. D'ailleurs c'était plus que probable, elle était si belle.

Oui, mais quelle ironie du sort ce serait si, dans trente ou quarante ans, comme Félix ce soir-là, il se retrouvait à regretter de n'avoir pas eu l'assurance nécessaire pour en avoir le cœur net ? Pour avoir la certitude que ça n'en valait pas la peine ? Et s'il y avait la moindre chance qu'elle puisse devenir un jour plus qu'une inconnue ? Et si c'était cette Emily, le personnage principal de son histoire à lui ? Bien sûr que c'était improbable, bien sûr que c'était utopique. Et pourtant, Arthur avait répété mille fois à sa propre fille que jamais, au grand jamais, il n'est bon de renier ses rêves au profit d'une réalité ennuyeuse.

Arthur passa une bonne partie de la nuit à considérer tous les arguments qui l'avaient convaincu un peu plus d'un an auparavant de renoncer à poursuivre la silhouette de cette jeune femme de peur de sembler impoli, de peur qu'elle le repousse, aussi. Pourtant, le matin venu, ses yeux s'ouvrirent sur une phrase que son père lui avait dite un soir lorsqu'il était enfant et que sa mère lui manquait atrocement : « Certaines journées, certaines années, te sembleront interminables et vides de sens. Mais certaines minutes, certaines secondes, contiendront tout ton monde, et c'est à celles-là que tu devras t'agripper. »

14

Octobre 1996

Sophie,

Quatre ans que je n'avais pas lu une de tes lettres. J'avais réappris à vivre, les enfants aussi. Autant que faire se peut, du moins. Nous avons tous fait de notre mieux pour enfouir en nous le gouffre laissé par ton absence. J'admirais le fait que tu aies cessé toi aussi de m'écrire, je me disais que tu avais également accepté mon choix de rompre nos échanges.

Aujourd'hui je reçois ce bout de papier froissé et jauni. Il n'y a pas de date. C'est bref, c'est une énigme. En provenance d'« Iruya », qui d'après mes recherches serait un village perché à quatre mille mètres dans les montagnes d'Argentine. Y vis-tu ? T'y caches-tu ? L'adresse est à peine lisible, je ne sais même pas si je l'ai bien recopiée, si tu recevras ce retour. Pour être honnête, je me suis même demandé si c'était bien toi qui avais écrit cela. « Griffonné » serait d'ailleurs plus approprié. Les lettres sont penchées, on ne reconnaît pas vraiment ton écriture. Mais ta signature, cette façon que

tu as toujours eue de souligner ton prénom d'une petite étoile... c'est toi, sans aucun doute.
Et ces mots...
Que t'arrive-t-il ? Qui est cette femme qui te suit sans arrêt ? Je n'arrive pas à comprendre si c'est une métaphore, mais ta détresse transparaît et m'angoisse énormément. J'ai beau te lire encore et encore, je n'arrive pas à comprendre. Je fais des suppositions, j'essaie de trouver un sens à tout cela mais c'est terriblement confus, Sophie ! De quelle dette tentes-tu de t'acquitter ? Es-tu seulement lucide ? Par-dessus tout, qui t'accuses-tu d'avoir tué ? Toi qui ne pouvais te résoudre à ce qu'on se débarrasse du rat qui avait élu domicile dans notre grenier, comment aurais-tu pu assassiner quelqu'un ?
Je t'en prie, éclaire-moi. Te savoir seule et en danger au bout du monde ne fait que souligner mon incapacité à agir, et ces mots pleins de trouble ne sont en rien rassurants. J'ai besoin de comprendre. Je serai indulgent, crois-moi, je l'ai toujours été. Tu sais que je peux te comprendre. Après tout, n'était-ce pas parce que nous nous comprenions si bien l'un l'autre que nous nous sommes tant aimés ?
Cela a beau faire plus de quatre ans que tu es partie, l'amour que j'ai pour toi n'en a pas pour autant faibli. Il est toujours présent. Écris-moi, appelle-moi. Reviens-moi. Ou, si tu ne peux pas, laisse-moi venir te chercher. Appelle-moi au secours, je viendrai. Je te le promets.
Je t'aime, je t'ai toujours aimée,
Peter

*

Août 2018

Le téléphone sonna pour la treizième fois en dix minutes. Quand Philip comprit qu'il ne se trouvait pas réellement sur scène avec Michael Jackson en plein duo sur *Billie Jean*, il ouvrit une paupière et observa quelques secondes d'un œil à moitié clos son portable qui vibrait au rythme de la mythique chanson du roi de la pop. La réalité le frappa en pleine face : Mickael Jackson était mort. Cette idée lui mit les larmes aux yeux. Il aurait préféré ne jamais se réveiller. Mais son portable n'en finissait pas de vibrer sur la table de nuit. À la quatorzième sonnerie, Phil tendit un bras engourdi vers la table de nuit et décrocha.

— Allô ?

— Phil ! Qu'est-ce que tu fous ?

— Moi aussi ça me fait plaisir de te parler, vieux, répondit Phil d'une voix endormie.

— J'ai besoin de toi !

— Oui, oui, bien dormi, quoique réveillé un peu brutalement.

— Mais où es-tu ?

— Entre ma couette et mon matelas, pourquoi ?

— Tu ne bosses pas aujourd'hui ?

— Nous sommes dimanche, il est exactement sept heures vingt et une, et tu viens de mettre un terme à ce sommeil que je tente tant bien que mal de récupérer après la semaine de fou que je viens de passer. Donc, non, je ne bosse pas.

Arthur, saisi d'un doute, regarda le calendrier pendu au mur de son bureau et comprit que son ami n'était pas tout à fait à côté de la plaque. Se souvenant à quel point Phil était sur les rotules ces temps-ci, il fut immédiatement envahi par un sentiment de culpabilité.

—Oh, désolé vieux. Je me croyais…

—Lundi ?

—Oui.

—Hum. Quel que soit le jour où tu vis, ma grasse mat est flinguée, bougonna Philip en frottant ses yeux.

—Je suis vraiment un idiot.

—Évidemment. Ça fait des années que je te le répète.

—Je l'ai mérité. Lâche-toi.

—Non mais c'est tout, j'ai fini. Bon et alors, si on reprenait au début ? Comment ça commence, déjà ? Euh… Allô ?

Phil entendit Arthur rire à l'autre bout du combiné.

—Bonjour Phil, c'est moi, comment vas-tu ? recommença Arthur, qui se prit au jeu.

—Bien, plutôt bien. Mis à part un idiot qui m'a téléphoné il y a un moment et la mort de Mickael Jackson, ça va bien.

—La mort de Michael Jackson ? répéta Arthur.

—Bah ouais. Tu vois, il y a des trucs graves, dans la vie. Comme… la mort.

—Je vois.

—Qu'est-ce que je peux faire pour toi ?

—Je devais te parler. Pour tout te dire, je n'ai presque pas dormi cette nuit, je n'ai pas arrêté de réfléchir et…

—Et Hayley te manque déjà, c'est ça ? le coupa Philip, ému. Écoute, tu l'as ramenée avant-hier à l'aéroport mais vous avez passé une semaine de bonheur ensemble, non ? Tu ne peux pas tomber en déprime à chaque fois que tu la renvoies là-bas. C'est déjà plus que ce qu'Anna te proposait jusqu'à l'année passée, vois-le comme un cadeau. Toutes les bonnes choses ont une fin, Arthur.

— Non, ce n'est pas ça, Phil. Enfin, si aussi, un peu, Hayley me manque c'est vrai mais…

— Mais ?

— Mais il n'y a pas qu'elle. Je dois faire quelque chose. De fou mais d'indispensable.

Philip se redressa dans son lit, intrigué.

— Que veux-tu dire ?

— Elle me manque.

— Qui donc te manque ?

Arthur prit une grande inspiration avant de se rendre compte qu'il ne pouvait pas raconter ça à son ami au téléphone.

— Je t'invite à prendre un petit déjeuner au *Marley's*, pour me faire pardonner ? Je te raconterai tout. Ça marche ?

— Oui. Mais qui te manque, dis ?

— Alors rendez-vous au *Marley's*, se contenta de répondre Arthur.

*

— Mais ça fait plus d'un an ! s'exclama Philip en essuyant d'un revers de main le jus d'orange qui coulait le long de son menton. Qu'est-ce qui te prend tout à coup ?

Le soleil tentait tant bien que mal de se faufiler parmi les nuages qui couvraient Folkestone. Phil et Arthur dégustaient un petit déjeuner copieux face à la baie vitrée du restaurant à l'ambiance cosy et végétale. Dehors, une petite brise balayait les cheveux d'une jeune femme rousse qui passait dans la rue pavée, une sacoche noire sur l'épaule.

— Je sais bien. Mais ce type, il m'a ouvert les yeux : ce type, Phil, ce pourrait être moi. Moi dans trente ou quarante ans. Je voudrais juste être sûr que je n'ai pas manqué le coche. La retrouver, pour pouvoir avancer, et passer à autre chose si c'est nécessaire. Tu comprends ?

—Quel est ton plan au juste ? Tu as un nom ? Une adresse ?

—Toi-même, tu me disais que je devais la retrouver, qu'il fallait que je l'invite à dîner, que je lui parle pour de bon !

—Tu fais référence à la soirée où je me suis endormi dans le fauteuil sur mon verre de gin, là, c'est bien ça ?

—Peu importe, tu avais raison. Je dois la revoir et en avoir le cœur net. Sinon je risque de le regretter toute ma vie, souffla Arthur.

—Arthur, j'étais bourré. BOUR-RÉ. Tu me suis ? Depuis quand je suis lucide, quand je suis bourré ?

Arthur refusait de se laisser engluer une seconde de plus dans la fatalité.

—Je sais que ça ne va pas être simple de la retrouver mais je veux quand même tenter ma chance. Je ne peux pas expliquer ce qui s'est vraiment passé ce jour-là. Pourtant, il ne fait aucun doute que ça m'a sacrément chamboulé, puisque je suis là pour t'en parler ce matin.

Phil le regardait, les yeux ronds.

—Il faut que je la revoie, que je sache. Si oui ou non elle aussi a ressenti ça.

—Et si elle te dit que non, qu'elle était simplement venue pour faire signer son bouquin, que maintenant, elle est fan de Guillaume Musso et qu'elle est en couple avec un comptable ou, pire, un sportif ? Que ferais-tu si tu la retrouvais et qu'elle te repoussait ?

Arthur baissa les yeux. On entendit le bruit de la plancha sur laquelle grillaient les tomates et celui des petites cuillers qui tournaient dans les tasses.

— Que ferais-tu, hum ? répéta Phil.

— J'imagine que ça me mettrait une claque mais qu'au bout d'un moment, je pourrais passer à autre chose. Au moins j'arrêterais de rêver à un fantôme, Phil. Je ferais de mon mieux pour tourner la page et l'oublier. Le coup du comptable, ça me remettrait carrément les pieds sur terre, je dois dire.

— Je vois. Alors, dis-moi vieux, quel est l'enjeu ? Qu'est-ce que tu attends d'elle exactement ? Je veux dire, si on la retrouve, si elle t'écoute, si elle accepte de discuter ?

— Je veux lui dire que je l'aime.

Philip faillit s'étrangler en avalant une gorgée de café.

— Que tu l'aimes ? dit-il en riant nerveusement. Rien que ça ? Tu délires ?

— À ton avis ?

— Tu as quel âge, rappelle-moi ?

— N'est-ce pas toi qui me répétais « *Carpe diem* » à tout bout de champ, dans le temps ? Pour une fois que je me décide à suivre mon instinct… je ne vois pas en quoi c'est puéril.

Philip essuya sa barbe naissante avec une serviette en papier, mi-amusé, mi-inquiet.

— Tu ne vois pas ? Vraiment ? Depuis quand on peut dire à quelqu'un qu'on l'aime alors qu'on l'a croisé quoi, quatre ? cinq secondes ? Tu n'as pas peur de la faire flipper en un tournemain ? Rien que moi, déjà, tu me fais flipper.

— T'as raison. Pourtant, spontanément, c'est ça qui m'est venu, que veux-tu que je te dise ? C'est pas si exagéré, dans le fond. Je l'aime, du moins, j'aime son souvenir, j'aime l'empreinte qu'elle a laissée dans ma mémoire, j'aime l'idée que je me fais d'elle.

— Ça, déjà, ça passe mieux, l'encouragea Phil en se laissant tomber sur le dossier de sa chaise, faisant mine d'être soulagé. C'est dans le genre perché et trop gros pour sonner juste dans ma bouche à moi, mais pour un romancier, ça passe. Admettons.

— Si elle est bien celle que j'imagine, avec un peu de chance, elle me laissera lui parler un instant.

— Au moins tu sais ce que tu veux, ajouta Phil, satisfait, croquant à pleines dents dans un bagel chaud dont les miettes dégringolèrent sur sa chemise.

Arthur jeta un regard suspicieux à son ami.

— Quoi ? C'est tout ? Tu ne me répètes pas que je suis fou, qu'avec des « si » on mettrait Paris en bouteille ?

— Non, j'vais m'arrêter là, je pense.

— Pourquoi ?

Phil décolla son dos de la chaise pour s'approcher d'Arthur comme s'il allait lui confier un secret.

— Parce que l'impatience et la passion qu'il y a dans tes yeux, commença-t-il à voix basse, juste là, maintenant, ça fait bien longtemps que je les attendais. Je veux que tu sois de nouveau le type heureux et béat que je connaissais quand on était au lycée, quand tu perdais tes moyens devant la belle Addison. Avant que tu ne sortes avec elle et qu'elle ne te largue, je veux dire.

Arthur laissa échapper un rire.

— Alors je vais t'aider, lâcha Phil d'un ton déterminé. Je ne te promets pas qu'on la retrouvera, ni qu'elle acceptera de nous parler, encore moins qu'elle ne te prendra pas pour un cinglé. Franchement, si elle te croit sain d'esprit, j'en serai le premier surpris, d'ailleurs. Mais on va essayer de la retrouver. À condition que, si tu te prends un râteau, tu me suives au pub sur-le-champ au lieu de te morfondre pendant les dix prochaines années. Deal ?

— Deal.

— Bien.

— Merci Phil.

— Maintenant, bois ce café avant qu'il ne soit froid.

Arthur obéit.

— Et quel est ton plan pour la retrouver ? demanda-t-il une fois sa tasse vide.

— J'ai ma petite idée là-dessus… répondit Philip avec assurance. Laisse-moi terminer mon petit déj et allons faire un tour chez Lizzie, ajouta-t-il, un air amusé sur le visage.

*

— Entrez ! cria Lizzie du fond de sa cuisine.

Elle commença par défaire son tablier couvert de farine puis alla les accueillir.

Lizzie vivait seule, à Denton, entre Folkestone et Canterbury, une petite bourgade formée de quelques rares maisons anciennes en briques au charme typiquement anglais, bordée de bois et de champs où les moutons pâturaient paisiblement. Elle y louait le rez-de-chaussée de Sam et Lilly Lloyd, de vieux amis de son père. C'était un petit coin tranquille et un peu perdu. C'était dans ce village excentré que dormait encore paisiblement l'ancienne maison qu'occupait autrefois la famille Neil. Depuis la mort de Peter, plus personne n'y vivait. Arthur, trop déchiré à l'idée de voir la maison dans laquelle il avait grandi dépourvue de la tendresse et la présence rassurante de son père, n'avait jamais retrouvé le courage d'en passer l'entrée.

— Eh bien ? Qu'est-ce qui vous amène ? dit-elle, un large sourire sur les lèvres, en passant ses cheveux roux derrière ses oreilles.

Phil s'approcha d'elle et se pencha à son oreille.

— Salut, Ginger. Arthur s'est enfin décidé à retrouver Cendrillon... lui chuchota-t-il. L'ennui, c'est qu'on n'a même pas une pantoufle de vair !

— C'est vrai ? Enfin ? s'étonna-t-elle en se tournant vers son frère, apparemment ravie.

— Enfin quoi ? s'impatienta Arthur qui ne comprenait pas vraiment ce qui se tramait. Elle est au courant ?

— Eh bien, répondit Lizzie, disons que voilà quelques mois, j'ai demandé à Phil s'il était au courant de quelque chose vis-à-vis de tes... comportements étranges.

— De quoi parle-t-elle, Phil ?

Phil regarda le bout de ses chaussures avec un sourire en coin qu'il ne parvint pas vraiment à dissimuler.

— Tu te souviens de ce soir où nous sommes allés voir *Cats* à Londres ? reprit Lizzie.

— Oui, bien sûr. Quel rapport avec mon « comportement » ?

— Si tu as bonne mémoire, tu te souviendras que tu as fixé une jeune femme blonde assise trois rangs devant nous pendant toute la durée du spectacle. Et à la sortie, tu as bousculé les gens dans la file et tu t'es mis à lui courir après. Tu lui as saisi le bras, elle s'est retournée, ne t'a apparemment pas reconnu et t'a même, euh... giflé, termina-t-elle en retenant un rire.

Phil, quant à lui, ne put retenir un gloussement évocateur. Arthur ne risquait pas d'avoir oublié.

— Ça y est, ça te revient ? fit Phil. Imagine ce que j'aurais pu raconter à ta sœur, quand le lendemain, elle est venue me trouver chez moi en me demandant si tu lui avais caché quelque chose, si tu avais une petite amie avec qui tu aurais rompu.

— Alors tu lui as tout raconté ?

— Disons que j'ai fait de mon mieux pour lui faire comprendre que tu avais plus ou moins été victime d'un coup de foudre lors d'une séance de dédicaces en Suisse, expliqua Philip, moqueur.

— Un coup de… Mais enfin, non, non ! Lizzie attends, chercha à s'expliquer Arthur, ce n'est pas ce que tu crois, je veux dire…

— Ne t'inquiète pas Arthur, je n'en ai jamais parlé à personne, le rassura Lizzie, qui ne parvenait pas à dissimuler son enthousiasme. Je dois reconnaître que c'est un récit original !

— Original et complexe, corrigea Phil d'un ton faussement sérieux, tandis qu'Arthur ouvrait la porte de la véranda pour s'installer dans le jardin. Il a, certes, enfin trouvé le courage d'assumer ses sentiments. Mais on se retrouve avec un simple prénom et une zone géographique se limitant à la France et la Suisse, rien qu'ça ! C'est tout de même assez particulier !

— Oui, mais tout à l'heure, tu as laissé entendre que tu avais un plan pour la retrouver, précisa Arthur en disposant trois chaises en métal autour de la petite table au milieu du gazon vert.

— Bien sûr, j'ai toujours un plan ! confirma Phil en bombant le torse avant d'aller chercher trois bouteilles de bière dans le frigo de Lizzie.

Ils se mirent tous trois à rire aux éclats et s'installèrent dans le jardin. Il faisait gris mais bon, ils aimaient ces rares moments où ils se retrouvaient ensemble comme lorsqu'ils étaient enfants. Lizzie n'avait pas tellement changé, songea Phil. Ses cheveux poil de carotte frisés, ses pommettes rosées, son teint clair et ses yeux verts, les milliers de taches de rousseur qui parsemaient ses joues et son petit nez en trompette, même son visage avait gardé les traits ronds qu'elle avait toujours eus. Elle portait d'ailleurs ces mêmes petits anneaux fleuris que son père lui avait offerts. Lizzie était simple et jolie. Lizzie était candide et immortelle, pensa-t-il.

Ce n'était pas tout à fait la même décennie, certes, mais l'air avait la même odeur. Les oiseaux piaillaient toujours de la même manière, on entendait tout aussi bien les moutons bêler dans le champ voisin, et Arthur, Lizzie et Phil étaient tous les trois pieds nus sur le gazon frais, comme quand ils étaient petits. Arthur s'attendait presque à voir arriver son père, un grand plat de Mac & Cheese entre ses deux grandes mains chaudes décousues. Lizzie regardait les yeux bleus de son frère et se disait qu'Arthur lui ressemblait drôlement, à papa.

Ils sirotèrent leurs bières silencieusement pendant quelques minutes, tous trois plongés dans la nostalgie et les souvenirs du bon vieux temps, celui où ils ne se préoccupaient que de la manière dont ils aménageraient la cabane dans l'arbre, et de savoir si leurs parents les laisseraient y passer une nuit.

Après un moment, Phil soupira, comme rattrapé par l'instant présent. Il sortit son téléphone portable de sa poche et le posa sur la table comme s'il s'agissait là d'un trophée, et resta muet, une expression ravie sur le visage. Ses deux amis regardèrent l'objet attentivement, cherchant un détail en particulier, puis, ne remarquant rien, levèrent des yeux interrogateurs vers Phil, qui les gratifia alors d'un si large sourire que sa barbe de trois jours devint soudain la seule caractéristique qui le distinguât d'un enfant de cinq ans.

— Bon, alors Phil ? C'est quoi le plan ? À part la bière, précisa Lizzie.

Phil sourit de plus belle, un air malicieux sur le visage.

— Arthur, tu te souviens de ta libraire, à ce fameux salon de Genève ?

— Oui et non. Du moins pas autant que toi, j'imagine, répondit Arthur, amusé. Si j'ai échangé quelques mots avec elle, c'est surtout toi qui lui as tenu compagnie.

— Certes. Et pour une fois je crois que tu vas peut-être reconnaître quelques avantages à ma frivolité.

Lizzie baissa les yeux, déçue, mais aucun des deux hommes ne le remarqua.

— Vraiment ! s'esclaffa Arthur. Je suis tout ouïe.

— Eh bien, figure-toi, vieux, que je n'ai pas fait que flirter. Du moins, disons que j'ai pris la peine de discuter pour de vrai avec Aurélie. Aurélia ? Amélia. Peu importe.

— La libraire.

— La libraire. La libraire m'a expliqué, après avoir balayé des yeux la file qui s'allongeait de plus en plus devant ta table de dédicace, qu'un peu plus loin, une personne distribuait des questionnaires aux gens qui faisaient la queue. Tu avais remarqué ?

— Des questionnaires ? Non, je n'avais pas fait attention.

— Normal, tu étais en crise interne d'agoraphobie.

Lizzie gratifia Phil d'un regard désapprobateur.

— Pardon. C'est vrai que c'est pas tout à fait ta faute. Bref, reprit Phil. Des questionnaires. Des questionnaires pour recenser quelques statistiques au sujet des visiteurs sur le salon et leurs intérêts principaux, leurs avis à propos de l'événement, leurs auteurs favoris, etc.

— Des questionnaires, répéta Arthur. D'accord. Et puis ?

— J'y arrive, j'y arrive.

— Il serait temps, lança Lizzie.

— Tu m'avais bien dit que son prénom s'écrivait avec un « y » ? demanda Phil.

— Oui. Du moins, c'est elle qui me l'a précisé avant que je ne lui fasse ma dédicace, je m'en souviens très bien. Sans doute parce que ce n'est pas de cette manière qu'on écrit généralement ce prénom en français.

— En effet.

— Phil, tu peux en venir aux faits ? lâcha Lizzie, manifestement agacée par ce suspense trop alambiqué à son goût.

— Eh bien, disons que ce fameux questionnaire, couplé à mon charme légendaire, pourrait bien être la clef de ton énigme.

— Je ne suis pas sûr de te suivre.

— Tu vas voir…

Philip saisit son téléphone, fouilla parmi son répertoire, et leur montra l'écran affichant la fiche contact de « Amélia Chappuis – Libraire Genève », avant d'appuyer sur « appeler ».

— Tu vas devoir me remercier, mon plan est infaillible, chuchota Phil, tout sourire, alors que la première sonnerie se faisait entendre au creux de son oreille. Il mit le haut-parleur.

— Allô ?

— Bonjour mademoiselle, salua Phil de son meilleur – c'est-à-dire piètre bien que compréhensible – accent français. Philip Stevens, je travaille pour M. Arthur Neil. Nous nous sommes croisés au salon du livre de Genève l'année dernière.

— Arthur Neil ! répondit-elle d'une voix des plus enthousiastes.

— Oui, nous avions discuté un moment au cours de sa dédicace.

— Oui, bien sûr, la dédicace d'Arthur Neil, il y avait une foule impressionnante, c'était formidable.

Phil s'éclaircit la voix, le visage un peu inquiet.

— Hum... je ne sais pas si vous vous souvenez de moi ?

Lizzie et Arthur l'observaient, mi-amusés mi-compatissants. À l'autre bout du fil, il y eut quelques secondes de silence, puis un petit rire.

— Phil, n'est-ce pas ? demanda Amélia.

— Phil ! C'est ça ! s'exclama-t-il, manifestement soulagé qu'elle ne l'ait pas totalement effacé de sa mémoire.

— Bien sûr que je me souviens. Comment pourrais-je oublier la patience dont vous avez fait preuve en m'écoutant vous raconter ma passion pour les œuvres de BHL alors que vous n'y trouvez aucun intérêt ?

La panique envahit soudain les yeux de Phil, qui se ressaisit quasi instantanément, devant le regard faussement admiratif des deux autres.

— Bien au contraire, répliqua-t-il en souriant. Je ne peux pas prétendre être très fin philosophe mais cette conversation pour le moins inédite m'aura permis de savourer le plaisir de votre compagnie.

Alors qu'Arthur et Lizzie éclatèrent de rire, il mit sa main sur le micro pour ne pas risquer une humiliation supplémentaire.

— Que puis-je faire pour vous ? s'enquit Amélia après un instant.

— Je... je suis navré de vous avoir donné cette impression, s'excusa Phil.

— Il n'y a pas de mal, répondit Amélia d'une voix douce, je sais que je fais souvent preuve d'un peu trop d'enthousiasme à son sujet, même quand mon interlocuteur n'a pas la moindre idée de ce dont je suis en train de parler.

Phil sourit.

— J'avais apprécié notre conversation, et… votre compagnie, ajouta Amélia.

Phil retrouva son air fier. Lizzie et Arthur se lancèrent un regard complice, le genre de regard qui n'avait pas changé d'un pouce depuis leur enfance.

— C'était un plaisir partagé.

— Cela dit, vous ne m'avez jamais rappelée, répondit Amélia du tac au tac.

Les frère et sœur pouffèrent.

— C'est vrai, acquiesça Phil, sans se laisser déstabiliser. Mais je suis un homme qui aime prendre son temps, et je le fais aujourd'hui, ajouta-t-il avant de couper le mode « haut-parleur » et de se lever pour poursuivre la conversation un peu plus loin.

Arthur et Lizzie l'observèrent bavarder, de plus en plus à l'aise, faisant de grands gestes, s'exclamant de temps à autre, souriant.

— Elle attendait qu'il le rappelle, il le fait plus d'un an plus tard sans le moindre intérêt émotionnel à son égard, et elle ne lui raccroche pas au nez. Ce type est un génie, constata Arthur.

— En effet, confirma Lizzie. De nous trois, c'est celui qui a toujours été à l'aise en société. Son charme fait des ravages, souffla-t-elle, la gorge serrée.

Arthur lança un regard inquiet à sa sœur.

— Tu vas bien ?

— Bien sûr que je vais bien, répondit-elle machinalement.

Peu convaincu par la réponse de Lizzie mais percevant ce quelque chose qu'il connaissait trop bien et qui émanait d'elle, il approcha sa chaise de la sienne et la serra contre lui. Elle posa sa tête sur son épaule, ses bouclettes rousses chatouillant la joue d'Arthur. Il ferma les yeux et le parfum de sa sœur le replongea l'espace de quelques secondes dans le souvenir doux de ces soirées où leur père leur contait des histoires avant de dormir tandis qu'ils étaient blottis l'un contre l'autre sous un plaid en tartan. Lizzie n'était pas uniquement sa sœur, elle était sa madeleine de Proust.

*

Vingt minutes plus tard, Phil raccrocha et jongla de satisfaction avec son téléphone avant de le glisser dans la poche dc son jean en lançant un regard qui en disait long à Arthur et Lizzie. Une décharge d'adrénaline secoua alors le cœur d'Arthur.

— Alors ? s'enquit Lizzie.

— Alors, Ginger, appelle-moi Don Juan, répondit-il fièrement avec un accent espagnol plus que douteux.

— Tu as l'info ? fit Lizzie, en voyant que son frère ne pouvait décrocher un mot.

— J'ai l'info, confirma Phil, souriant à pleines dents.

Lizzie regarda son frère, dont le teint d'ordinaire assez clair avait pourtant pâli.

— Arthur, tu as entendu ? C'est génial ! s'exclama-t-elle d'une voix chantante.

Arthur passa une main sur son front. Il était secoué par la joie, l'impatience et la peur à la fois. Il ne savait plus très bien comment il se sentait.

— Allons, vieux, c'est un bon début, redresse-toi donc,

ça va bien se passer, le rassura Phil en lui donnant une tape sur l'épaule. Tu veux une autre bière ?

—Non, ça va aller. Je me désole moi-même, lâcha-t-il en riant. Je crois que dans le fond, je ne pensais pas avoir la moindre chance de retrouver sa trace, et toi, tu arrives comme une fleur et en un coup de fil, tu fais des miracles. Ça t'a coûté combien, au juste ? demanda-t-il à son ami, intrigué.

Phil sourit de plus belle.

—Vingt minutes à courtiser une libraire et un date. Aurélia... non, Amélia. A-M-É-L-I-A, épela-t-il à voix haute pour mieux mémoriser son prénom, vient à Londres pour le boulot dans un mois et elle rêve d'un date à l'anglaise. Je lui dois bien ça.

Lizzie but une gorgée de bière.

—Et toi, vieux, tu vas bien me devoir ça, aussi. Je vais devoir causer philo pendant toute une soirée, tu vois un peu ce que je fais pour toi ?

—Comment as-tu réussi ? l'interrogea Lizzie.

Phil prit une grande inspiration et se lança, d'un ton sérieux :

—Je lui ai expliqué que je travaille pour Ashton & Co., que mon équipe et moi sommes en train d'élaborer un plan de communication en ce qui concerne l'image d'Arthur Neil auprès des lecteurs francophones. Qu'on souhaite récolter un maximum d'informations auprès des organismes qui l'ont reçu au cours des deux années précédentes, et que je me souvenais de ce qu'elle m'avait expliqué au sujet du questionnaire distribué parmi les lecteurs qui avaient assisté au salon du livre. Et que j'aurais aimé, à des fins professionnelles, précisa-t-il en levant un sourcil, entrer en contact avec quelques lecteurs venus pour voir Arthur, pour récolter leurs impressions et étoffer mon dossier.

— Et elle a accepté de le chercher et a trouvé le nom de cette fille aussi vite ? l'interrogea Lizzie, étonnée.

— Eh bien… non. Elle a commencé par me dire que ces questionnaires étaient la plupart du temps anonymes car les champs des nom et e-mail n'étaient que facultatifs. À quoi j'ai répondu qu'on ne savait jamais.

— Et ? s'enquit de nouveau Lizzie, tandis qu'Arthur, assis sur le bout de sa chaise, suspendu aux lèvres de Phil, restait immobile.

— Et… elle a précisé que quand bien même certains lecteurs avaient laissé leurs coordonnées, il y avait des règles de confidentialité, qu'elle n'était pas en mesure de partager cela avec moi, que c'était réservé à l'événement, que ça servait aux statistiques pour évaluer l'âge et les préférences des visiteurs, et…

Arthur se laissa retomber contre le dossier de sa chaise, déçu.

— Et ? Et ? Tu as dit que tu avais l'info ! Alors ? s'impatienta Lizzie. L'as-tu, ou non ?

— Oui, je l'ai ! rétorqua Phil. Du moins, j'en ai un bon début. Disons que j'ai quelque peu usé de mon charme et qu'étant donné que je lui ai promis un dîner aux chandelles, eh bien… elle a accepté d'aller consulter ses archives et de me transmettre les coordonnées des visiteurs ayant coché « Arthur Neil » parmi la liste des auteurs qu'ils étaient venus voir. En échange de ma plus grande discrétion, bien entendu.

Arthur se redressa.

— Tu crois qu'elle va vraiment te les transmettre ?

— Je crois qu'elle a vraiment envie de dîner avec moi. Elle m'envoie ça par e-mail dès qu'elle peut.

Lizzie jeta un coup d'œil à son frère. Arthur avait retrouvé quelques couleurs, mais il fixait toujours Phil comme si deux armées s'affrontaient au même instant dans son esprit. Ce qui était le cas, à vrai dire. Une partie de lui était gonflée d'espoir, celui de revoir cette Emily et de pouvoir échanger avec elle plus que quelques phrases. Mais en son for intérieur, il se disait également que tout ça n'avait pas de sens, que c'était puéril et voué à l'échec, qu'il valait mieux s'en tenir à cela plutôt que de poursuivre, qu'elle menait une vie à mille lieues de lui, qu'il prenait surtout le risque de la déranger et de se ridiculiser.

— Arthur ? Tu es encore avec nous ? lui lança sa sœur.

— J... Je... Je n'en sais rien. Je veux dire... Est-ce que c'est vraiment une bonne idée ?

— Bien sûr que c'est une bonne idée, Arthur, lui répondit Lizzie avec douceur en l'embrassant tendrement sur la joue. C'est comme vivre un moment dans un de tes romans, non ? Peu importe, que ça marche ou pas, au moins tu auras essayé, tu en auras le cœur net ! Même si ça ne donne rien, tu pourras te dire que tu as osé aller au bout et que tu peux passer à autre chose. Sinon tu vas passer ta vie à te demander ce qui aurait pu advenir, pas vrai ?

L'image du vieux Félix endormi sur son canapé remonta à l'esprit d'Arthur, qui soudain sentit le courage lui revenir. Il ne voulait pas risquer d'être rejeté une fois encore, mais il voulait moins encore passer à côté de sa vie, prendre le risque de la nourrir de regrets, simplement parce qu'il était de nature peu téméraire.

— Tu as raison. Je dois le faire. Je n'ai rien à perdre, ajouta-t-il en se levant avant de prendre Phil dans ses bras.

— Alors ? lui demanda Phil après cette étreinte en lui faisant un clin d'œil. C'est qui, le plus fort ?

— Alors tu devrais apprendre à obtenir tes informations autrement qu'en faisant la cour, lui conseilla Lizzie dans un demi-sourire, tandis qu'elle passait sa main dans ses innombrables boucles rousses.

— Peut-être, ma chère, mais j'ai l'info !

*

Lizzie invita Arthur et Phil à rester chez elle pour le repas de midi. Elle n'avait pas vu son frère depuis quelques semaines, et Arthur savait qu'elle avait besoin de sa compagnie de temps en temps. À trente-six ans, elle était célibataire et très timide de nature, bien que tout à fait pétillante lorsqu'on parvenait à briser un peu la réserve qui lui faisait office de carapace. Lizzie était aussi hypersensible. Entière, passionnée, unique, et un brin dans son monde. Elle n'était pas « faite sur le même moule » que la plupart des gens, elle vivait tout plus fort, plus intensément. Les sons, les odeurs, les lumières, les contacts, les événements. Et Lizzie avait été amochée par la vie. Sa passion, la peinture, c'était son père adoptif, Peter, qui l'y avait incitée. Douée dans ce qu'elle faisait, elle avait la chance désormais de pouvoir vivre de ses toiles. Lizzie vendait ses œuvres dans une petite galerie d'art réputée de Folkestone, en haut de The Old High Street, cette même ruelle qui abritait le café où Arthur aimait aller écrire. C'est d'ailleurs lui qui faisait l'intermédiaire entre elle et la gérante de la galerie, car la simple idée de devoir présenter son travail devant quelqu'un secouait tant Lizzie qu'elle en perdait instantanément tous ses moyens. Mais elle disposait d'un talent exceptionnel, d'une faculté de perception du détail si peu commune qu'elle était des plus fascinantes, et que ses tableaux, principalement de vastes paysages marins inspirés du bord de mer ou des campagnes alentour qu'elle connaissait par cœur et aimait tant, se vendaient bien et cher. Folkestone et son cœur artistique étaient faits pour elle. Lizzie avait trouvé dans les couleurs, les pinceaux et la toile, son moyen d'expression qui était également sa thérapie. Les années passant, elle avait apprivoisé sa différence, apaisé ses traumatismes et appris à vivre malgré la disparition de ses parents, jusqu'à réussir à s'installer seule dans cet appartement, bien que l'étage soit occupé par de vieux amis de son père, ce qui rassurait grandement Arthur.

Lizzie, c'était un joyau rare. Une personnalité forte et une intelligence hors normes dissimulées sous une discrétion extrême, une peau d'albâtre et un nuage de cheveux roux. Arthur puisait en elle le courage qui lui manquait parfois pour affronter sa propre existence. Elle avait essuyé bien plus de tempêtes que lui et elle avait malgré tout bâti une vie qui lui correspondait, choisi un métier qui l'épanouissait et acquis une certaine indépendance en dépit des circonstances. Pourtant, il lui manquait quelque chose. Ou plutôt, quelqu'un.

Lizzie admirait un garçon depuis bien longtemps. La première fois qu'elle avait posé les yeux sur lui, il avait encore de l'acné et une voix plus ou moins définie, et pourtant elle l'avait immédiatement trouvé charmant. Ce garçon-là était différent des autres. Plus elle le voyait, plus elle le trouvait séduisant. Il la faisait rire, oh oui, il la faisait tellement rire depuis toutes ces années… Il était franc et protecteur : il s'était toujours interposé dès qu'on cherchait à la chahuter, ce qui était arrivé à de bien trop multiples reprises lorsqu'ils étaient adolescents. Il était devenu bel homme, il avait du charme, une certaine irrévérence, une allure toujours élégante malgré son invariable tendance à manger comme un cochon. Elle l'aimait. Mais cet homme-là n'était pas fait pour elle. Elle savait bien qu'il ne voulait s'engager avec personne, qu'il avait trop peur qu'on perce sa carapace, que son idéal à lui était une soirée, un peu d'alcool, une nuit voire un petit déjeuner pour les plus chanceuses et… rien de plus. Son frère l'avait prévenue – il voulait la protéger, et il le connaissait par cœur, cet homme, c'était son meilleur ami. Alors elle avait promis à Arthur qu'elle suivrait son conseil. Elle ne voulait pas souffrir. Et pourtant, à ainsi rester muette, elle souffrait tout de même.

15

Novembre 1996

Peter,

Je profite de ce moment de lucidité pour t'écrire. Cela me fait du bien de savoir qu'il y a encore une personne sur cette terre qui sait que j'existe. Quand je me sens démunie de tout repère, c'est à toi que je pense. À chaque fois. Alors je t'écris. Parce que cela me rappelle que je suis vivante. Parce que cela me rappelle qui j'étais. Parce que cela me fait du bien d'aligner des mots dans une langue que je commencerais presque à oublier.

Je vis à Iruya depuis presque deux ans maintenant. La ville la plus proche se trouve à plus de trois cents kilomètres. Cela me permet de vivre loin de l'agitation de la population. Par je ne sais quel miracle, les locaux m'ont acceptée. Je parle même leur dialecte, désormais. Ils ont la délicatesse de me cacher aux yeux des touristes qui viennent parfois. Car je fais partie de ce pays à présent. Il est mon refuge.

Mais je me sens faiblir de jour en jour. Je suis malade. On m'a dit que je tremblais parfois, que mes yeux

se révulsaient. Je ne m'en souviens pas. Mais je sais quel est ce mal qui commence à s'en prendre à mon corps. Cela fait de si longues années que je traîne cette charge... Je ne suis pas surprise de la tournure que tout cela prend. Ma conscience est à jamais salie et corrompue. Et elle s'attaque à tout mon être, cela n'a rien de surprenant. Elle a rongé mon esprit pour en évincer tout ce que je gardais de beau, voilà que les années passent et que je ne vois que du sang. Je ne vois que la mort. Celle que j'ai causée.
Et ces yeux... Je me sens en permanence scrutée de la tête aux pieds, mais il m'a fallu me rendre à l'évidence : ce sont eux qui l'ont envoyée, elle, avec son regard accusateur et innocent. Si innocent.
Peter, je sais que tu m'aimes encore mais une fois de plus je dois te dire que celle que tu as aimée a disparu. J'ai vieilli. Tu ne me reconnaîtrais pas. En quatre ans à peine mon visage s'est marqué, il est comme buriné. Mes cheveux ont terni, ils sont devenus rêches et parsemés de gris. Je suis très maigre, j'ai perdu ma vigueur en même temps que mes rêves et mes espoirs. Je ne suis plus qu'une originale au milieu d'hommes et de femmes qui ont pris pitié de l'être égaré que je suis. Ma vie sera préservée tant que mon esprit supportera la violence de mes sentiments, mais je sais que bientôt, ils me submergeront pour de bon.
Je ne veux partager mon fardeau avec personne. Certains secrets ne doivent pas être mis à nu.
Sophie
✱

*

Août 2018

Les deux compères avaient passé la journée chez Lizzie, qui passa la fin d'après-midi en cuisine à leur concocter un savoureux rôti aux pommes de terre qu'elle maîtrisait à la perfection et dont ils raffolaient l'un comme l'autre, eux qui n'étaient clairement pas cordons bleus dans l'âme et préféraient confier leurs assiettes aux petits restaurants de Folkestone pour l'un, et aux take away de la City pour l'autre. Lizzie les observa se régaler avec grande satisfaction, elle qui cuisinait comme elle peignait, c'est-à-dire avec zèle et talent. Sa sauce gravy était presque aussi exceptionnelle que ses toiles, Arthur ne s'en était jamais lassé.

Ce fut à peine s'ils cessèrent une minute de deviser quant à ce que pourraient donner les recherches de cette Emily, aucun des trois ne pouvant se résoudre à trouver un autre sujet de conversation. La vérité, c'est que, tout comme lorsqu'ils étaient adolescents, cette quête les projetait autant les uns que les autres vers d'autres horizons, venant couvrir avec douceur les traumatismes et les absences dont ils souffraient tous trois sans pour autant souhaiter en parler. En s'imaginant comment cette jeune inconnue pourrait réagir face aux sentiments pour le moins rocambolesques d'Arthur, ils n'avaient pas à accorder d'importance à cette sensation étrange qui le saisissait silencieusement dès qu'ils se retrouvaient à Denton. Sous les apparences enjouées et fanfaronnes de leurs bavardages, il ne faisait aucun doute que si Arthur se faisait si rare dans le village et préférait de loin passer du temps à Folkestone avec sa sœur, c'était parce qu'il ne parvenait pas à faire le deuil de son père et que passer devant ce qui avait jadis été sa maison lui arrachait le cœur. Lizzie et Phil le savaient bien. Alors Lizzie et Phil s'étaient embarqués comme deux gosses dans cette histoire de mystérieuse lectrice avec ardeur, car tous deux savouraient le grain de folie qui l'avait soudain pris ; Arthur méritait bien de songer à autre chose.

Vers vingt-trois heures, ils la saluèrent et prirent le chemin de Folkestone. Philip ne comptait pas rentrer chez lui. Même s'il n'habitait pas bien loin, il exprima clairement le souhait de rester dormir sous le plaid en tartan.

Il connaissait bien Arthur et savait que son ami aurait du mal à trouver le sommeil tant c'était l'ébullition dans son esprit déjà bien malmené. Phil se souvenait du nombre incalculable de fois où, lorsqu'ils étaient encore ados, Peter l'avait accueilli chez eux quand son père abusait du *whiskey* et se mettait à lui cogner dessus. Il se souvenait de la main qui se lève, de ses narines dilatées par la colère et par la rage, du regard vitreux et de ce qui venait juste après… Alors, même en pleine nuit, il prenait la fuite sous le regard désolé de sa mère et se précipitait dehors, agile et rapide, ce que son père soûl n'était pas le moins du monde. Peter avait toujours ouvert la porte à Philip, même au beau milieu de la nuit. Au petit matin, Peter avait également toujours été le premier à aller remettre les idées en place à Donald Stevens, chômeur cinquantenaire qui avait abandonné tout espoir de retrouver du travail au profit d'un verre jamais tout à fait vide. Oui, Phil avait passé bon nombre de nuits dans le même lit qu'Arthur, alors que tous deux n'étaient encore que des gamins, rassuré par la présence de celui qui, assurément, était devenu son frère de cœur. Voilà pourquoi, quand Arthur était nerveux comme ce soir, quand il était au fond du gouffre comme quand Peter était mort, ou encore envahi par la tristesse quand Anna était partie, eh bien, Philip restait. C'était se serrer les coudes. C'était la règle. C'était ça, l'amitié.

Il prit une douche tandis qu'Arthur lui installait un oreiller et le plaid sur le canapé. Ils avaient passé une journée agréable, bien que l'enthousiasme d'Arthur ait progressivement fait place à son côté défaitiste. Il n'avait pas pu s'empêcher de jeter un regard au téléphone de son ami, aux aguets dès que la moindre notification s'affichait sur l'écran. Mais rien. Amélia avait-elle été prise par le temps ? Avait-elle oublié ? Ou alors, n'avait-elle tout simplement pas retrouvé le moindre questionnaire ?

Arthur avait les yeux gonflés et irrités par la fatigue, mais il était trop tendu pour être capable d'aller se coucher. Son esprit était un tourbillon infernal, il était tiraillé entre son désir naissant de saisir pour de bon son existence et celui, tout aussi puissant, avec lequel il cohabitait depuis longtemps déjà, de ne pas faire de vague, de se garder des risques, des histoires d'amour compliquées et des déceptions qui allaient avec. Voilà pourquoi il avait toujours préféré trouver refuge dans l'écriture : écrire, c'était se concentrer sur un monde imaginaire dont il était seul maître. Écrire, c'était abandonner de longues heures durant ses tracas, ses propres échecs, ses souvenirs encore à vif et tout ce qu'il n'avait pas réussi à accomplir. Écrire, c'était se laisser glisser lentement dans un univers qu'il pouvait modeler à sa guise, où il avait tout le loisir de créer la vie ou la mort, la tristesse ou le bonheur. C'était oublier une réalité qui ne lui convenait pas, insuffler à ses personnages le courage, l'audace et l'aisance dont il manquait. Quand Arthur écrivait, il disparaissait, sous les mots et les phrases, il s'évanouissait dans les limbes de ses récits, bercé par le doux remous de son imagination, à des années-lumière de ses propres préoccupations.

Alors qu'il se posait encore mille questions et lissait machinalement les plis de la couverture, Phil sortit de la salle de bains torse nu, une serviette nouée autour de la taille, ses cheveux encore mouillés, son téléphone dans la main et un air rayonnant sur le visage.

— Eh, vieux, on dirait que tu n'es pas au bout de tes surprises pour aujourd'hui, lui lança-t-il en lui montrant l'écran.

Arthur s'approcha, le souffle court, et vit l'icône d'un e-mail provenant d'Amélia Chappuis – Les Rivages littéraires, avec pour objet « Scans des 48 questionnaires / Arthur Neil ». Il était vingt-trois heures quarante-cinq, c'est-à-dire une heure de plus en France.

— On dirait qu'elle y tient, à son date avec moi, ta libraire, commenta Phil d'une voix grave et faussement enjôleuse.

Arthur éclata de rire et saisit le téléphone.

— Peut-être qu'il vaut mieux l'ouvrir demain, souffla-t-il.

— Tu plaisantes ? s'offusqua Phil.

— Je ne sais pas, je ne suis pas sûr que ce soit une bonne idée.

— Vieux. Ce n'est pas une « bonne idée ». C'est ta vie. Ce n'est pas un de tes bouquins, *c'est ta vie*, répéta-t-il d'une voix rassurante en posant une main sur son épaule, comme il en avait l'habitude, et regardant son ami droit dans les yeux. Je sais pourquoi tu as peur. Je sais que tu t'es convaincu malgré toi que tu es voué à finir seul. Mais crois-moi, tu te plantes. Et tu as le droit de vivre des trucs extraordinaires ! Ce n'est pas réservé aux autres ou aux héros de tes bouquins, bon sang. Tu n'es pas obligé de vivre tes rêves par procuration. Et si cette fille-là n'est pas la bonne, eh bien, comment peux-tu le savoir si tu remets toujours ça à plus tard, au juste ? Ce n'est peut-être pas la bonne, c'est vrai. Mais tu l'as dit toi-même, tu dois en avoir le cœur net, sinon tu finiras comme ce vieux bonhomme qui a pioncé là l'autre fois. Tu finiras vieux et bourré de regrets, parce que tu te poseras encore la question. Tu ne veux pas ça, hein, Arthur ?

— Non.

— Alors on va ouvrir cet e-mail, et tu vas la chercher, ton apparition. Tu vas la chercher, tu vas te battre comme savent si bien le faire ces types dans tes romans, et tu vas tenter, parce que qui ne tente rien n'a rien. OK, Arthur ?

— OK. Mais avant, passe un slip et un tee-shirt, quand même.

*

— Alexine Mermet, Mathias Josserand, Melissa Neto, Marianne Lavène, Lydia Bouzekkar… tu as pas mal d'admiratrices, dis-moi, remarqua Philip en faisant défiler presque frénétiquement les scans des questionnaires sur l'écran de son ordinateur. Quatre filles pour un mec, c'est pas mal comme moyenne ! Et dire que tu as tant de nanas à tes pieds et que tu n'as jamais daigné y cueillir la moindre fleur. Si j'étais toi…

— Mais pour l'instant, pas d'Emily.

— Lauranne Varain, Emily Dubois, Caroline Moreau… Pff… que des filles ! s'exclama Phil de plus belle. C'est invraisemblable d'avoir un fan-club pareil sans en profiter ! s'exclama-t-il, faussement consterné.

Au regard figé qu'Arthur portait sur lui, Phil entendit deux mots résonner à ses oreilles.

Dubois... Emily...

— Emily Dubois ! C'est elle ! Ce ne peut être qu'elle, non ? s'écria Arthur en se jetant littéralement sur l'ordinateur de son ami. Il y a un « Y » ? demanda-t-il sans même attendre une réponse de Phil, scrutant immédiatement l'écran à la recherche dudit nom. Emily Dubois ! répéta-t-il plus fort encore. Il y a un « Y » ! C'est ça ! hurla-t-il les yeux écarquillés en portant ses mains à ses tempes.

— Tu es cinglé, tu le sais, ça ? s'esclaffa Phil.

— Il y a un « Y » ! répéta Arthur. Ce ne peut être qu'elle, non ? Ce ne peut être qu'elle !

— Y a-t-il un numéro ? Un e-mail ? s'enquit Phil en tentant de jeter un coup d'œil à l'écran.

— Attends, laisse-moi regarder... Date de naissance : 26 avril 1996.

— Hum, attends, ça veut dire qu'aujourd'hui elle a...

— Vingt-deux ans ! s'exclama Arthur en se levant sur-le-champ. Mon Dieu ! s'écrira-t-il en portant la paume à sa bouche. Vingt-deux ans ! Elle est si jeune ! ajouta-t-il en tournant sur lui-même.

— C'est clair. Surtout que toi, tu es un vieux croûton : tu as quel âge déjà ? se moqua Phil.

— Si c'est pour te payer ma tête, rétorqua Arthur en le pointant du doigt, je m'abstiendrai de répondre, grommela Arthur qui déjà s'était rassis pour examiner le reste du questionnaire.

— Quel sens de l'humour ! Tu sais que tu n'es pas drôle du tout quand tu es stressé ?

— Oui, parce que je suis un homme normal. Il n'y a que toi pour réussir à faire une blague un jour d'enterrement.

— C'était pour distraire Mrs Barry.

— Oui, à l'enterrement de sa mère, compléta Arthur.

— Qu'importe ? Elle avait besoin de rire, non ?

Arthur ignora sa question, le nez collé sur l'écran.

— Il y a bien une adresse e-mail !

— C'est déjà un début. Un numéro de téléphone ?

— Non, elle a barré ce champ.

— Tant pis, on va se contenter de l'e-mail. Tu lui écris ?

Une bouffée d'adrénaline envahit Arthur. Il souffla.

— Ça va ? s'inquiéta Phil devant la mine sonnée de son ami.

— Que pourrais-je bien lui écrire ?

— Que tu penses à elle depuis plus d'une année, que tu voudrais la revoir ? Ce serait un bon début, non ?

— Phil, tu crois vraiment qu'elle répondrait à un truc pareil ?

Phil resta silencieux quelques secondes.

— C'est pas faux. Les trois verres de gin chez Lizzie m'ont rendu un brin trop romantique, on dirait. C'est pas mon genre, pourtant. T'as raison, si elle reçoit un e-mail pareil, elle flippe direct.

— Ou alors elle croira à un canular. Non, je ne peux pas lui écrire.

— Hum… si encore on avait une adresse postale, tu aurais pu lui faire une belle lettre manuscrite, à l'ancienne. J'ai jamais tenté, personnellement, mais je présume que les femmes aiment ça.

— Peut-être. Mais nous n'avons qu'un nom et un e-mail.

— Tu as raison.

— Que fait-on, alors ?

— On ne s'arrête pas là. On a une piste, ajouta Phil. On ne peut pas s'en tenir à ça.

— Je suis en manque d'inspiration.

— C'est fâcheux pour un auteur à succès.

— J'ai toujours été plus imaginatif à l'écrit que dans la vraie vie.

— Vrai. Mais tu as presque toujours eu un pote en or à tes côtés. Que ferais-tu sans moi ?

— Sans doute qu'à cette heure, je dormirais.

— Faux. Tu te tournerais encore et encore dans ton lit, rongé par le désir de retrouver cette fille coûte que coûte et celui de laisser ta lâcheté t'envelopper de néant et de regrets.

— Merci.

— À ton service.

— Eh bien ? Que fait-on ? demanda Arthur.

— Tu me fais confiance et tu me laisses faire, conclut Phil.

16

Sophie,

Je ne sais plus ni quelle heure ni quel jour nous sommes. Ce soir, après avoir découvert ta lettre, j'ai bu. Un peu trop. Je n'aurais sans doute pas dû, mais j'étais seul, et soudain, tu m'as manqué si fort que me voilà. Je voudrais tant t'obéir, t'oublier, oublier la douceur de ta peau, l'odeur de tes cheveux, l'intensité de ton regard. Tes mots me transpercent de douleur autant qu'ils m'emplissent de colère. Pourquoi me racontes-tu tout cela ? Pourquoi m'assènes-tu tant de coups en dépeignant ton effroyable état, moi qui ne t'ai toujours trouvée que sublime ?

Je regarde cette bibliothèque en bois garnie de livres que tu y as toi-même rangés. Je les observe et je te revois dans ces jeans bien trop grands pour toi, sur la pointe des pieds, en train d'en glisser un de plus sur l'étagère, en me jetant ce coup d'œil amoureux qui savait si bien emplir tout mon être de bonheur.

Je n'ai jamais eu de plan B, Sophie. Juste un plan A : toi. Je me fous de tes sombres secrets, de ce que tu prétends être et de ce que tu aurais fait. Je me fous de la distance qu'il me faudrait parcourir pour

venir te chercher. Tu me manques trop. Je veux te revoir, te chérir, t'aimer. Il y a d'autres vies j'imagine, des photos où tu n'apparais pas. Des âmes sœurs, des peaux compatibles. Mais la mienne ne l'était qu'avec toi.
Je ne suis rien sans toi, Sophie. Reviens-moi. Je t'en supplie, reviens-moi.
Peter

*

Août 2018

Bonjour Emily,
Je suis Philip, attaché de presse d'Arthur Neil, auteur de romans que vous connaissez bien. Je me permets de vous contacter suite au questionnaire que vous avez rempli l'année dernière à l'occasion du salon du livre de Genève.
J'ai le plaisir de vous annoncer que vous faites partie de quelques chanceux lecteurs ayant été sélectionnés pour découvrir en exclusivité les premières pages de son prochain ouvrage.
Chaque lecteur aura ainsi l'opportunité de passer un moment privilégié lors d'un dîner avec Arthur Neil ici, au Royaume-Uni, pour entamer la promotion de son nouveau roman à paraître d'une façon tout à fait inédite. Tous les frais de déplacement et d'hébergement seront pris en charge.
Qu'en dites-vous ? Si cela vous tente, pourriez-vous revenir vers moi et me communiquer vos prochaines disponibilités ?

Je me tiens tout disposé à répondre à vos éventuelles questions.
Philip Stevens,
Éditions Ashton & Co.

*

Emily fixait l'écran de son téléphone, incrédule.

— Mademoiselle ? s'inquiéta le vieil homme devant le comptoir. Est-ce que tout va bien ?

Arthur Neil.

Vraiment ?

Non. Bien sûr que non.

Comment cela aurait-il pu…

— Mademoiselle ? s'impatienta-t-il. Je vais manquer mon bus, vous savez.

Emily releva vers lui ses grands yeux verts, la mine ébahie.

— Veuillez m'excuser, monsieur Blondel. Cela vous fera vingt-sept euros et cinquante centimes, s'il vous plaît.

— Bien, dit-il en sortant la somme de son portefeuille avant d'observer de nouveau le visage stupéfait d'Emily. Vous êtes sûre que tout va bien ?

Elle s'éclaircit la voix.

— Je… j'avoue que je viens de recevoir un message plutôt inattendu. Je ne suis pas certaine de savoir comment y répondre.

— Oh. Ce message aurait-il le pouvoir de gâcher le joli sourire dont vous m'avez gratifié lorsque je suis entré ?

— Eh bien… non, je ne pense pas, répondit-elle en lui souriant de nouveau. Disons que j'ai du mal à croire ce qu'on me propose et que, en même temps, s'il est authentique, ce pourrait aussi être le message le plus extraordinaire que j'aie jamais reçu.

— Vraiment ? s'enquit Claude Blondel en l'observant de ses yeux rieurs et bienveillants.

— Oui. Je crois.

— Et avez-vous quelque chose à perdre, mademoiselle ?

Elle le regarda fixement quelques secondes, puis baissa les yeux et rangea l'argent dans la caisse en esquissant un sourire plus timide que le précédent.

— Non, j'imagine que non.

— Dans ce cas, vous savez déjà comment y répondre, mon petit, termina-t-il d'un regard taquin.

Elle laissa échapper un petit rire et regarda Claude repartir avec son bouquet de roses sous le bras. À peine eut-il passé les portes de la boutique qu'elle se laissa tomber sur le tabouret derrière le comptoir et relut le même e-mail une fois encore, incrédule. Le rouge lui monta aux joues. Son cœur accéléra. Elle avait envie de garder la tête froide mais, sans qu'elle puisse les réfréner, quelques larmes de joie s'échappèrent de ses yeux. Monsieur Blondel avait raison : elle n'avait rien à perdre. Il était un peu plus de onze heures, le magasin étant désert. Emily accrocha son tablier et s'installa devant son ordinateur avant de cliquer sur « Répondre ».

*

De l'autre côté de l'écran, lorsqu'il vit la réponse arriver, Arthur remercia le ciel de lui avoir envoyé pour meilleur ami un type assez fou pour le pousser à courir après ses rêves – même si Phil était surtout talentueux stratège… et menteur.

17

Avril 2003

Sophie,

C'est la dix-septième lettre que je t'écris, les seize précédentes étant restées sans réponse. Cette fois je l'enverrai à Monterrey. Après de longues années à désespérer de te lire, ce matin je veux relever la tête un instant et je choisis de croire que tu n'as juste rien reçu du tout, là-bas, au fin fond de la pampa. J'ai retrouvé l'adresse de cette vielle boîte postale. Je veux espérer que tu la liras. Je veux espérer que tu vis encore.

Arthur m'a annoncé hier qu'il a décidé de poursuivre ses études dans le secteur des réseaux informatiques. Je ne saurais expliquer pourquoi il a choisi cela, moi, je l'aurais plutôt vu prof de littérature ou de langues, tant il est doué avec les mots, mais je ne veux pas influencer ses choix. L'informatique, je n'y comprends pas grand-chose. Lui, il dit que les ordinateurs sont devenus essentiels dans les entreprises modernes. Je dois commencer à vieillir, j'imagine. Mais je crois aussi qu'il essaie courageusement de s'échapper du monde imaginaire qu'il s'était créé pour survivre à ton départ. Sans doute que ce choix un peu surprenant de sa part est pour lui une façon d'échapper à ses traumatismes. Je suis heureux pour lui. Il est jeune. Il mérite de vivre une vie normale, loin du tumulte de ses souvenirs. Il part à Londres à la rentrée.

Philip aussi. C'est son meilleur ami. Je ne sais plus si je t'en ai parlé. On croirait deux frères, et le petit Phil – enfin, le grand Phil, devrais-je dire, puisqu'il me dépasse de cinq bons centimètres désormais – a passé bien plus de temps à la maison que chez lui, ces dernières années. Il ne vient pas d'une famille simple, le pauvre, mais il ne laisse rien transparaître, c'est un joyeux luron, toujours le premier à plaisanter et à se rendre utile. Il est bien courageux, quoiqu'un peu naïf. Je crois qu'il n'a toujours pas remarqué la façon dont Lizzie le regarde. Pour lui, ce n'est que la sœur un peu étrange de son meilleur ami. Il est comme tous les jeunes hommes : aveugle tant qu'on ne lui a pas ouvert les yeux.

D'ailleurs si tu n'as pas lu mes précédents courriers, tu ne dois pas savoir qu'elle a retrouvé la parole. C'est drôle, c'est revenu tout doucement, au fur et à mesure qu'elle recommençait à sourire. Lizzie a vingt ans. Vingt ans ! Tu imagines ? Elle est si gracieuse, cette petite. Elle me fait souvent penser à L'Odalisque, tu sais, cette toile de Comerre ? Ses traits sont doux, ses cheveux frisés et toujours aussi roux, son teint semblable à celui d'une poupée de porcelaine. Mais elle est timide à l'extrême et si fragile ! Nous sommes rares à pouvoir l'apprivoiser. C'est grâce à Arthur qu'elle s'en est sortie progressivement. Il a été très patient et très doux avec elle. Je m'en veux de n'avoir pas pu mener cette tâche moi-même, d'ailleurs. Même si, au fond, je sais que je n'en étais pas capable. Arthur aura pu entrer dans son monde et la comprendre, même sans le moindre mot. Elle lui fait confiance. Il était le mieux placé pour l'épauler. Les enfants ont cette capacité étrange à comprendre ce que l'âge nous fait oublier, bien qu'aucun d'entre eux ne soit plus un enfant, je dois me rendre à l'évidence. Le temps a filé, il m'a glissé entre les doigts. Tout ce que je souhaite c'est que Lizzie puisse un jour mener une vie de femme, qu'elle finira par trouver son équilibre et une certaine indépendance. C'est ce qui m'a toujours inquiété lorsqu'elle était petite et comme tu le remarques, je suis toujours inquiet, d'autant plus qu'Arthur va bientôt partir mais qu'elle, elle va rester.

Sophie, je viens d'aligner des phrases les unes derrière les autres comme si de rien n'était, comme si j'écrivais à ma femme partie la semaine dernière, et qui reviendrait bientôt. Mais la vérité, c'est que je suis incapable de te laisser t'en aller, de me dire que tu ne me répondras plus jamais, que tout est terminé. J'en ai assez d'attendre désespérément ton retour, et pourtant les années passent et voilà bien longtemps que je n'ai pas eu la moindre raison d'espérer que tu reviennes un jour. Il m'arrive encore si souvent de ressortir de mon tiroir ces lettres que tu m'as envoyées par le passé, de les lire, encore et encore, pour y chercher un détail que je n'aurais pas remarqué, une explication, un message codé...

mais ce ne sont depuis le début que les pièces éparpillées d'un puzzle géant que je suis incapable d'analyser. Je voudrais oublier que je t'aime. Mais la vérité, c'est que sans toi, j'ai le souffle coupé, et je suffoque, année après année.
Je t'aime. Envers et contre tout,
Peter

18

Février 2006

Quinze ans aujourd'hui.
Quinze ans que je me suis levé ce matin-là et que j'ai trouvé cette satanée lettre sur mon bureau.
Quinze ans que j'essaie de vivre sans toi, et que j'y arrive, quelquefois, mais que tout le reste du temps, c'est une plaie béante que je traîne.
Quinze longues années à croire que tu m'aimais, à espérer que, peut-être, tu reviendrais, par amour.
Quinze ans que la vie semble terne, que j'essaye de comprendre ce qui a pu t'effrayer au point que tu partes pour ne plus jamais revenir.
Quinze ans que mon cœur s'arrête dès qu'une enveloppe à l'adresse manuscrite arrive ou que j'entends les sirènes de la police au loin, tant j'espère avoir de tes nouvelles et que je suis terrifié à l'idée qu'on vienne m'annoncer ta mort.
Quinze ans que l'on me dit de refaire ma vie mais que ton souvenir hante ma solitude.
Quinze ans, Sophie.

Nos chemins ne se croiseront plus. Je n'ai plus la force, je suis trop fatigué. Je t'aime mais je ne peux plus survivre à cet amour.
Adieu,
Peter

*

Septembre 2018

Arthur arriva au *Rock Salt* avec quinze minutes d'avance. C'était un restaurant chic et moderne perché au-dessus du petit port de Folkestone, dont la vaste baie vitrée offrait aux clients une vue imprenable sur la mer. Depuis la table où il s'était installé, tout près de la vitre, on pouvait apercevoir les goélands qui glissaient doucement sur l'eau, et cette petite maison rose flottante qui intriguait tant les visiteurs.

C'était Phil qui avait réservé pour son ami, sachant pertinemment que s'il l'avait laissé réserver lui-même, il aurait préféré le *Marley's* ou le *Pullman*, de jolis coins cosy et typiques, certes, mais trop intimistes pour un premier rendez-vous qui de surcroît n'en était officiellement pas un. Phil savait que peu d'autres établissements à Folkestone, une ville plutôt modeste et artistique, disposaient d'un si joli environnement, et il souhaitait tout mettre en œuvre pour qu'Emily, mais surtout Arthur, son ami un brin trop réservé, puisse avoir toutes ses chances. Il fallait que ça « en jette » et que ça fasse assez « pro » pour qu'elle croie vraiment à un dîner organisé par Ashton & Co. C'était leur couverture autant que leur bouée de sauvetage, n'avait cessé de répéter Phil. La vérité, c'est que Phil était surtout, au fond de lui, préoccupé à l'idée que ladite inconnue n'ait pas d'attirance particulière pour son ami. Parce qu'il savait combien Arthur avait été écorché par la vie et délaissé par les personnes les plus chères à son cœur, il savait combien le sentiment d'être rejeté pouvait l'amocher. Phil l'aimait tant qu'il ne pouvait s'empêcher d'espérer de toute sa force que cette histoire se termine bien, et pour les mêmes raisons, il était rongé par l'angoisse que cela finisse en vaste blague et ne devienne qu'une expérience malheureuse de plus au compteur d'Arthur. Alors il avait tout mis en œuvre, jusque dans les moindres détails, pour que cela se présente bien et que, si les choses tournaient mal, les dégâts soient le moins catastrophique possible.

Arthur était en effet bien moins aguerri dans le domaine de la séduction que ne l'était Philip. Il lui avait donc fait confiance et lui avait donné carte blanche, de l'hôtel où était descendue Emily au lieu de ce dîner, en passant par la tenue qu'il porterait. Voilà un an et demi qu'il attendait ce moment, qu'il songeait à la revoir ; autant ne rien laisser au hasard. Tout devait être impeccable et avoir véritablement l'air d'un événement organisé par son éditeur, il en avait parfaitement conscience. Phil le lui avait répété à de si nombreuses reprises, pour le conditionner à se comporter en auteur plutôt qu'en type transi, qu'il n'aurait jamais pu envisager cela autrement. Tout devait le couvrir, car il n'avait aucune idée de ce que pouvait bien penser Emily de lui. Si jamais le plan tournait au fiasco, il fallait s'assurer d'avoir un back-up solide et qui tienne la route.

Arthur avait donc passé une chemise couleur crème, qu'il portait légèrement entrouverte sur le cou, avec un simple jean noir un brin délavé. Du haut de ses trente-deux ans, Arthur, avec ses cheveux en bataille couplés à sa tenue simple et décontractée étaient en décalage total avec le raz-de-marée de stress qui le submergeait intérieurement. Et c'était tant mieux. Malgré cela, ses yeux gardaient ce même éclat bleu ciel, qui illuminait son regard, peu importent les circonstances, depuis sa plus tendre enfance. C'était d'ailleurs la première chose qui avait séduit Anna. Car Arthur était beau, même s'il n'en avait jamais été tout à fait conscient. Ce manque de confiance en lui était précisément ce qui faisait tant son charme que sa faiblesse, à vrai dire. Son succès littéraire et les mètres de file d'attente qui s'étalaient depuis des années devant ses tables de dédicace n'avaient pas même suffi à le persuader de sa valeur. Et pourtant, Anna avait été une des plus belles femmes qu'il ait pu rencontrer. Une intelligence subtile, une aisance époustouflante en toutes circonstances, un don naturel pour l'élégance et la mode, des cheveux noirs comme la nuit et de grands yeux ébène… sa beauté rare avait été fatale à plus d'un homme, lui y compris. Elle, si fine d'esprit, si accomplie et cultivée, si douée dans tout ce qu'elle entreprenait, avait résisté à tous ceux qui avaient tenté de l'apprivoiser. Mais c'est à lui, Arthur Neil, qu'elle avait ouvert son cœur pour la première fois. Cet inconnu au regard timide qu'elle avait croisé un soir, tard, dans un pub bondé de Cardiff. C'était cet éclat dans le bleu de ses yeux qui l'avait touchée, cet air docile et tendre à la fois qu'il ne pouvait dissimuler.

Si Phil avait été là, il lui aurait conseillé de se prendre un gin, histoire de se détendre un minimum avant l'arrivée de sa muse. Mais Phil n'était pas là. À la place, il commanda un diabolo fraise, dont il observa longuement s'envoler les bulles. Il pensa à Hayley, et s'en trouva instantanément apaisé. L'air était doux. Il était exactement dix-huit heures et le soleil entamait sa course vers l'horizon. La mer, dont la marée descendait petit à petit, scintillait de rouges et d'oranges. C'était une soirée parfaite. Le genre de soirée que

Lizzie aurait dépeinte passionnément à la gouache ou qu'il aurait décrite avec aisance dans l'un de ses romans. Peut-être bien qu'il venait de plonger dans l'un d'eux, se dit-il en souriant. Il resta immobile de longues minutes, laissant ses yeux se perdre sur la surface de l'eau. Il se sentait exceptionnellement calme, compte tenu des circonstances.

C'est alors qu'elle entra.

Emily.

À peine l'eut-il aperçue à l'entrée du restaurant qu'il la reconnut, et sentit l'adrénaline le submerger. Elle balaya la salle du regard à sa recherche, ses mains jointes sur la pochette en cuir noir à laquelle, en réalité, elle s'agrippait machinalement pour ne pas défaillir, comme elle l'avait fait jadis avec le roman qu'elle s'était fait dédicacer, un an et demi auparavant. Elle portait un jean slim noir surmonté d'une blouse ample à plumetis, noire aussi, qui tranchaient avec la blondeur dorée de ses longs cheveux bouclés. La seule touche de couleur de sa tenue était cette paire d'escarpins en velours vert sapin qu'elle ne sortait que pour les grandes occasions. Et Dieu savait à quel point cette soirée était une grande occasion pour elle.

Arthur se leva et s'approcha pour l'accueillir. Elle resta interdite quelques instants en le voyant avancer, stupéfaite de constater qu'il l'avait apparemment reconnue avant même que le serveur ne la guide à leur table.

— Bonsoir, la salua Arthur de sa voix la plus assurée en lui tendant la main, dissimulant du mieux qu'il pouvait son appréhension.

— Bonsoir, répondit Emily, un sourire ébloui aux lèvres, lui rendant sa poignée de main.

— Vous avez fait bon voyage ?

— Oui, merci.

— Formidable. Bienvenue à Folkestone, ajouta-t-il. Par ici, je vous prie, l'invita-t-il à rejoindre leur table d'un geste.

Emily le suivit et s'y installa, le cœur battant.

Le serveur les rejoignit et leur tendit le menu avant de demander à Emily ce qu'elle souhaitait boire.

— Un gin and tonic, s'il vous plaît, répondit-elle. C'est bien ce dont les Anglais sont férus, n'est-ce pas ? demanda-t-elle à Arthur tandis que le garçon s'en retournait vers le bar.

Arthur sourit.

— Il paraît. Mais j'ai beau être à demi Anglais, je préfère le gin brut. Le tonic, ce n'est pas ma tasse de thé. Sans mauvais jeu de mots, ajouta-t-il en riant, se surprenant lui-même à avoir su s'exprimer de la sorte alors qu'en son for intérieur, il tremblait.

Emily éclata d'un rire cristallin et Arthur ne manqua pas de remarquer à quel point ses magnifiques yeux verts scintillaient, derrière le khôl qui les entourait.

— Qu'avez-vous donc pris ? l'interrogea-t-elle en observant le rose pétillant dans son verre.

— Oh, un diabolo fraise.

Il n'avait pas commandé d'alcool. Et elle, elle venait de demander un gin tonic. Elle se sentit soudain bien mal à l'aise.

— Oh, vraiment ?

— Oui, c'est… ne vous en faites pas, je suis un grand enfant dans l'âme. C'est juste que ça me rappelle ma fille, précisa-t-il machinalement avant de se souvenir des deux seules recommandations que Phil lui avait données : surtout, n'évoquer ni Anna ni Hayley.

Emily baissa les yeux tout en lissant la serviette qu'elle venait de poser sur ses genoux. *Sa fille* ? se répéta-t-elle intérieurement, surprise. Elle ignorait qu'il était père. À vrai dire, elle ignorait tout ou presque de lui, réalisa-t-elle.

— Que pensez-vous de l'hôtel ? s'enquit Arthur pour tenter de rattraper le tir.

— Oh, il est magnifique, répondit-elle instantanément. Merci, c'est vraiment exceptionnel. Je dois dire que je me suis sentie comme dans un conte de fées en découvrant le kiosque et cette incroyable promenade au-dessus de la mer.

— Mais de rien. Pour être honnête, ce n'est pas moi qui l'ai choisi, c'est mon am… mon attaché de presse, qui a fait toutes les réservations. Je n'y suis jamais allé personnellement puisque je, eh bien, je vis ici donc…

Arthur entendait intérieurement la voix de Phil le réprimander. Lui-même se trouvait désespérant tant il enchaînait les maladresses.

— Oh, je vois. Ça paraît logique, acquiesça machinalement Emily dont l'esprit vagabondait, accaparé par l'idée de saisir une bonne fois pour toutes cette opportunité de lui dire ce qu'elle avait sur le cœur avant que leurs chemins ne s'éloignent définitivement l'un de l'autre.

Arthur passa une main sur son front, où perlaient quelques gouttes de sueur, et soupira. Le serveur apporta son verre à Emily.

— Je suis navré, dit-il, je dois vous avouer que je ne suis pas aussi à l'aise pour faire la conversation que le sont mes personnages, ajouta-t-il en levant vers Emily un regard désolé.

— Je vous en prie, ce n'est rien, j'imagine que c'est au contraire le cas de bien des artistes, n'est-ce pas ?

Il lui sourit et opina.

— Monsieur Neil… tenta-t-elle timidement, les yeux baissés.

— Oh, je vous en prie, appelez-moi Arthur.

Elle releva le regard vers lui, surprise et ravie à la fois. Puis Emily prit une grande inspiration :

— Ahem, Arthur, répéta-t-elle doucement, vous vous exprimez à la perfection à travers votre plume, et vous réussissez de main de maître. Vous n'avez pas à rougir de ne pas être l'homme le plus éloquent du monde. Enfin, je crois.

Il la regarda, apaisé.

— Merci, c'est gentil. Vous savez, je suis la honte de mon ami Philip, s'amusa-t-il tandis qu'il commençait enfin à se sentir plus à l'aise. Il serait désespéré s'il me voyait là, maintenant, tant il s'évertue depuis des années à m'apprendre les codes d'une discussion digne de ce nom.

Emily lui sourit avec bienveillance. Elle qui l'avait si longtemps imaginé, elle le découvrait pour de vrai, et il était bien moins éloquent qu'elle ne l'aurait pensé, c'est vrai. Il ne dégageait rien, absolument rien de prétentieux. Sa voix était douce et calme, et malgré la dizaine d'années qui les séparaient et sa célébrité, c'était lui qui avait l'air le plus intimidé des deux. Ce qui ne le rendait que plus charmant, pensa-t-elle.

— Et moi, je dois reconnaître que je suis impressionnée de me trouver là. Je vous lis depuis de nombreuses années et vos ouvrages sont parmi mes favoris. Vous savez, c'est un exploit pour moi d'avoir réussi à aligner trois mots depuis que je suis entrée… La dernière fois que je vous ai croisé, c'est à peine si j'ai pu composer une phrase, dit-elle en riant à son tour.

— Nous sommes deux à avoir fait quelques progrès ce soir, alors, conclut Arthur en prenant une gorgée de son diabolo.

Emily but quelques gorgées de son gin and tonic. Ils prirent ensuite quelques minutes pour choisir leurs plats et en firent part au serveur.

— Comment vous sentez-vous après l'annonce de cette surprise ? tenta Arthur, un brin hésitant.

— J'ai eu un peu de mal à y croire, je dois dire, avoua Emily.

Le niveau de stress d'Arthur remonta en flèche. Et si elle avait un doute quant à cette supercherie ?

— Ah oui ? lança-t-il le plus innocemment possible.

— Eh bien… oui ! Je n'aurais pas cru une seconde que les éditeurs organisaient ce genre de rencontre, poursuivit-elle, mais je suis très contente de faire partie des heureux lecteurs sélectionnés ! Nous sommes peu nombreux, c'est cela ?

Arthur sentit ses épaules retomber de soulagement.

— Hum, oui. Oui, très peu nombreux, acquiesça-t-il en toussotant. Vous êtes la toute première que je rencontre, pour tout vous dire.

— Oh ? Vraiment ? Dans ce cas je me sens plus privilégiée encore. Je suis vraiment heureuse d'avoir complété ce questionnaire.

Moi aussi, songea-t-il.

— Vous souvenez-vous de cette dédicace à Genève ? demanda-t-elle, emplie d'espoir.

— Si je m'en souviens ? répéta-t-il, quelque peu pris de court. Oui. Oui, je m'en souviens très bien, ajouta-t-il, tentant du mieux qu'il pouvait de jouer l'homme détaché plutôt que de lui raconter de but en blanc à quel point ce souvenir était gravé dans sa mémoire et le hantait depuis des mois. Et vous ? osa-t-il, fébrile.

— Comment oublier ? répondit-elle. Je m'en souviens jusque dans le moindre détail, précisa-t-elle en baissant de nouveau les yeux.

Arthur la regarda, heureux, mais resta muet, trop effrayé à l'idée de mal interpréter les mots d'Emily et pourtant lui aussi empli de l'espoir secret qu'elle partage un souvenir similaire au sien. Il jeta alors un coup d'œil au soleil qui flirtait avec l'horizon.

— C'est magnifique, n'est-ce pas ? commenta-t-il en la voyant contempler à son tour le paysage.

— C'est éblouissant.

— Je sais que les Français sont habitués à dîner plus tard, mais je tenais à ce que vous puissiez contempler cela. J'ai beau vivre ici depuis toujours, je ne m'en suis jamais lassé. Et d'ici, la vue est vraiment unique.

— Je comprends. J'ai rarement vu une ville aussi charmante. Et pourtant, je vis à Annecy. On dit que c'est la petite Venise des Alpes. Je suis sûre que vous aimeriez.

— Je n'en doute pas.

— Vous devriez venir la visiter, un jour. Sans doute qu'elle vous inspirerait.

Le garçon leur servit les mises en bouche et ils entamèrent alors leur dîner. La nuit tomba lentement et en ce vendredi de septembre, le restaurant était plutôt calme. Elle lui parla de la ville dans laquelle elle vivait désormais, de sa beauté loin du tumulte de Paris qu'elle ne supportait plus, des canaux, du lac, des cygnes, de son métier de fleuriste et de la façon pour le moins inattendue dont elle l'avait commencé. Il lui raconta comme il aimait Folkestone, ses ruelles pavées, son quartier créatif, son ambiance un brin décalée et ses pubs chaleureux. Il lui parla du *Steep Street*, ce café-livre dans The Old High Street, à deux pas de chez lui et où il aimait tant écrire. Elle lui posa mille questions au sujet de sa façon de rédiger ses romans, de celle dont il puisait son inspiration, de ses personnages. Il lui confia la trame de son prochain ouvrage, et elle l'écouta, séduite par l'accent anglais qui faisait chanter chacune de ses phrases, fascinée par son inventivité, grisée par le privilège d'en apprendre tant au sujet d'un ouvrage qui n'avait pas encore vu le jour et dont l'auteur était, sans le moindre doute, la personne qu'elle admirait le plus au monde.

Pas une seule fois au cours de cette journée elle n'avait pensé aux fraises.

— J'ai remarqué sur mon listing que votre prénom s'écrit avec un « Y », tenta Arthur après un moment. Vous avez des origines anglophones ou c'est une simple préférence de vos parents ?

Le souffle d'Emily se coupa l'espace de quelques secondes. Les fraises réapparurent instantanément. Elle tira ses manches jusque sur ses mains.

— Eh bien… non, non, pas du tout, répondit-elle en retenant la tristesse qui se faufilait jusqu'à sa gorge. C'est une idée de mon… mon père. Quand ma mère était enceinte mes parents ont appris qu'ils attendaient de faux jumeaux. D'un commun accord, ils ont décidé qu'elle choisirait le nom de mon frère et lui le mien.

— Oh ? C'est original, commenta Arthur.

— Oui et… mon père était un amoureux des *Hauts de Hurlevent.*

Arthur nota l'emploi de l'imparfait et regretta sur-le-champ d'avoir abordé cette question. La réponse ravivait sans le moindre doute quelque chose de douloureux en Emily.

— Brontë, conclut-il.

— Brontë, confirma-t-elle.

Le téléphone d'Arthur, posé sur la table, afficha une notification indiquant « Anna » et la miniature d'une image. Le regard d'Emily fut attiré malgré elle vers l'écran.

— Je suis désolé, je suis bien impoli, j'aurais dû éteindre mon téléphone, s'excusa-t-il.

— Oh, non, non, je vous en prie, c'est normal, enfin. Allez-y. Vraiment, il n'y a pas de mal.

— Je crois que c'est un dessin de ma fille, devina-t-il, habitué à ces messages qu'Anna lui envoyait sous les ordres fermes et définitifs de Hayley qui prenait l'art très au sérieux.

— Oh ? C'est adorable.

— Oui, elle… elle oblige sa mère à me les transmettre sitôt terminés, précisa-t-il, tandis qu'il ouvrait le message pour y découvrir l'œuvre de Hayley.

Elle avait dessiné un sarcophage qu'elle avait entouré de petits et grands cœurs, et, dedans, une momie parée d'un magnifique sourire édenté. Se remémorant leur dernière virée au musée d'Histoire naturelle, Arthur éclata de rire. Emily sourit à son tour, attendrie.

— Quel âge a-t-elle ? demanda-t-elle.

— Cinq ans, répondit Arthur en lui montrant le dessin.

— C'est, euh… une momie ? tenta Emily, un brin effrayée à l'idée d'avoir mal interprété ce qu'elle voyait mais plutôt convaincue tout de même qu'elle visait juste.

— Oui ! confirma Arthur dans un éclat de rire. Ma fille de cinq ans dessine des momies, oui ! Je l'ai emmenée au musée d'Histoire naturelle de Londres à quelques reprises, et elle n'en finit plus de perfectionner ses représentations de cadavres en guise de ses souvenirs avec moi là-bas ! Drôle de façon de me dire qu'elle m'aime, n'est-ce pas ? fit Arthur, amusé, qui sentait la pression redescendre de plus en plus à mesure qu'il parlait de sa fille et l'imaginait, sourcils froncés et regard concentré sur la mine de son crayon pour que tous les traits soient aussi parfaits que possible.

— C'est peu commun mais… adorable, je dois dire ! avoua Emily. Elle a l'air d'aimer l'histoire, c'est super pour une enfant de cet âge. Comment s'appelle-t-elle ?

— Hayley. Elle s'appelle Hayley. Et oui, elle est plutôt épatante. Pas que je sois très objectif c'est vrai, mais elle m'épate ! Elle vit à New York avec sa mère, je ne la vois que rarement.

— Elle doit beaucoup vous manquer.

Arthur observa de nouveau le dessin avec admiration et reprit :

— Énormément, oui. Mais je fais mon possible pour rendre chaque moment précieux quand je suis avec elle. Je ne veux pas qu'elle oublie que même si elle vit de l'autre côté de l'océan, elle a un papa qui l'aime de tout son cœur.

— Votre femme travaille loin. Que fait-elle ? osa Emily.

— Elle est photographe. Pour un grand magazine de mode. Et, ahem… elle n'est pas ma femme, la corrigea-t-il sans tarder pour éloigner tout malentendu. Nous… nous sommes séparés.

— Oh.

Emily se sentit étrangement soulagée à l'annonce de cette information, ce qui, la seconde suivante, la mit mal à l'aise. Le visage d'Arthur arborait des traits indéchiffrables. Sans qu'il puisse le maîtriser, et à un moment particulièrement inapproprié, les images remontèrent à surface.

*

Décembre 2015

C'était une soirée d'hiver, il était plus de vingt-deux heures. Il faisait un ou deux degrés dehors, le vent fouettait les fenêtres de son courant glacial. Arthur se leva doucement de son bureau et s'approcha de la porte. Il sentait sa présence, elle était juste derrière, dans le couloir, il savait qu'elle hésitait. Alors il ouvrit, et la trouva là, les yeux rouges. Sans avoir pu se l'avouer, il avait su des semaines durant que ce moment arriverait.

— Anna…

— Pourquoi, Arthur ? Pourquoi est-ce que tu me tiens autant à distance ? lâcha-t-elle, la voix cassée par les larmes.

— C'est toi qui t'éloignes.

— C'est faux. Tu ne cherches même pas à savoir ce qui ne va plus.

— Mais si, j'essaye, je ne fais que ça, depuis des mois, souffla Arthur.

— Non, ce que tu fais depuis des mois, c'est écrire, le corrigea-t-elle.

— Là n'est pas le problème.

— Si, il est là, simplement tu refuses de l'admettre, expliqua-t-elle, en fermant les yeux.

— Enfin, Anna, à t'entendre, ce sont mes textes qui nous ont éloignés, c'est ridicule, non ? Ne vois-tu pas que depuis quelque temps c'est comme si je n'existais plus pour toi ?

— Mais tu *n'es* plus là Arthur ! s'exclama-t-elle.

— Je suis toujours ici ! rétorqua-t-il, décontenancé.

— Ici, oui, confirma Anna en pointant du doigt l'ordinateur ouvert sur une fenêtre de traitement de texte, à côté duquel il avait laissé un carnet de notes noirci d'idées. Ici. Dans cette pièce. Enfermé. Assis à ton bureau, le regard perdu sur d'autres mondes, comme si je n'avais jamais existé.

— Tu voudrais que j'abandonne mes romans ? demanda Arthur, les sourcils froncés, confus. C'est bien cela, que tu me demandes ?

— Non, bien sûr que non. Seulement, va te promener en bord de mer, mais rentre à la maison pour dîner. Prends tes notes, mais reviens ! Plus de longues après-midi dans le parc à en oublier l'heure qu'il est. De soirées bouclé ici et où je t'attends en espérant qu'on les passe ensemble, jusqu'à ce que je sois trop épuisée et que je me couche seule, une fois de plus. Plus d'heures interminables à me dire que tu termines un chapitre et rentres juste après, alors que tu es dans un café, plongé derrière l'écran de ton ordinateur plutôt que dans mes bras, tes doigts passionnés sur le clavier plutôt que sur ma peau, à observer inlassablement la vie des gens, ces vies qui t'inspirent tant. Mais c'est notre vie à nous que tu manques ! lâcha-t-elle, ne sachant plus très bien si c'était la rancœur ou la tristesse qui l'animait le plus. Reviens-moi, Arthur. Ouvre-moi ton cœur au lieu de le mettre au service absolu tes romans.

Arthur regarda Anna, incrédule et muet.

— Si tu ne peux pas au moins nous offrir cela, autant en finir alors, ajouta-t-elle.

Cela sonna comme un coup de couteau en plein cœur. S'il avait perçu de l'amertume dans son attitude ces derniers mois, il était loin de s'imaginer que cela puisse être lié à une jalousie envers… les mots.

— J'étais terriblement… naïve quand je me suis installée ici. Je te trouvais différent. Tendre, attentionné, plus attiré par ce que je ressentais que par ce à quoi je ressemblais. Je voulais entrer dans ton monde, Arthur. Je savais que tu étais un artiste, c'est de lui que je suis tombée amoureuse, dans ce pub, à Cardiff, au milieu de tous ces hommes soûls et bourrus. Je pensais qu'entre tes mots et mon appareil photo, on allait créer le plus joli des décors. J'imaginais que les esprits brillants, tel que le tien, se réfugiaient dans une sorte de lieu secret où les idées virevoltent comme les feuilles d'automne. J'espérais qu'au moins, un jour, tu voudrais m'y emmener. Mais…

il semblerait que tu n'y fasses entrer personne, ou bien... que je n'en aie pas mérité la clef.

Et ainsi, Anna quitta Arthur. Une semaine plus tard, un matin, elle monta dans un taxi avec deux grosses valises et Hayley. Hayley qui ne comprenait rien et qui avait dit au revoir à son papa comme si elle allait le retrouver le soir même. Arthur apprit plus tard qu'Anna avait accepté le poste dont elle rêvait et pour lequel on l'avait tant courtisée... à New York. Elle avait eu beau l'avoir refusé des mois durant, pour ne pas être trop loin ou trop absente, pour faire passer leur petite famille au premier plan... elle avait cédé à ces sirènes en constatant à quel point Arthur était épris de ses lignes, à ses dépens. Arthur avait alors compris, à retardement, à quel point il avait été aveugle, à quel point il avait oublié le trésor qu'il avait juste sous le nez.

Anna avait été sa muse, elle avait porté son enfant, elle lui avait appris l'amour, celui qui vous emporte et qui, charnel, transcende tout votre corps. Mais il l'avait perdue les yeux grands ouverts, oubliant petit à petit à quel point elle était insaisissable. Il avait oublié qu'Anna était passionnée, spontanée, impulsive, qu'elle avait besoin de se sentir choyée. Et Anna n'avait jamais aimé discuter, disséquer une relation, quémander de l'attention. Alors Anna ne lui avait laissé ni le temps, ni le choix. Elle était partie, et elle n'était jamais revenue.

Prenez l'amour pour le meilleur,
prenez l'amour pour le pire,
mais ne prenez jamais l'amour pour acquis.

Voilà ce qu'Arthur avait appris à ses dépens. Voilà ce qu'Arthur tenait à ne jamais plus oublier.

*

Entrée, plat, dessert, thé... Trois heures passèrent sans qu'aucun d'entre eux ne les ait vu défiler.

Il était plus de vingt et une heures lorsqu'Arthur regarda sa montre à contrecœur, déçu de voir que le temps passait aussi vite alors qu'il lui semblait n'avoir pu apprendre d'Emily que des banalités. Il avait savouré ce dîner bien plus qu'il ne l'aurait imaginé mais n'était pas rassasié de sa présence, c'était un fait. Il savait qu'il venait bien malgré lui d'arriver au moment où il devait prendre les devants, être entreprenant, peut-être pour la première fois de son existence. Lui qui n'avait jamais osé, lui qui avait toujours préféré se faire discret, il voyait le piège se refermer lentement sur lui. Il ne savait pas comment lui dire. Sa nature farouche le tétanisait.

Emily, quant à elle, était partagée entre l'exultation de passer une minute de plus avec Arthur et l'appréhension que ce soit la dernière. Elle voulait rester, elle voulait l'écouter lui raconter ses ébauches de roman encore et encore, elle voulait se délecter de son regard azur et de sa voix douce, elle voulait rester là pour toujours, ne pas s'en retourner à son hôtel, à son pays, à son existence sombre et à ses vieux démons. Rester auprès de lui tout en sachant que ce serait la seule et dernière fois de sa vie la grisait autant que cela l'attristait.

Mais, malgré son plan et malgré lui, Arthur se laissa dépasser par la peur qu'elle ne comprenne pas, ou, pire, qu'elle le trouve impoli. Gentleman, la boule au ventre, il commanda le taxi qui devait la ramener au View, régla la note, puis ils se levèrent et on leur rapporta leurs manteaux. Ils descendirent les quelques marches et se retrouvèrent tous deux sur le seuil du restaurant, à l'arrière, dans la rue pavée et mal éclairée.

Il y eut un bref moment de flottement au cours duquel elle frissonna, parce que l'air était frais mais aussi parce qu'elle comprit avec tristesse qu'il était temps pour elle de repartir. Arthur remonta le col de son manteau et profita du clair-obscur pour apprécier quelques secondes de plus les contours du visage d'Emily. Mais, voyant le moment fatidique arriver en même temps que les phares du taxi, telle une fatalité à laquelle il ne pouvait se soustraire, il se résigna à lui dire au revoir.

—Eh bien… j'imagine que c'est là que nos chemins se séparent, souffla-t-il, ravagé par sa propre lâcheté.

Le cœur d'Emily se serra. Le taxi s'arrêta près d'eux.

—On dirait bien, acquiesça-t-elle, désemparée.

—J'ai passé une très agréable soirée, Emily.

—Moi aussi, monsieur Ne… ahem, Arthur. Merci beaucoup.

Arthur ouvrit la portière arrière de la voiture pour l'inviter à y monter – et il s'en voulut instantanément, tant ce qu'il désirait au fond de lui était le parfait opposé. Elle s'en approcha pour y entrer, et…

—Emily, attendez ! s'écria-t-il, soulevé par un élan d'audace qu'il n'avait jamais ressenti auparavant.

Elle s'arrêta net, le souffle coupé.

—Ne montez pas, lâcha-t-il en refermant soudain la portière d'un geste vif. Ne montez pas, s'il vous plaît, se surprit-il à répéter tout en s'approchant d'elle, déterminé, jusqu'à effleurer son visage.

Elle le fixa, interdite, le cœur battant à mille à l'heure.

—Je… je ne peux pas vous… balbutia-t-il, soudain rattrapé par sa pudeur originelle. Restez… restez avec moi, murmura-t-il.

Emily le gratifia alors d'un large sourire.

Et le taxi s'en alla.

*

La brise marine soufflait doucement, faisant voleter quelques boucles sur les épaules d'Emily. Arthur marchait d'un pas calme à ses côtés, chacun avait les mains dans les poches de son manteau. La nuit donnait à la mer sa parure sombre et constellée à la fois. Les oiseaux dormaient, on n'entendait que le bruit lointain des vagues que la marée avait éloignées. Ils avaient marché silencieusement quelques dizaines de mètres en direction de Sunny Sands, la vaste plage de sable fin face à la Manche, tout près du *Rock Salt* qui, à marée basse, se changeait en un miroir interminable.

— Avez-vous froid ? s'enquit-il tandis qu'ils arrivaient près d'un muret.

— Non, répondit Emily.

— Bien. Alors, venez, prenez ma main, accrochez-vous bien et suivez-moi, lui dit-il avec l'assurance nouvelle qui jaillissait en lui et dont il se délectait.

Elle s'exécuta et il la guida pour enjamber le mur de pierre.

— Par ici. Attention, lui dit-il en lui prenant doucement le bras et en l'invitant à s'asseoir près de lui sur le large rocher derrière la statue qui surplombait la plage.

Elle en distinguait les contours sans pouvoir tout à fait la décrire.

— Est-ce que c'est une femme ? demanda-t-elle.

— Pas vraiment.

— Une sirène ?

— Presque. Elle a été inspirée par la Petite Sirène de Copenhague, il me semble, mais l'artiste, locale et contemporaine, a souhaité que ce soit une « vraie » femme qui lui serve de modèle, bien qu'elle ait un semblant de nageoires sur les pieds. C'est une mère de famille de Folkestone qui a posé pour l'occasion.

— Ah oui ? J'aimerais beaucoup la voir de jour, mais elle est magnifique au clair de lune.

— Je vous la montrerai, répondit Arthur sans réfléchir.

À la simple idée de le revoir, Emily esquissa un large sourire.

— Vous aimez beaucoup cet endroit, n'est-ce pas ? lui demanda-t-elle.

— Plus qu'aucun autre, oui. J'ai eu l'opportunité de découvrir bien des villes au cours de mes dédicaces, j'en ai eu le tournis tant j'ai vu des paysages variés et bariolés. Mais ici, c'est chez moi. Et j'ai beau en connaître les moindres ruelles, les moindres boutiques et la plupart des habitants, j'ai beau connaître jusqu'à l'odeur qui émane de chaque quartier, du fish and chips sur le port, de l'encens dans The Old High Street, du café dans le centre-ville, ou des embruns sur le Harbour Arm… je ne m'en lasse pas, se laissa-t-il emporter. Folkestone ne cesse de me surprendre. Elle est inspirante, au propre comme au figuré. C'est une ville créative avec une forte identité, et l'odeur de la mer est une des rares choses qui me permettent de balayer ce à quoi je n'ai pas envie de penser.

— Vous avez toujours habité l'Angleterre ?

— Oui. J'ai fait mes études à Londres, mais je suis revenu ici juste après. La maison de mes parents me manquait trop.

— Je ne veux pas sembler indiscrète, mais… comment avez-vous appris le français, alors ?

Arthur fit une brève pause, prit une inspiration et répondit :

— Ma mère était française. Elle est née dans les Pyrénées. Elle a toujours apprécié me parler dans sa langue quand j'étais tout petit, même si nous vivions ici, en Grande-Bretagne. Mon français est un vieil héritage, que j'ai tenu à entretenir le temps passant, compléta-t-il. J'aime lire en français et même écouter certains chanteurs à texte, comme Brassens ou Cabrel.

— Elle doit être très fière de vous, en déduisit Emily qui regardait droit devant, laissant ses yeux se perdre parmi le reflet de la lune sur le sable mouillé, sans remarquer les yeux troublés d'Arthur.

Il passa la main dans ses cheveux et les ébouriffa comme pour chasser le chagrin et la colère qui s'infiltraient en lui à l'évocation de sa mère. Il leva les yeux au ciel pour empêcher les larmes de monter, se concentra sur l'odeur salée de l'air ambiant, cligna des paupières pour s'insuffler un brin de courage, et reprit :

— À vrai dire je n'en ai aucune idée. Ma mère est partie précipitamment alors que je n'avais que cinq ans. Je n'ai jamais su pourquoi, ni où. Je crois que mon père lui-même ne l'a jamais vraiment su.

Emily se tourna vers Arthur, surprise.

— Mon Dieu ! Cinq ans ? Comme elle a dû vous manquer !

— Oui, et à mon père, encore plus.

— Je suis terriblement navrée, je ne voulais pas faire remonter de tels souvenirs.

— Ne le soyez pas. Je ne peux pas dire que cela fasse partie des moments heureux de mon existence, mais étrangement, ce soir, je me sens à peu près capable d'en parler.

— Vous avez dû être si inquiet…

— Mon père, surtout, oui. Il l'aimait comme un fou. Le paradoxe de l'amour, c'est que ce sont toujours les personnes qu'on aime le plus fort qui nous font le plus de mal. Moi, j'ai rapidement voulu oublier cette femme qui le rendait si malheureux. Je lui en ai voulu, je lui en ai tellement voulu, de l'avoir abandonné. Je l'ai entendu pleurer si souvent, mon père, celui que je pensais solide comme un roc. Je l'ai entendu fondre en larmes plus d'une fois, la nuit, quand il me croyait endormi. Je n'ai jamais pu pardonner ça à ma mère. Elle ne nous a pas dit au revoir, elle ne nous a pas laissé d'explications. On ne l'a jamais revue. Je crois d'ailleurs que je lui en veux encore aujourd'hui. Et puis, elle a aussi détruit Lizzie, se confia-t-il.

— Lizzie ?

— Oui. C'est ma sœur. Enfin, non, pas au sens charnel du terme. C'est une histoire un peu compliquée. En réalité, elle est ma cousine. Mes parents l'ont recueillie après la mort de mon oncle et ma tante dans un accident de voiture. Elle avait six ans. Et voilà que deux ans plus tard, elle perdait une mère pour la seconde fois.

Emily avait la gorge nouée. Elle ne se permit pas de lui demander confirmation, mais en quelques minutes, elle avait sans peine identifié plusieurs éléments des romans d'Arthur Neil, qu'elle avait tous lus sans exception. Certains passages, certains personnages, prenaient soudain une tout autre dimension. *La fiction est toujours inspirée de la réalité*, songea-t-elle.

— Lizzie ne parlait plus, continua Arthur, qui avait ouvert les vannes sans même s'en apercevoir. Elle pleurait souvent. Elle a mis des années pour retrouver l'usage de la parole. Tout ça l'a complètement traumatisée.

— C'est compréhensible... Je suis désolée. Sincèrement.

Arthur se tourna vers Emily.

— C'est moi qui suis désolé. Je ne tiens pas à vous assommer avec de si sombres souvenirs. Je ne sais pas ce qui m'a pris, je n'avais pas évoqué ça depuis des années.

— Ne vous inquiétez pas pour moi, lui répondit-elle d'une voix rassurante. Je traîne moi aussi quelques blessures, ajouta-t-elle en voyant les fraises s'afficher devant elle sans crier gare. Nous faisons tous deux partie du club des écorchés de la vie, on dirait, ajouta-t-elle en prenant ses genoux contre sa poitrine avant de cacher ses mains sous ses manches.

Arthur la regarda, fasciné par la lumière de la lune qui se reflétait sur quelques-unes de ses boucles mais surtout par la maturité qui émanait de cette toute jeune femme. Il avait beau être un brin naïf, il avait beau manquer trop souvent d'aisance, il n'en était pas moins perspicace, tout exercé qu'il était à remarquer les détails. Il avait noté ces petits rien qui n'en étaient pas : cette habitude de cacher ses poignets, le contraste de ses vêtements noirs sur son teint clair, ce maquillage fumé qui entourait ses yeux verts comme un masque et sa façon de les baisser comme pour se protéger, ses expressions mélancoliques. Il avait l'habitude d'observer les gens, ceux qu'il croisait chaque jour comme les parfaits inconnus, puisque c'était dans les détails d'un regard, d'une tenue, d'une ride même, qu'il puisait son inspiration et bâtissait l'essence de ses personnages. Il l'avait observée toute la soirée, par habitude, et il était évident qu'Emily portait certaines cicatrices qu'elle ne pouvait dissimuler.

— Peu importe de quoi il s'agit, vous ne méritez pas ce qui vous est arrivé.

— Oh que si, souffla-t-elle instantanément.

Il lui jeta un regard intrigué mais ne parvint pas à déchiffrer ses traits. Ses sourcils étaient froncés mais elle arborait un sourire énigmatique, qui, en réalité, était depuis toujours sa façon à elle de ne pas s'effondrer à la seule évocation de Jules ou de son père.

— Puis-je vous demander ce qui vous est arrivé ? demanda-t-il, inquiet.

—Je n'aime plus les fraises, murmura-t-elle du tac au tac.

Il comprit qu'elle n'en dirait pas plus.

—Mais vous, racontez-moi. Racontez-moi plutôt ce qui vous est arrivé, à vous, s'il vous plaît, sembla-t-elle le supplier, comme pour chasser les images de ses pensées. Qu'est-il donc arrivé à Lizzie ?

Le silence prit de nouveau place quelques instants, uniquement ponctué par les remous lointains des vagues, comme pour laisser à Arthur le temps de choisir ses mots.

—Quand je suis revenu chez mon père, alors que je venais de terminer mes études à Londres, ma vie a basculé une deuxième fois. La porte de la maison était ouverte et je suis rentré, avec mon sac de voyage, guilleret et fier. Je me sentais comme le fils prodigue qui revient, heureux de retrouver un univers familier, les murs de mon enfance, la bibliothèque du salon garnie d'ouvrages qui grimpait jusqu'au plafond, et cette odeur sucrée de gâteau aux pommes qui s'était comme imprégnée dans chaque recoin de longues années auparavant. C'était l'odeur des après-midi de jeux avec Lizzie, des goûters au coin du feu, des madeleines moelleuses de papa et des rires qui résonnaient encore dans la cuisine, le grenier, nos chambres, le jardin. Alors je suis entré, les oreilles et les narines pleines de souvenirs, et j'ai appelé mon père. Mais personne n'a répondu. Il y avait du bruit dans la cuisine, je me suis dit qu'il ne m'avait peut-être pas entendu. J'en ai alors poussé la porte et là, j'ai vu Phil et Lizzie, assis à table. Elle pleurait, le visage entre les mains. Lui m'a fixé tout d'abord d'un air peiné, les yeux rouges, puis s'est levé et m'a pris dans ses bras. C'était un vendredi.

*

Avril 2006

— Je suis désolé Arthur, dit Phil.

Lizzie jeta un regard à son frère et s'effondra de plus belle. Arthur, perdu entre un sentiment d'incompréhension et un autre qui lui mettait l'évidence devant les yeux, ne put prononcer le moindre mot. Il y avait un vide horrible, dans cette pièce. Un vide qui ne laissait pas de place au doute. Il laissa tomber son sac sur le sol carrelé. Phil posa une main sur son épaule.

— Quand tu m'as téléphoné il y a trois jours pour me dire que tu rentrais, je suis venu presque immédiatement, je savais qu'il serait fou de joie de savoir que tu revenais, je voulais qu'on te prépare une petite fête, pour marquer le coup. Mais quand je suis arrivé, il n'y avait personne ici. Je me suis dit qu'il devait être en train de travailler sur le bateau. De toute façon, il faisait un temps abominable, mardi. Personne n'aurait pris le large dans ces conditions, la côte était balayée pas des vagues de plusieurs mètres de haut. Alors je me suis habillé et malgré le vent et la pluie, je suis allé au port, mais l'*Alizée* n'était pas amarré. La place était vide. J'ai immédiatement appelé les secours, ils sont partis à sa recherche, raconta Philip, la voix cassée.

Arthur, pétrifié, écouta son ami, les yeux rivés sur sa sœur, dont il ne distinguait que les boucles rousses secouées par d'interminables sanglots. Phil avait la voix tremblante, jamais Arthur ne l'avait vu si pâle.

— Arthur… On n'a retrouvé le bateau qu'hier matin, à l'aube, lâcha-t-il. Et lui, ils l'ont trouvé à quelques encablures de là. Ils n'ont rien pu faire Arthur, c'était déjà trop tard, ajouta-t-il sans pouvoir retenir les larmes qui l'envahissaient à nouveau.

Arthur chancela, chercha à se rattraper à la poignéc de la porte pour finalement se laisser glisser sur le sol, incapable de tenir debout.

— Non, souffla-t-il, choqué.

Phil s'assit près de lui. Le seul son qu'on pût percevoir pendant les minutes suivantes fut celui de la vieille pendule, dans cette pièce jadis si bruyante et chargée de vie. Les larmes s'étaient mises à dévaler les pentes des joues d'Arthur. De longues minutes plus tard, Lizzie essuya ses yeux rouges et humides, se leva, approcha du plan de travail et saisit avec précaution une vieille bouteille en verre, fissurée de part et d'autre. D'une démarche vacillante, elle s'approcha d'Arthur et la lui tendit. À l'intérieur, une épaisse feuille de papier avait été enroulée sur elle-même et enfermée avec un bouchon de liège solidement placé.

— Je… je crois… je crois que… qu'il avait un message à transmettre, balbutia-t-elle. On a retrouvé ça attaché solidement au mât. Je ne l'ai pas ouverte, c'est à toi qu'elle revient.

On incinéra Peter Neil six jours plus tard. Selon sa volonté – il l'avait toujours dit –, ses cendres furent jetées à la mer depuis le petit phare de Folkestone.

Tu sais mon fils, la vie, c'est comme la flamme d'une bougie. C'est une petite flamme fragile qui brûle comme par magie et qui diffuse un peu de lumière. Parfois, bien que balayée par le vent, elle se penche puis reprend forme et continue de se balancer. D'autres fois, il arrive que le vent s'avère trop violent pour elle. Alors elle est soufflée, et elle disparaît. Dieu sait, tout comme nous, qu'une fois que la flamme est éteinte, rien ne subsiste. On n'est plus, c'est aussi simple que ça. Et en fait, ce n'est pas si dramatique, c'est comme ça depuis la nuit des temps, il faut savoir l'accepter. À toi de protéger ce que tu as de plus précieux. Et si un jour ma flamme s'éteignait, ne sois pas triste trop longtemps. À chaque jour suffit sa peine. Laisse la tienne s'envoler avec les embruns et la poussière de mon corps se perdre parmi les vagues, qui les emporteront loin, bien loin de toi.

Arthur entendit l'écho des mots de son père résonner dans sa tête. Ces mots qu'il avait entendus alors qu'il était encore un tout petit garçon apeuré par l'idée de la mort dont il venait tout juste d'apprendre l'existence.

*

— Il avait quarante-six ans.

Elle le regarda, les yeux gorgés de larmes.

— Je ne voulais pas faire remonter de tels souvenirs, s'excusa Emily.

— Au contraire, merci. Je crois que c'est la première fois que j'arrive à en parler, constata-t-il, surpris lui-même.

Ils restèrent silencieux quelques instants. Une profonde tristesse l'avait envahie en même temps qu'un sentiment un brin paradoxal : l'émotion qu'il se soit confié à elle, alors qu'ils n'avaient passé que quelques heures ensemble. Arthur, quant à lui, se sentait incroyablement soulagé. Jamais il n'avait pu conter ainsi cette histoire auparavant. Même Anna ne l'avait pas entendue de sa bouche, c'était Phil qui lui avait fait part de cette histoire, sachant pertinemment qu'Arthur n'avait jamais été capable de revenir sur l'épisode le plus traumatisant de sa vie. Mais ce soir-là, Arthur s'était laissé aller à partager sa peine avec une facilité inédite, sans doute bercé par le bruit rassurant des vagues au loin, sans doute encouragé aussi par la présence délicate et rassurante d'Emily. Peut-être parce que c'était une inconnue, peut-être parce qu'il l'avait rêvée. Pourtant elle lui semblait si familière. Elle avait su le mettre à l'aise immédiatement, lui offrir une oreille attentive et son aura bienveillante.

—Et cette bouteille ? s'enquit-elle un instant plus tard. Vous l'avez ouverte ?

—Non. Mais je l'ai gardée.

—Vous savez ce qu'elle contient ?

—Je ne suis pas certain d'avoir envie de le savoir. Je n'en ai pas encore eu le courage.

—Vous avez peur de ce que vous pourriez découvrir.

—Sans doute.

—Mais vous y avez pensé un million de fois.

—Un million de fois, oui, confirma Arthur, amusé par la candeur d'Emily.

—Et quelle est donc votre plus grande théorie ?

—Je pense que c'est une lettre qu'il a adressée à ma mère. Même s'il ne m'en a jamais parlé, je sais que pendant les quinze années qu'il a passées sans elle, il n'a cessé de lui écrire à des adresses plus improbables les unes que les autres. Je l'ai surpris plus d'une fois, et tout comme moi, il a toujours eu le goût de l'écriture, alors, j'imagine que lui écrire lui permettait au moins d'épancher son cœur. C'est sans doute une lettre d'adieux. Mon père l'aimait comme on aime dans les livres, vous savez.

—Comme dans *vos* livres, vous voulez dire ?

Arthur sourit.

—Peut-être bien, oui. Je n'en sais rien.

Emily lui jeta un regard fasciné.

—Vous savez, quand on vous lit, on ressent quelque chose de plus que du talent. Je ne suis pas auteure, je ne suis pas la mieux placée pour dépeindre ça, j'imagine, mais l'amour que vous mettez en scène sonne à chaque fois comme authentique et invincible.

— J'ignorais que mes lecteurs disséquaient autant ma façon d'écrire, s'amusa Arthur.

Elle sourit, se disant alors qu'Arthur avait des airs d'enfant.

— Ça se ressent, que vous allez bien au-delà de simples récits, que vous mettez de votre personne dans vos romans. J'en avais déjà l'impression auparavant, et vous m'en avez donné la preuve ce soir, même en quelques heures seulement. Si ce que vous écrivez est si beau et sonne comme si réel, c'est sans le moindre doute parce que vous n'inventez pas, vous rendez hommage. À votre père. À l'amour que vous lui portez toujours. Et à celui, indéfectible, qu'il éprouvait pour votre mère.

Arthur lui jeta un regard intrigué et troublé.

— Vos pages en disent bien plus sur vous que vous ne le pensez, monsieur Neil, termina-t-elle.

Il eut envie de l'embrasser. De passer sa main sur sa joue, de la laisser glisser sur ses boucles blondes jusque dans sa nuque, avant de lui voler un baiser ardent. Il aurait pu compter les mots pour rédiger ce baiser auquel il rêvait éveillé.

— Votre mère lui écrivait-elle aussi ? demanda Emily, le ramenant à la réalité.

Il soupira, déçu d'avoir une fois encore manqué de la hardiesse nécessaire pour saisir l'instant.

— Je ne crois pas qu'elle lui ait répondu, non. Tout ce que je sais, c'est qu'elle lui a fait beaucoup de mal. Je crois qu'il en a même un peu perdu la raison, d'où cette balade en mer qui n'était ni plus ni moins qu'un suicide… Certainement qu'il en a eu assez d'attendre, de ne pas savoir. Que comme on avait grandi, il se sentait trop seul, qu'il ne supportait plus son absence. Je sais qu'il l'a aimée à en perdre le sommeil, l'appétit et le goût de vivre. Il a peut-être écrit cette dernière lettre pour la laisser à la mer, la dernière adresse possible. C'est ma mère qui avait baptisé le voilier, l'*Alizée*. Dieu sait où était ma mère. Dieu sait si elle vit encore. Peut-être espérait-il qu'elle reçoive ce dernier courrier, peut-être qu'au contraire, il avait la certitude absolue qu'il ne pourrait plus jamais lui adresser un mot. Ce ne sont que des suppositions.

— *Jusqu'à la ville bleue*, comprit Emily.

— Eh oui.

— Ce roman était magnifique. Poignant.

— Merci.

— Il y avait tant de vous, alors, entre ces pages.

— C'est vrai. Mon père me manquait tant que j'ai choisi de lui offrir ce qu'il avait toujours voulu : retrouver sa femme disparue. Je me suis senti tenu de lui offrir l'épilogue joyeux qu'il aurait aimé vivre. Et grâce à ce roman, il l'a vécu… en quelque sorte. J'ai réinventé son histoire, j'ai envoyé cette bouteille à destination. Je les ai réunis.

— Et Erin a retrouvé son amant, celui-là même qu'elle avait quitté bien malgré elle, termina Emily. C'était certainement l'un de vos plus beaux ouvrages.

— Merci.

— Avez-vous gardé leurs prénoms, dans le roman ?

— Non, je n'en ai pas eu le courage, j'imagine, soupira Arthur.

— Puis-je vous demander quels étaient les leurs ?

— Mon père s'appelait Peter. Peter et Sophie.

Emily resta silencieuse, elle s'était replongée intérieurement dans cet ouvrage d'Arthur Neil qu'elle avait lu et relu, dont les pages l'avaient bouleversée, dont l'amour, celui qui affronte tout, celui qui transcende même le temps, l'avait fait rêver des semaines durant. Erin et Thomas. Sophie et Peter.

Ni l'un ni l'autre n'avaient idée de l'heure qu'il était, mais ils étaient immobiles et seuls dans l'obscurité depuis presqu'une heure, déjà. Emily frissonna.

— Vous avez froid ? s'inquiéta-t-il.

— Oui, un peu, reconnut-elle bien qu'elle n'ait qu'un désir : celui d'arrêter le temps.

— Dans ce cas, permettez-moi de vous raccompagner.

Elle lui jeta un regard déçu, que, faute de lumière, il ne perçut pas.

— Je… Oui, bien sûr. Bien sûr, dit-elle en se redressant.

Il lui proposa son bras pour repasser de l'autre côté du muret et ils se remirent à marcher côte à côte jusqu'au port. Arthur prit son courage à deux mains.

— Votre hôtel n'est pas si loin d'ici… me permettriez-vous de vous y raccompagner, à pied ?

— Oui, j'en serais enchantée, se réjouit-elle.

— C'est à un gros quart d'heure d'ici, guère plus.

Ils continuèrent leur route sur le chemin qui bordait le port, puis la plage de galets. Folkestone était magnifique, de nuit. Ni bondée, ni déserte, ses lumières douces, ses bâtiments au style victorien et l'accent chantant des gens du Kent ajoutaient juste assez de féerie à la ville pour qu'Emily succombe à son charme.

— Nous avons beaucoup parlé de moi, constata Arthur, ce n'est pas tellement galant.

— C'est votre côté français qui ressort, j'imagine ? le taquina-t-elle.

— Ah ah ! Certainement, oui, même si je ne me serais jamais permis de faire un tel rapprochement.

— Je viens de Paris, vous savez. Et je peux vous dire que même si vous êtes à demi français par le sang, vous pouvez me faire confiance, vous n'avez que cela de français.

— J'imagine que c'est un compliment.

— C'en est un, je vous assure. Nous manquons cruellement de savoir-vivre et de bonnes manières, ce n'est pas une légende ! plaisanta-t-elle.

Elle poussa un soupir apaisé.

— Vous savez, je suis heureuse d'être ici. J'avais déjà eu l'occasion de passer deux jours à Londres il y a quelques années, mais ça avait été bien trop court, et tout était allé très vite, je ne pense pas en avoir profité comme il se doit. Tandis que ce soir…

Elle s'interrompit.

— Ce soir ? répéta Arthur.

— Eh bien ce soir, je suis à Folkestone et je savoure, répondit-elle en plongeant ses mains au fond de ses poches tout en levant ses yeux verts vers les hauts bâtiments blancs victoriens que les spots faisaient contraster avec la nuit.

Il lui jeta un rapide regard. Elle avait l'air émerveillé. Ils poursuivirent leur promenade et Arthur, encore déconcerté par la facilité avec laquelle il s'était livré à elle, insista pour qu'elle lui parle un peu plus d'elle, quelque peu confus d'avoir tant attiré l'attention sur lui alors qu'il ne rêvait que de mieux faire sa connaissance. Emily, dont la seule envie n'était plus que de savourer la présence d'Arthur Neil le plus longtemps possible, accepta volontiers et lui parla de sa passion plutôt récente pour les plantes et les fleurs, mais aussi de celle, plus ancienne, qu'elle vouait à la littérature du XIXe siècle, l'époque du romantisme, de Lamartine, Musset et Hugo ; de la fascination qu'elle avait éprouvée à la lecture de romans tels que *Le Parfum* ou *1984*, des voyages qu'elle rêvait d'entreprendre, du Colisée de Rome au Golden Gate à San Francisco en passant par le balcon de Juliette à Vérone et l'*Ulysse raillant Polyphème* de Turner. Bien que dissimulant ce qui semblait être un lourd passé, Arthur se plut à écouter à quel point cette jeune femme des plus cultivées était avide d'apprendre et de découvrir le monde. Il n'eut pourtant pas de mal à cerner son tempérament en demi-teinte, son enthousiasme paré de retenue, ses rêves parsemés d'impossible, sa soif de vivre entachée par une mélancolie subtile. C'était comme si elle avait dévoré mille ouvrages pour ne pas laisser à son esprit assez d'espace pour se morfondre, comme si elle se projetait dans une multitude d'expériences sans toutefois se les autoriser, comme si elle rêvait d'une histoire à laquelle elle n'aurait jamais droit. Emily n'était pas facile à décrypter, sous ses airs sages et son attitude polie, il devinait une souffrance et une noirceur qui la rendaient énigmatique et apportaient un relief qu'il n'avait pas remarqué lors de leur première rencontre.

Arthur l'écoutait avec attention, cherchant à la déchiffrer mais se perdant à travers la passion qui l'animait. Cette femme était un paradoxe à elle toute seule. Plus il l'écoutait, plus elle se dévoilait, plus elle semblait secrète. Il lui sembla qu'elle rebondissait sur autre chose dès qu'un détail lui échappait, à croire qu'elle mourait d'envie de se dévoiler corps et âme mais que quelque chose la retenait tant qu'elle en était comme bâillonnée. Elle se garda en effet d'évoquer ne serait-ce que sa famille, lui préférant de loin le souvenir de Constance, cette femme âgée qui avait cherché une belle âme pour prendre soin de la boutique à laquelle elle tenait tant. Elle lui parla de la bonté et de la force de cette dame pour qui elle éprouverait toujours tant de reconnaissance car c'était elle qui lui avait offert sa confiance et son expérience, au-delà d'une nouvelle vie loin de Paris. Elle lui raconta l'histoire du poème de Ronsard qui avait donné son nom à la boutique. Non, Emily ne lui fit part d'aucun détail au sujet de son passé, elle s'en tint au présent, à ce qui l'animait et la faisait vibrer, et pourtant, Arthur en avait la certitude, il émanait d'elle autant de force que de fragilité, et il savait pertinemment comment on acquiert les deux à la fois. Même son apparence en disait beaucoup. Elle semblait jeune, menue et vulnérable, au-delà de ses traits harmonieux et de ses cheveux dorés qui lui rappelaient *La Belle au bois dormant*. Mais en s'attardant un peu plus sur son allure, sur cette façon qu'elle avait de marcher la tête haute comme si elle risquait de se faire jeter dans la boue au moindre pas hésitant, sur ses vêtements sombres dont elle ne cessait de tirer les manches jusque sur ses mains et le maquillage fumé derrière lequel elle avait tout simplement l'air de se cacher, Arthur n'eut pas de mal à remarquer la peine qu'elle portait sur ses épaules et les efforts qu'elle semblait fournir à chaque seconde pour la supporter.

Il n'avait jamais été le plus éloquent des hommes, c'est vrai, mais Arthur était un étudiant de la vie, des gens. C'était là le plus gros de son métier et il le pratiquait de main de maître : il restait silencieux mais exerçait sa perspicacité à chaque instant. Il ne pouvait pas s'en empêcher, et cela n'avait jamais rien eu d'intrusif ni de déplacé, c'était plutôt semblable à un réflexe ; il observait, par habitude et pour mieux décrire. Les sons, les odeurs, les comportements… il injectait cela avec poésie et justesse dans ses récits. Ses romans étaient sans nul doute appréciés pour cette même raison : ils avaient quelque chose de visuel, d'authentique, de palpable. D'un peu cinématographique, aussi. Les mots n'avaient jamais été tout à fait à sa portée pour faire la conversation, certes – il les maniait toutefois à la perfection quand il s'agissait de retranscrire dans une fiction les émotions et les comportements qu'il avait volés aux badauds. Son côté extralucide complétait avec panache son talent.

Et sans en être tout à fait conscient, ce soir-là, il regardait Emily à travers ce prisme. Plus il l'écoutait, plus les sentiments confus et intenses qu'il avait ressentis jadis, pendant ces trop courtes secondes à Genève, se confirmaient. Lui qui, depuis cette dédicace, avait été tétanisé à l'idée d'être tombé sous le charme d'une chimère, d'une image qu'il se serait inventée, ce soir-là, il lui suffisait de prêter attention au ton de sa voix et à cette façon qu'elle avait de tout regarder d'un air étourdi pour constater avec soulagement que non, il ne s'était pas fourvoyé. Non seulement elle était bien réelle, mais elle était tout aussi intelligente et plaisante qu'il l'avait imaginée, avec, toutefois, une dimension bien plus profonde et intense qu'il venait de lui découvrir. Et puis, surtout, aussi fou que cela lui paraisse après autant de temps à l'avoir rêvée, elle était là, près de lui. Il aurait voulu lui promettre de l'emmener découvrir ces cités, ces œuvres, ces « ailleurs », il aurait voulu lui demander de rester demain, et les jours suivants… de rester pour toujours. Il aurait voulu lui dire combien il la trouvait belle et combien il n'avait pour souhait que de ne jamais avoir à lui dire au revoir, qu'il serait là pour l'aider à porter son passé et panser ses blessures. Mais comment lui dire sans passer pour un fou, sans l'effaroucher ? Il n'osa pas, il ne trouva pas les mots, lui dont pourtant c'était le métier. Tandis qu'ils devisaient et que l'hôtel se faisait de plus en plus proche, la question fatidique retentissait de plus en plus fort dans son esprit. Ils aperçurent le magnifique kiosque qui se dressait juste devant *The View*.

*

— Eh bien… je… je vous remercie pour cette jolie soirée, lui dit Emily depuis le parvis de l'hôtel, troublée.

Il la fixa quelques secondes, cherchant au plus profond de lui le courage de lui poser la question qui lui brûlait les lèvres depuis ce qui lui semblait une éternité.

— C'est… c'est moi qui vous remercie.

— J'ai vraiment passé un très bon moment, ajouta-t-elle en baissant les yeux tandis que ses joues rougissaient.

Elle saisit la carte de sa chambre dans son sac et la fit tourner quelques secondes entre ses doigts, souhaitant plus que toute autre chose que cet instant ne soit pas le dernier.

Que pouvait-elle bien penser ? Que pouvait-il bien lui dire pour la retenir ? En avait-il seulement le droit ? Il faisait froid. Il était tard. Il avait dix ans de plus qu'elle et devait se garder de briser les codes. Pourtant si elle était là, face à lui, ce n'était pas le fruit du hasard mais l'aboutissement d'un plan qui, aussi fantasque qu'il puisse être, avait fonctionné à la perfection. Philip lui avait offert ces retrouvailles, le reste appartenait à Arthur. Mais comment le lui dire, comment ? Comment lui avouer qu'il n'avait pu l'oublier un seul jour depuis qu'il l'avait croisée en Suisse ? Comment lui avouer que ce voyage, ce dîner, n'était qu'une mascarade organisée par son meilleur ami pour lui offrir une chance de la revoir ? Comment lui demander s'il y avait en elle ne serait-ce qu'une once d'un sentiment similaire, sans paraître insensé ou, pire, cavalier ?

Il mourait d'envie de lui voler un baiser. Mais plus les secondes s'égrenaient, plus Arthur perdait confiance en lui et se pétrifiait à l'idée qu'en un mot, elle puisse achever tous ses espoirs. Il se dit alors qu'il valait peut-être mieux pour lui ne pas savoir.

— J'ai passé un très bon moment moi aussi, souffla-t-il.

Elle lui sourit.

— Bonsoir, lui dit-elle alors, déçue, avant de se diriger vers les portes de l'hôtel.

Arthur redescendit les marches du parvis et fut alors secoué par un élan insoupçonné qui le poussa à faire demi-tour.

— Emily ! l'appela-t-il juste avant qu'elle ne soit tout à fait entrée, tandis qu'il revenait sur ses pas.

Surprise et saisie par l'adrénaline, elle se retourna instantanément. Arthur monta la dernière marche et s'approcha d'elle en frôlant son épaule du bout des doigts. Son parfum, le *Sauvage*, de Dior, une fragrance des plus suaves et épicées, parvint jusqu'aux narines d'Emily, ajoutant à l'intensité de l'instant. Alors, Arthur l'embrassa doucement sur la joue avant de lui souffler :

— Bonsoir, Emily.

*

Septembre 2018

— C'est tout ? s'exclama Phil, manifestement agacé.

— C'est tout.

Il y eut un silence à l'autre bout du fil.

— Tout ça pour ça, bougonna Philip. Tu veux dire que tu ne lui as pas posé la question ? Que tu ne sais pas ?

— Je ne sais pas.

— Eh bien ? Quel est ton plan maintenant, hein ? Tu la laisses tranquillement repartir et tu passes les douze prochains mois à me casser les pieds avec des yeux de cocker pour les mêmes raisons que les douze derniers ? Hein ?

— Je n'en sais rien.

— Tu n'en sais rien, tu n'en sais rien… mais merde, Arthur ! À quel moment vas-tu ouvrir les yeux, vieux ? s'énerva Phil. Quand vas-tu enfin te rendre compte que tu n'es pas destiné à être malheureux, que ça ne dépend que de toi mais qu'il va un jour falloir que tu deviennes acteur de ta propre histoire ? Que tu passes à côté de ta vie en ayant toujours peur de retenir ceux à qui tu tiens ?

Arthur ne répondit pas. La colère de Phil était palpable, et bien que ses derniers mots soient tranchants, il ne pouvait se résoudre à lui en vouloir car lui-même les pensait. Il n'avait pas osé, il avait laissé cette unique soirée passer en se délectant de chaque seconde, mais sans être capable d'aligner les quelques mots qu'il ressassait tant depuis Genève qu'il les connaissait par cœur.

— Je suis désolé, vieux, je ne voulais pas dire ça.

— Non, non, tu as raison, lâcha Arthur. Je suis misérable.

Il y eut un silence, puis :

— Écoute, j'ai du travail, souffla Philip avec amertume. Bye, conclut-il en raccrochant.

On frappa à la porte. Arthur posa son téléphone sur le bar et alla ouvrir.

— Hey, fit Lizzie, levant les yeux vers son frère en passant machinalement la main dans ses boucles rousses.

— Hey, répéta Arthur, surpris. Entre.

*

Assise sur le canapé, Lizzie le remercia alors qu'il lui glissa une tasse de thé noir entre les mains.

— Tu l'aimes vraiment, pas vrai ? s'enquit-elle après un instant.

— Tu n'aurais pas dû venir seule, je sais à quel point c'est angoissant pour toi, enchaîna-t-il en évitant sa question.

— Ne t'inquiète pas pour moi. C'est de toi qu'il s'agit aujourd'hui.

Il prit une gorgée de thé et s'appuya contre le mur face à elle.

— Comment es-tu venue ? En bus ?

— Peu importe comment je suis venue. Je suis là. Je suis entière. Réponds à ma question. Tu l'aimes ?

— Je l'aime.

— Comment ? Comment tu l'aimes ?

Il prit une grande inspiration.

— Je n'en sais rien. Je me suis senti enfin moi-même. Je… je lui ai dit. Pour papa. Je lui ai dit.

Lizzie regarda son frère avec un sourire tendre.

— Tu n'en avais jamais parlé avec Anna, pas vrai ?

— Non.

— Mais cette Emily, tu le lui as dit. Au premier rendez-vous.

— Je sais, souffla Arthur, mal à l'aise. Ce n'était même pas un vrai « premier rendez-vous ». Je n'aurais pas dû. C'était idiot. C'était précipité.

Elle éclata d'un rire cristallin.

— Précipité ? Tu plaisantes ?

Arthur l'observa, sceptique.

— Je ne suis pas sûr de te suivre, lui dit-il.

— Tu as passé plus d'une année entière à rêver de cette femme, tu as mis des semaines à te décider à la retrouver, et tu me parles de précipitation ? Arthur, ce n'était pas précipité, c'était inespéré ! le corrigea-t-elle. Papa est mort depuis une éternité, maman, partie depuis plus longtemps encore, et pour la première fois de ta vie, tu es parvenu à en parler avec quelqu'un qui ne soit ni Phil ni moi ! Tu en as parlé à cette inconnue alors que tu n'as jamais réussi à t'ouvrir, même pas à la mère de ta fille.

Il la dévisagea, réalisant avec étonnement à quel point elle avait raison.

— Tu penses que c'est bon signe, toi ? s'inquiéta-t-il.

Lizzie posa la tasse sur la table et lui jeta un regard désespéré avant de le gratifier d'un large sourire.

— Arthur, c'est elle. C'est la bonne, lui assura-t-elle en se levant pour s'approcher de lui. Ça ne fait aucun doute.

— Tu crois ?

— J'en suis absolument certaine. Tu dois la retrouver. Tu dois le lui dire.

— Je…

— Chut, l'interrompit-elle en posant un doigt sur ses lèvres.

Elle le prit dans ses bras et se blottit tout contre lui. Les épaules d'Arthur se décontractèrent, ses yeux se fermèrent de soulagement. L'odeur de Lizzie avait le don de l'apaiser, et ses étreintes plus encore.

— Il faut que tu la retrouves, murmura-t-elle avant de se dégager et de regarder Arthur avec bienveillance. Promets-moi que tu vas la retrouver et lui dire.

— Je te le promets, fit Arthur en serrant sa main dans la sienne.

Elle fit un pas en arrière, saisit son trench sur le canapé, le passa et approcha de la porte.

— Je t'aime, petit frère, déclara-t-elle d'une voix malicieuse, en guise d'au revoir.

Il lui sourit d'un air reconnaissant et elle disparut.

Tandis qu'Arthur sentit la hardiesse s'emparer de lui, Lizzie redescendit les marches, sortit du Guildhall, traversa la rue et sautilla telle une enfant pour rejoindre une Mercedes garée dans la ruelle adjacente. Elle monta côté passager, s'assit et boucla sa ceinture, le sourire jusqu'aux oreilles.

— Alors ? s'enquit Phil.

— Il va le faire, lui lança-t-elle, ravie.

— Bien joué, Ginger, la félicita-t-il d'un clin d'œil.

Et sans qu'il s'y attende, Lizzie se jeta à son cou et embrassa Philip.

19

Octobre 2018

Un Boeing 737 en provenance de Londres Gatwick se posa sur la piste d'atterrissage de l'aéroport Genève-Cointrin aux alentours de huit heures quarante. Arthur Neil et Philip Stevens sortirent de l'appareil les derniers, ils détestaient tous deux cette façon qu'avaient les gens de se précipiter vers la sortie à peine les signaux lumineux éteints. Ils passèrent les contrôles, traversèrent le hall d'entrée. Comparé à Gatwick, cet aéroport était minuscule et quelques minutes leur suffirent à parvenir à la sortie. Le bleu des yeux d'Arthur se posa alors sur un jeune papa assis sur un banc qui ne cessait d'observer les aiguilles de sa montre tourner encore et encore. Son petit garçon, qui devait avoir trois ans à peine, dodelinait de la tête à chaque fois qu'il apercevait une femme sortir du côté des arrivées. Il pensa à Hayley.

Les aéroports sont vraiment des endroits hors du commun, pensa Arthur tandis qu'ils passaient les contrôles et traversaient le bâtiment. *Personne n'est vraiment dans son élément, mais souvent on est chamboulé. On appréhende autant qu'on espère. Voir s'en aller un père, un amant, un ami, un enfant, sans être maître de la situation, sans rien pouvoir faire pour le garder près de nous. Retrouver une personne que l'on aime, après seulement quelques jours ou des années. Être pressé par le temps, ou à l'inverse, trouver les minutes longues, trop longues. Deux extrêmes enchevêtrés dans un tout petit monde simultanément synonyme de retour aux sources, d'inconnu, de retrouvailles et d'adieux. Les aéroports sont ces lieux enchantés où les sentiments sont amplifiés, décuplés, exacerbés. Ils sont la case Départ ou Arrivée du jeu de toute une vie.*

— Arthur, arrête de rêvasser, dit Philip en le tirant par le bras. Il faut qu'on trouve un taxi, ajouta-t-il en jetant un coup d'œil à l'adresse qu'il avait notée dans son téléphone.

*

Emily était en retard. On était samedi, et le bouquet de mariée de Mlle Martin, qui serait Mme Fontaine cet après-midi-là, devait être fin prêt à onze heures. Et ce matin-là, il y avait aussi le peintre qui devait venir pour le salon. Mais elle s'était endormie à plus de trois heures du matin sur les pages du dernier Fred Vargas, qui l'avait tant tenue en haleine qu'elle s'était assoupie la lumière allumée et sans penser à mettre l'alarme sur son téléphone. Elle s'était éveillée à plus de neuf heures, le livre sous sa main et ses lunettes encore sur le nez, surprise par les sirènes d'une ambulance qui avait traversé l'avenue du Rhône à toute vitesse. Elle avala son café et une banane dans la précipitation, prit une douche rapide, puis mit un peu d'ordre sur son bureau, replaça les chaises correctement sous la table, et redressa le cadre de l'entrée qui ne cessait de pencher vers la gauche – il fallait vraiment qu'elle pense à corriger ça. Emily était plutôt organisée et n'avait jamais apprécié qu'on entre dans un chez-elle en désordre, mais ce matin, elle le savait, elle devrait baisser un peu son niveau d'exigence, sinon elle n'arriverait jamais à temps à la boutique. La cuisine était propre et à peu près en ordre, le canapé, la table basse et tout ce qui était habituellement face aux grandes vitres étaient bien dégagés du mur, comme l'entreprise le lui avait recommandé au téléphone, mais c'était à peine si elle avait eu le temps de sécher ses cheveux.

La salle de bains, face à la porte d'entrée, était sens dessus dessous. Sa trousse à maquillage avait été vidée par terre tandis qu'elle avait cherché à attraper sa serviette de toilette en sortant de la douche, les vêtements qu'elle comptait mettre avaient ensuite glissé sur le carrelage mouillé, bref, tant pis pour la salle de bains, après tout, le type venait pour refaire le mur de la pièce à vivre, pas pour visiter son appartement. Emily avait tout laissé tel quel et simplement fermé la porte de la salle d'eau, et avait filé dans sa chambre pour passer un jean et un pull noir à grosses mailles, dont, par réflexe, elle tira les manches jusque sur ses mains.

Il était neuf heures quarante-cinq, le peintre allait arriver d'une minute à l'autre et elle ouvrait sa boutique à dix heures. Le stress la gagna de plus belle. Elle éteignit son ordinateur, sans doute le seul objet de valeur qu'elle avait chez elle, le glissa dans sa besace, et s'arrêta devant le miroir à l'entrée de sa chambre pour se mettre un peu de mascara quand elle entendit frapper à la porte. Elle observa son reflet quelques secondes, gênée à l'idée de sortir de chez elle sans avoir eu le temps d'utiliser ce khôl noir dont elle ne savait pas tout à fait se passer, mais se résigna, elle n'avait vraiment plus le temps.

— Mademoiselle Dubois ? fit le jeune homme brun au teint mat, en blanc de travail, qui devait être à peine plus âgé qu'elle. Je suis Paolo, de Chrono Peinture.

— Oui, oui, bonjour, c'est ici, acquiesça-t-elle en lui ouvrant grand la porte pour qu'il puisse entrer avec son matériel. Tout est prêt, enfin, j'ai fait de mon mieux, dit-elle en lui montrant la pièce à vivre et le mur orange qu'elle détestait tant. Je vous laisse vous installer, je suis désolée je suis vraiment pressée par le temps ce matin. Avez-vous besoin de quoi que ce soit ?

— Non, j'ai tout ce qu'il faut, même le café, précisa-t-il en montrant le thermos en Inox qui dépassait d'un seau, entre les brosses et les rouleaux.

— Super ! commenta-t-elle en souriant tandis qu'elle enfilait son Perfecto et saisissait ses clefs. Je ne déjeune pas chez moi ce midi, je vous laisse claquer la porte en repartant, du coup. Ça ira ?

— Oui, pas de problème.

Emily le salua et s'en alla, c'était à peine si elle l'avait regardé. Il était déjà dix heures mais, fort heureusement, la boutique était au bout de la rue.

*

Au même moment, un taxi immatriculé en Suisse s'arrêta au feu rouge sur l'avenue du Rhône. Un grand ciel bleu dépourvu de nuages surplombait Annecy. Arthur n'avait plus décroché un mot depuis qu'ils avaient passé le panneau de la ville. Dans son esprit, tout allait vite, trop vite. Les mots, l'angoisse.

— Et voilà, 13 bis, avenue du Rhône, on y est, annonça le chauffeur.

— Vous nous attendrez, s'il vous plaît, répondit Phil en lui tendant un billet de cent euros. Nous allons simplement nous arrêter un moment, ajouta-t-il.

— Très bien, prenez votre temps, accepta le chauffeur, ravi, tandis qu'il saisit le billet.

Le feu passa au vert. À peine eut-il démarré que le conducteur aperçut une jeune femme blonde courir vers le passage piéton.

*

Après avoir attendu ce qui lui sembla une éternité tant le trafic était dense, Emily traversa enfin l'avenue du Rhône. Elle détestait l'odeur des pots d'échappement et le bruit constant des véhicules qui étaient nombreux à emprunter cette avenue sur laquelle elle vivait. Son appartement était cosy et tout près de son lieu de travail et Annecy était magnifique, certes, mais ce quartier n'était ni le plus lumineux, ni le plus pittoresque. Il lui rappelait même Paris, parfois, tant les gens y semblaient pressés et sur les nerfs, à klaxonner derrière leur volant dès sept heures du matin. Quelques mètres et un second passage piéton plus loin, elle fouilla dans son sac à main, en sortit les clefs de sa boutique et remonta le volet roulant. Elle déverrouilla et poussa la porte vitrée, entra, alluma les lumières, et resta immobile quelques instants, les yeux fermés, inspirant et expirant lentement, comme pour reprendre son souffle dans cette pièce emplie de plantes qui diffusaient leurs douces odeurs végétales.

Mignonne, allons voir si la rose
Qui ce matin avait déclose
Sa robe de pourpre au soleil,
A point perdu cette vesprée,
Les plis de sa robe pourprée,
Et son teint au vostre pareil.

Chaque matin en entrant, elle murmurait ces vers en arrivant, comme Constance l'avait fait pendant pas moins de trente ans auparavant. Pour saluer ses fleurs. C'était une sorte de rituel, une façon de s'apaiser avant de commencer sa journée de travail. Ici, Emily se sentait bien. Elle savourait la douceur des couleurs qui l'environnaient, le bleu des œillets, le rouge vif des roses, le rose tendre des pivoines. Elle appréciait le contact des pétales, des feuilles et de chaque variété de fleur. Cette boutique avait une âme. Celle de Constance, à n'en pas douter, dont un portrait datant du milieu des années 1980 la représentant devant la boutique dans une robe à fleurs jaune, trônait sur une étagère en bois entre les jacinthes et les orchidées. C'était un minuscule paradis végétal au beau milieu du tumulte de la ville, un magasin modeste et pourtant bourré de vie et d'histoire. C'était un havre de paix où les gens venaient pour ouvrir leur cœur, féliciter un proche ou pleurer un être cher. Ici, elle aimait arroser, tailler, confectionner les bouquets, arranger avec délicatesse les commandes spéciales, tout particulièrement pour les mariages.

*

Arthur était complètement immobile et muet, assis sur la banquette arrière. Philip le regardait avec désapprobation, agacé par avance à l'idée que son ami se trouve une fois de plus incapable de prendre les devants. Mais, tout à coup, Arthur redressa la tête puis le col de sa chemise et remit en place le pull-over bleu à col V qu'il portait par-dessus, comme gonflé d'un courage insoupçonné qui amusa son compère. Il passa ses mains dans ses cheveux et tenta maladroitement de les recoiffer en jetant un coup d'œil dans le rétroviseur.

— Suis-je présentable ? s'inquiéta-t-il.

— Absolument ! confirma Phil, aussi surpris que ravi.

— Alors j'y vais.

— Je t'accompagne ?

— Non. Non, non, répéta Arthur. Lizzie et toi en avez assez fait. Reste là, tu as raison. C'est à mon tour d'être assez entreprenant pour ne plus passer à côté de ma vie.

— Et ne tarde plus ! Ton rêve est là, il t'attend, et tu ne sauras jamais s'il est réalisable tant que tu ne seras pas allé frapper à cette porte, ajouta Phil en posant, comme à son habitude, une main encourageante sur son épaule. Fonce !

Arthur jeta un regard confiant à Philip et sortit en se dirigeant vers l'entrée de l'immeuble. Lorsqu'il fut assuré que son meilleur ami était bien entré, Philip se laissa tomber sur le dossier du siège.

*

Arthur regarda les noms sur les boîtes aux lettres dans le hall vitré. Lorsque ses yeux découvrirent celui d'Emily Dubois, son cœur, dont la cadence avait considérablement augmenté depuis qu'il avait claqué la porte du taxi, accéléra de plus belle. Troisième étage, appartement numéro 7. Impatient, anxieux, euphorique, terrifié – des tas de sentiments aussi forts que contradictoires s'étaient emparés de lui. Il se dit pourtant qu'il était trop tard pour réfléchir encore. Que l'instant présent est le seul et l'unique qui compte, car c'est le seul qu'on a à sa portée.

Arthur prit l'ascenseur, et tandis qu'il montait doucement vers le troisième étage, s'observa dans le miroir, ajusta ses vêtements une fois encore, puis passa doucement les doigts sous ses yeux comme pour tenter d'effacer les traces de la semaine d'insomnie qu'il venait de passer. Il redressait pour la troisième fois le col de sa chemise quand le « ding » de l'appareil sonna le moment fatidique. Il avait peur, mais il était prêt. Il se dirigea vers sa gauche. 5, 6, 7. C'était là. Une petite plaque dorée indiquait « Dubois » sur le haut de la porte. De la musique lui parvenait de l'intérieur. Elle était chez elle.

Le stress faisait bourdonner les oreilles d'Arthur. Et pourtant il était motivé par une détermination qui n'avait rien de naturel chez lui. Il prit une grande inspiration, et il frappa. Mais personne n'ouvrit. Il attendit quelques secondes qui lui semblèrent être une éternité, et frappa une deuxième fois, plus fort. On baissa la musique et des pas s'approchèrent.

La lourde porte s'ouvrit alors largement sur le visage d'un jeune homme bien bâti, un tee-shirt gris moulant sous un bleu de travail, qui devait avoir vingt-cinq ans, tout au plus. Il avait les cheveux noirs bouclés soigneusement coiffés en arrière avec un peu de Gomina, des yeux bruns rieurs et un air jovial.

—Bonjour ! Vous cherchez Mlle Dubois ? s'enquit-il en le gratifiant d'un sourire éclatant. Elle vient de partir.

Arthur le fixa, ébahi.

—Vous vous sentez bien monsieur ?

—Je… Ahem… oui, oui.

Les yeux d'Arthur se posèrent alors malgré lui sur les vêtements, sur le carrelage, sur ce qui était sans le moindre doute la salle de bains, derrière le jeune homme. Sous une serviette de toilette qui semblait humide, il distingua un soutien-gorge.

— Vous voulez que je lui laisse un message ? Que je lui dise que vous êtes passé ?

— Eh bien… non. Non, j'imagine que non, répéta-t-il machinalement en clignant des paupières, décontenancé.

Le jeune peintre sembla reconnaître un accent au travers de la voix de l'inconnu. Hollandais ?

— Je peux lui dire que vous êtes passé, peut-être ? ajouta Paolo en sortant un petit crayon et son mini-bloc-notes de la poche avant de sa combinaison. Vous êtes ?

— Arthur, répondit-il machinalement tandis que le jeune homme notait. Attendez. Laissez tomber. Je… Il semblerait que je me sois trompé d'étage, mentit Arthur.

— Oh, pas de problème. Bonne journée, alors ! fit le jeune homme en refermant la porte.

Et Arthur fit demi-tour, la gorge nouée.

*

Dans l'habitacle, personne n'avait prononcé un mot depuis qu'Arthur était entré dans l'immeuble. Le chauffeur de taxi, bien qu'étranger à cette histoire, n'en avait pas moins saisi l'intrigue dans les grandes lignes. Et mine de rien, il ressentait de la compassion pour cet homme venu d'Angleterre pour retrouver une femme.

Philip avait consulté l'écran de son téléphone à peu près dix-sept fois depuis que son ami était sorti de la voiture. Sept minutes. Sept minutes étaient passées. Était-ce bon signe ? Oui. Oui, c'était bon signe, si elle était là, qu'il ne soit pas déjà revenu. Bien sûr que c'était bon signe. Arthur avait toutes ses chances, il avait tout de même un charme auquel même Anna avait succombé jadis. Et cette Emily avec un « Y » était une de ses lectrices, forcément qu'elle l'aimait bien. Mais serait-ce suffisant pour qu'elle l'aime tout court ? Phillip avait du mal à garder son calme bien que ce ne soit pas tout à fait sa propre existence qui était sur le point d'être bouleversée. Eh si, en fait, pensa-t-il. Arthur était comme son frère, il était aussi l'auteur dont il gérait la carrière, donc si. Si Arthur se remettait à perdre confiance en lui, à se convaincre que tout le monde était voué à foutre le camp… Phil chassa ces idées noires d'un mouvement de la main en secouant la tête, sous le regard circonspect du chauffeur. Sans un mot, Philip continua d'observer l'entrée de la résidence d'un œil inquiet et plein d'espoir à la fois. C'est alors qu'Arthur apparut, la tête baissée, et descendit les quelques marches du bâtiment pour finalement remonter dans le taxi, silencieux.

—Elle a refusé de te parler ? s'inquiéta Phil en découvrant la mine déconfite de son meilleur ami.

—Non.

—Que s'est-il passé ?

—Elle… n'était pas là, et…

—Et ?

—Et elle vit avec un homme, répondit Arthur en fixant le dos du siège passager, le regard vide.

—Oh.

—Elle est en couple, rit-il nerveusement.

—Tu es sûr ?

—Il y avait des vêtements par terre.

—Et alors ?

—Des vêtements et des sous-vêtements. C'est lui qui m'a ouvert.

Philip passa une main sur son visage, contrarié.

—Un jeune. Un môme, lâcha Arthur. Mon contraire. Pas une ride, latin, le teint ensoleillé. Des boucles noires, des dents parfaitement blanches et des muscles saillants. Il repeignait la pièce.

Phil souffla, dépité.

Il y eut un nouveau silence. Le chauffeur n'osa piper mot. Il était déçu lui aussi. Il aimait les histoires qui se terminent bien. C'était manifestement mal barré pour celle-ci.

— Je ne sais pas quoi dire, soupira Phil, en panne d'idées et terrifié à celle qu'Arthur puisse mettre des années à se remettre de cette déconvenue.

— Moi, je sais ce qu'on va faire, souffla alors d'une voix calme Arthur, toujours dénué d'expression faciale. On va la laisser vivre sa vie. La laisser être heureuse. Elle est en couple, elle vit dans une ville qu'elle aime, elle a un job qui lui plaît et un petit ami bronzé et jeune et sexy, précisa-t-il avec amertume en levant enfin les yeux vers son ami. Elle ne saura jamais que je suis venu, alors on va la laisser être heureuse, se dire qu'elle a le droit de n'être qu'une lectrice parmi tant d'autres et que j'ai imaginé cette pseudo-histoire d'amour pendant des mois parce que je suis psychologiquement cabossé et que j'ai cru voir des choses qui n'ont jamais été là, termina Arthur en essuyant les larmes qui avaient perlé au coin de ses yeux d'un revers de main.

*

Mme Martin était arrivée à onze heures pétantes et Emily avait si bien travaillé que le bouquet était fin prêt depuis cinq bonnes minutes avant que la mère de la mariée ne soit entrée dans la boutique, déjà coiffée et maquillée pour la circonstance. Elle l'avait regardée avec émotion, impressionnée par le travail de cette jeune fleuriste au talent évident. Une base de roses écrues, agrémentées de quelques autres de couleur rose tendre et de feuilles d'eucalyptus – c'était un bouquet simple mais frais et élégant, auquel la forme légèrement en cascade donnait un style des plus romantiques.

— Félicitations avec un peu d'avance, madame Martin, avait dit Emily en souriant.

— Merci, mon petit. Je suis tellement fière d'elle. Si vous pouviez voir sa robe ! Elle va être sublime, ma fille.

Et Emily sentit son cœur se serrer à l'idée que jamais sa propre mère ne prononcerait de tels mots à son sujet.

Mme Martin repartie, Emily soupira de satisfaction. La journée avait commencé sur les chapeaux de roues, mais elle s'en était sortie et avait réalisé le bouquet à la perfection. Elle sortit alors son ordinateur de son sac, le brancha sur secteur derrière le comptoir, comme à son habitude, et l'ouvrit, bien décidée à vérifier son planning de commandes pour la journée et la semaine suivante. Elle se pencha vers son sac pour y attraper son étui à lunettes et se souvint à ce moment précis qu'elle les avait laissées dans son lit. Saisissant une feuille de papier, elle y nota : « Je reviens dans 5 minutes » avant d'attraper ses clefs et un petit morceau de ruban adhésif, de coller la note sur la porte et de filer en direction de son appartement.

*

Le taxi s'arrêta au rouge au milieu de l'avenue du Rhône. Arthur, pensif, regardait au-dehors et distingua, à l'angle du carrefour, la devanture d'un fleuriste dont l'enseigne un brin vintage et en italique affichait « Allons voir si la rose… ». Il reconnut sans peine le premier vers de ce poème de Ronsard et se rappela instantanément de sa conversation avec Emily. C'était ici. Elle y était sûrement. Le feu passa au vert, la voiture redémarra et il ne put détacher son regard de la porte vitrée de la boutique, espérant au plus profond de lui qu'elle y apparaisse et qu'il puisse la revoir une dernière fois. Arthur ne remarqua toutefois pas qu'au même moment, Emily, bien décidée à récupérer ses lunettes, passait à quelques centimètres de son taxi, remontant l'avenue d'un pas rapide.

20

Le même jour

Emily prit la peine de frapper juste avant d'entrer, sachant qu'il n'était pas midi et que le peintre serait sans doute encore chez elle.

— Rebonjour ! lança-t-elle en lui faisant signe. Je ne vous dérange pas, j'ai juste oublié mes lunettes, s'expliqua-t-elle en filant dans sa chambre tout en jetant un rapide coup d'œil à l'avancement des travaux.

Paolo était des plus méticuleux. Il n'avait à rougir de rien : son travail était impeccable, il avait préparé tout ce qui était nécessaire pour protéger le parquet, dégagé les angles, et apparemment il était en train de passer la première couche, on distinguait encore sans peine cette affreuse couleur là où il avait commencé à peindre. Cet orange criard avait toujours dérangé Emily, c'était la seule chose qu'elle n'aimait pas dans cet appartement pourtant cosy et refait à neuf. Elle n'avait jamais compris quelle lubie avait poussé le propriétaire à choisir cette teinte-là alors que le reste avait été fait avec tant de goût. Après deux ans à lui réclamer l'autorisation de changer cela, il avait fini par accepter, sa locataire étant aussi soigneuse que sérieuse dans le paiement du loyer. Du blanc. Elle voulait juste du blanc.

— Voilà ! dit-elle en brandissant ses lunettes tandis qu'elle refermait la porte de sa chambre, pour éviter que le peintre puisse y voir le désordre et le lit défait. Je repars tout de suite, travaillez bien ! lança-t-elle depuis le pas de la porte en constatant avec effroi que la salle de bains était ouverte et la lunette des toilettes relevée.

— Pas de problème ! entendit-elle le peintre lui répondre.

Manifestement, Paolo avait eu une envie pressante. Il s'était forcément retrouvé nez à nez avec la trousse de maquillage éventrée, les serviettes de bain humides et… jonchant le sol encore mouillé, sa robe et les dessous qu'elle n'avait pas passés, leur préférant brassière, jean et pull, dans la précipitation. Elle fixait encore d'un regard horrifié la vision apocalyptique de sa salle de bains habituellement si ordonnée, quand elle l'entendit lui dire depuis le salon :

— Au fait, un type est passé il y a quelques minutes.

— Oh ? Je n'attendais personne, pourtant. Qui ça ? demanda-t-elle en lui jetant un coup d'œil surpris.

— Eh bien… je ne sais pas très bien, répondit Paolo en fouillant dans son matériel pour en sortir un rouleau. Il m'a dit qu'il s'appelait Arthur et puis il m'a dit qu'il s'était trompé d'étage.

— Arthur ?

— Oui, oui, *Arthur*, confirma Paolo de son accent chantant en vérifiant ce qu'il avait commencé à écrire sur sa note.

— Attendez… Arthur ? répéta Emily, incrédule, qui ne connaissait qu'une seule personne portant ce prénom.

— Il n'avait pas l'air dans son assiette.

— À quoi ressemblait-il ? demanda-t-elle alors en revenant vers le jeune homme, secouée par l'adrénaline.

Paolo essuya quelques gouttes de sueur sur son front d'un revers de poignet.

— Hum… je dirais un peu plus que la trentaine, le teint assez clair, les yeux bleus. Pull bleu aussi.

Emily ne le lâchait pas du regard, stupéfaite.

— Ah ! Il avait comme un accent étranger aussi, se souvint Paolo. Hollandais, peut-être.

— Anglais ? s'enquit-elle, fébrile.

— Anglais ? Hum… oui, oui peut-être. Peut-être bien. Mais je ne suis pas le plus à même de vous répondre, je suis italien, moi, s'amusa-t-il.

Emily posa ses clefs et ses lunettes sur la table, fonça vers sa bibliothèque, en tira *L'Évanescente* et revint d'un pas décidé vers Paolo en lui montrant la quatrième de couverture, sur laquelle apparaissait le portait de l'auteur.

— Cet homme, c'était lui, vous croyez ?

Paolo observa quelques secondes la photo en se frottant le menton.

— Possible oui. Disons que le monsieur avait l'air un peu moins jeune et un peu moins souriant, mais… oui, oui, c'est clair qu'il lui ressemble beaucoup, conclut-il.

Incrédule et euphorique à la fois, les mains tremblantes, Emily lâcha le livre, qui tomba sur le sol.

21

Octobre 2018

Ses lunettes sur le nez, Arthur écrivait face à la fenêtre comme il l'avait fait tous les jours depuis son retour à Folkestone. Il était environ onze heures, il s'était installé comme d'habitude à cette table qu'il aimait tant, dans le *Steep Street*, le café-livre, qui donnait à la fois sur The Old High Street, ruelle artistique si chère à son cœur et, à travers l'ouverture de la bibliothèque, sur le comptoir où se dressaient sous des cloches en verre de magnifiques gâteaux aux glaçages plus appétissants les uns que les autres. La musique, l'odeur du café chaud, les conversations ambiantes, les étagères bondées de livres aussi récents que vintage, les badauds qui marchaient devant la baie vitrée, le vieux couple devant lui qui sirotait un thé sur le canapé côte à côte, la jeune femme rousse qui venait tous les matins travailler avec son ordinateur et son chien-loup à sa gauche, et deux amoureux qui attendaient un heureux événement à la table voisine… cette ambiance avait toujours favorisé son imagination et sa faculté à écrire. Il avait une affection toute particulière pour cet endroit qui faisait sans nul doute partie des rares où il se sentait bien, où il n'avait de comptes à rendre à personne, où il pouvait regarder le monde réel d'un œil distrait tout en plongeant corps et âme dans ses textes.

Et il était fort inspiré, en ce mercredi matin. Son esprit était semblable aux volutes qui s'échappaient de sa tasse de café : vaporeux, indéfinissable, brumeux. Depuis le désastre du week-end précédent, il ressentait le besoin de rester seul. Et écrire, pour lui, était de loin la meilleure thérapie. Il avait laissé de côté le roman qu'il avait entamé quelques mois auparavant, un roman d'amour plutôt optimiste, pour rédiger les prémices d'un texte auquel il avait pensé de longues années sans pouvoir se résoudre à le commencer : la biographie de son père.

Le désenchantement d'Arthur avait réveillé en lui le désir profond de se concentrer sur l'histoire de Peter Neil, cet homme au cœur tendre qui était mort d'amour pour une femme qui l'avait abandonné du jour au lendemain. Il n'avait plus envie de bâtir de toutes pièces des romances bourrées de bons sentiments, il en avait assez des intrigues où les rêves devenaient réalité. Arthur était seul et triste. Comme son père l'avait été jadis, jusqu'à partir en mer un jour de grande tempête. Oh, Arthur n'était pas suicidaire. Mais Arthur était blessé, Arthur était perdu, Arthur était loin de sa fille et d'une femme qu'il avait aimée à en perdre la tête, jusqu'à chercher à la rejoindre pour se prendre la réalité en pleine face. Arthur avait besoin d'écrire. Pas de fiction, pas son histoire à lui. Celle du héros de sa vie : son père.

Alors que ses yeux étaient rivés sur l'écran depuis quelques heures et que les mots s'échappaient de son esprit pour se précipiter sur le clavier, quelqu'un s'approcha et lui dit doucement :

— Bonjour.

Il reconnut sa voix instantanément. Ses mains se figèrent sur le clavier. Elle fit un pas de plus vers lui.

— Je peux m'asseoir ici ? souffla-t-elle en le gratifiant de son plus beau sourire tandis qu'il retirait ses lunettes et leva vers elle de grands yeux abasourdis.

— Bien… bien sûr.

Emily tira la chaise en bois, enleva son manteau, posa son sac et s'assit face à lui. Étourdi, il resta muet quelques instants, puis tenta :

— Je… Comment…

— Chut, le coupa Emily avec douceur. Je suis une impulsive réfléchie, annonça-t-elle sans s'expliquer. Je sais que vous ne m'attendiez pas, mais je suis là, et j'ai deux questions à vous poser, ajouta-t-elle d'un air sérieux.

Arthur referma son ordinateur, posa ses lunettes dessus et la regarda, charmé :

— Je suis tout ouïe, répondit-il en souriant.

— Êtes-vous venu frapper à ma porte samedi dernier ?

Il déglutit et prit une grande inspiration.

— Contentez-vous d'un « oui » ou d'un « non », précisa-t-elle en lui faisant un clin d'œil qui parvint un peu à le détendre.

— Oui, avoua-t-il, les yeux rieurs.

Elle ne put contenir sa joie, son visage s'illumina. Cherchant à retrouver son sérieux, elle fit mine de s'éclaircir la voix et reprit :

— Bien. Dans ce cas, voilà ma deuxième question : pourriez-vous m'accompagner jusqu'à la statue sur la plage ? Vous avez promis de m'emmener la voir en plein jour.

— Bien sûr, avec plaisir. Allons-y, ajouta-t-il en commençant à rassembler ses affaires.

Elle fut soudain envahie par une bouffée d'adrénaline mêlée d'un besoin irrépressible de lui avouer la vérité, enfin.

— Attendez, murmura-t-elle en posant sa main sur son bras, le souffle court.

Face à son visage grave, Arthur s'inquiéta.

— Quelque chose ne va pas ?

Elle resta immobile et muette quelques instants. Comment lui dire ?

— Oui. Non. Je ne sais pas, dit-elle, confuse, sentant au fond d'elle les mots se bousculer. Il y a quelque chose que… Je dois vous dire que…

Elle y était presque.

— Oui ?

— Je ne sais pas comment vous dire… balbutia-t-elle en levant au ciel des yeux gorgés de larmes.

— Emily, lui dit doucement Arthur. Vous pouvez tout me dire.

Elle ferma les yeux quelques secondes, essuya les quelques larmes qui s'en échappèrent, balaya l'image de ces effroyables fraises qui la hantait, puis les rouvrit sur Arthur, dont l'expression tendre et bienveillante termina de la convaincre qu'elle n'avait pas fait tout ce chemin pour rien.

— Monsieur Neil…

— Arthur, je vous en prie.

— Arthur, reprit-elle avec détermination. Merci.

— Merci ?

— Vous m'avez sauvé la vie.

Arthur, qui ne s'était certainement pas attendu à pareille affirmation, se laissa tomber sur sa chaise. Elle s'assit face à lui.

— Que veux-tu dire ? lui demanda-t-il, aussi étourdi que soucieux.

Fuyant son regard, elle prit une grande inspiration et se lança :

— Il y a des années, un jour de septembre où je traversais un couloir désert de la fac de langues, j'ai trébuché sur un livre abandonné. C'était *Le Décompte*. C'est le premier ouvrage que j'ai lu de votre plume. Je l'ai ouvert pour le feuilleter, et je suis tombée sur cette phrase : « Il n'y a de plus grand courage que de rester en vie… »

Sa voix se cassa sous le coup de l'émotion.

— « … lorsque notre plus puissant désir consiste à y mettre fin », compléta-t-il.

Emily leva vers lui un regard gorgé de gratitude.

— Cette phrase, ce roman. Ils m'ont sauvé la vie.

— Vous voulez dire que…

— Que deux heures plus tard, sans vous, je serais morte.

Choqué et ému au possible, Arthur réalisa que ses écrits avaient eu une portée bien plus vaste qu'il ne l'aurait jamais imaginé.

— J'étais brisée. Noyée. Perdue. C'était comme si ces mots avaient été écrits pour moi. Comme si ce livre avait été laissé là pour que je les découvre. Je sais que ça peut sembler stupide mais…

— Ne dites pas ça. C'est tout l'inverse.

Arthur était profondément touché et avait capté toute l'intensité de ses paroles.

— Je ne saurais vous dire combien je suis heureux d'avoir écrit ces mots s'ils m'ont offert la chance de faire votre connaissance, la rassura Arthur en saisissant doucement sa main.

Emily lui sourit timidement.

Emily lui avait dit.

*

Le temps était gris, la marée basse. De jour, le bord de mer de Folkestone était magnifique. Cette petite ville du Kent offrait même, lorsque le temps était clair, une vue nette sur les côtes françaises. Mais malgré le froid, Arthur aimait tout autant si ce n'est plus la météo de ce mercredi-là, un peu brumeuse, un peu humide, les arbres rougissants, les feuilles mortes qui volaient de temps en temps jusque sur le sable, l'odeur des embruns salés qui laissaient parfois jusqu'à leur saveur sur les lèvres. Se balader au bord du port, y admirer les bateaux à quai, les vendeurs de poisson remplir leurs étals, le phare, tout cela, c'était comme quand il était petit, c'était comme si son père allait d'une seconde à l'autre remonter l'escalier en métal après avoir préparé le bateau et le gratifier de son large sourire, de son regard bienveillant, de ses bras tendus et de son joyeux : « Alors, bonhomme, tu viens ? »

— À quoi pensez-vous ? demanda Emily, tandis qu'ils marchaient sur le pavé bordant le petit port.

— À mon père, répondit Arthur. Cet endroit, c'est chez moi, mais c'est aussi et surtout ici que j'ai le plus de souvenirs de lui. Je revois son bateau, je le revois lui, avec son gilet rouge, ses bottes en caoutchouc, son bonnet en laine. Je ne peux pas m'empêcher de penser à lui, même si je suis en excellente compagnie.

Emily sourit timidement sans vraiment oser le regarder.

— J'aimerais pouvoir parler du mien comme vous le faites, souffla-t-elle, admirative. Je me demande si j'y arriverai un jour.

Arthur avait perçu la douleur dans sa voix, il la connaissait bien, il cohabitait avec depuis de trop longues années. Il s'arrêta alors et plongea ses yeux dans les siens. Le vent faisait voleter les mèches de ses cheveux blonds, le gris du ciel faisait ressortir le vert de ses iris, le froid, rougir ses joues. Il la trouva belle, elle l'avait été depuis le premier regard.

— Vous pouvez. Je suis là. Si vous avez besoin d'en parler, je suis là. Ça fait mal, ça ravive le manque et la douleur sur le coup, mais ensuite, ça allège le fardeau. Je l'ai expérimenté. Récemment. Avec vous.

Mon erreur, mon fardeau, se répéta-t-elle silencieusement, comme pour se convaincre de ne pas évoquer Jules et son père. Mais elle regardait Arthur et c'était comme s'il lisait à travers elle, c'était comme si enfin quelqu'un lui accordait le droit d'exprimer cela. Alors, de grosses larmes montèrent aux yeux d'Emily sans qu'elle puisse les retenir. Elle essaya de sourire car elle détestait avoir l'air vulnérable et elle s'était toujours refusée à l'idée qu'on puisse la plaindre, mais le souvenir de son père, de Jules, des fraises et du bruit de verre qui se brise lui remonta au cœur instantanément et elle fut soulevée par un sanglot. Elle fit quelques pas pour s'éloigner d'Arthur et trouver le courage de laisser les mots sortir enfin :

— Mon père et mon frère… ils… ils sont morts quand j'avais… quand j'avais sept ans, hoqueta-t-elle. Ils… ils me manquent tellement ! lâcha-t-elle en se retournant de nouveau vers lui, submergée par la tristesse.

Arthur, saisi d'amour et de compassion, la rejoignit, la prit dans ses bras et la serra contre lui.

— Je sais. Je sais trop bien, murmura-t-il avant d'essuyer les larmes qui avaient dévalé ses pommettes glacées.

Elle savoura la sensation de ses bras rassurants autour d'elle, il se délecta de la douceur de sa joue sous ses doigts. Elle pleurait à chaudes larmes, mais paradoxalement, cela lui faisait tant de bien qu'elle aurait voulu rester là mille ans. Arthur, lui, ne rêvait que de la retenir pour toujours. Leur réserve commune avait volé en éclats durant cet instant qu'aucun d'entre eux n'aurait pu prédire. Le deuil dont ils étaient tous deux victimes depuis ce qui leur semblait une éternité était, certes, remonté à la surface, mais au-delà de la peine qu'il avait engendrée jusque-là, il semblait s'échapper lentement de leurs cœurs, poussé au-dehors par la force de leur étreinte, laissant enfin place à des émotions nouvelles et apaisantes. Ils restèrent là quelques minutes, debout sur le quai, entre les passants, face aux bateaux qui mouillaient, sous le ciel chargé de nuages.

— Venez, j'ai une sirène à vous montrer, lui dit Arthur après un moment.

Elle releva vers lui un regard rougi par les larmes. Son maquillage avait coulé. Elle sortit un mouchoir en papier de son sac à main, et avant qu'elle ait pu le porter à ses yeux, Arthur s'en saisit et les essuya lui-même. Le mascara et le khôl s'effacèrent lentement sous ses gestes doux et méticuleux. Bientôt, il ne resta presque plus rien.

— Je suis confuse, je dois avoir une tête affreuse, s'excusa-t-elle en passant ses doigts au ras de ses cils, inquiète à l'idée qu'il puisse la voir sans ce crayon noir dont elle ne se passait presque jamais et derrière lequel, en réalité, elle s'était toujours un peu cachée.

— Au contraire, vous êtes très belle. Je crois même que je préfère vos yeux sans ce noir tout autour.

Emily rougit et il lui sourit, heureux de la voir reprendre des couleurs.

*

— Elle est magnifique.

— N'est-ce pas ? confirma Arthur.

La statue, faisant face à la mer, observait les flots, le menton légèrement relevé, le visage grave et fier à la fois, de belles pommettes rondes et saillantes, ses cheveux comme mouillés plaqués en arrière. Ses courbes étaient des plus féminines, non pas minces au possible telle la Petite Sirène du Danemark, mais robustes. Dotée d'une belle poitrine, elle avait les jambes repliées sous le corps, épousant à la perfection le relief du rocher sur lequel on l'avait placée. C'était un travail d'orfèvre tant le visage semblait réaliste. C'était aussi une œuvre engagée tant l'artiste, femme elle aussi, avait choisi de mettre en avant la beauté d'une mère de deux enfants plutôt que celle d'une toute jeune fille.

— Vous avez raison, elle est bien différente de celle de Copenhague, confirma Emily.

La marée était basse, comme le soir où ils avaient dîné au *Rock Salt*, mais il faisait jour et l'endroit offrait un tout autre paysage. La plage de Sunny Sands s'étalait à perte de vue. Un petit garçon en ciré jaune s'amusait à creuser aussi profond que sa pelle en plastique le lui permettait, bien décidé à trouver de l'eau au fond de son trou, devant les yeux attendris de sa maman. Un jeune couple promenait son chien qui allait et venait pour attraper inlassablement le bâton de bois flotté que ses maîtres lui jetaient dans les vagues.

— C'est beau de voir une maman poser pour une telle œuvre d'art, reprit Emily qui observait toujours la statue depuis le bas. Je trouve ça tellement moderne d'accorder de la place au vrai, à l'authentique plutôt qu'aux silhouettes filiformes avec lesquelles on nous bombarde sur les réseaux sociaux, comme si on devait toutes correspondre à un standard de jeunesse et de mensurations prétendument idéales, s'exprima-t-elle. Quoi de plus beau et de plus précieux qu'un corps qui a porté la vie ? Les artistes de Folkestone ont décidément bien du talent, conclut-elle en lui jetant un regard complice.

Mais c'était Emily et la flamme qui l'animait que contemplait Arthur. Sa candeur mêlée d'intelligence la rendait irrésistible.

—Quoi ? lui demanda-t-elle d'un air malicieux en remarquant la façon dont il la regardait.

Il était prêt. C'était maintenant. Le moment.

—Emily ?

—Oui ?

—Emily... Il y a quelque chose que je dois vous avouer, commença Arthur qui cherchait les mots qu'il s'était pourtant imaginé lui dire un millier de fois.

—Je vous écoute, répondit-elle, saisie d'appréhension en remarquant son air sérieux.

Le téléphone d'Arthur sonna. Arthur ignora l'appel, déterminé à ne pas laisser un coup de fil lui voler cet instant qu'il jugeait parfait.

—Lorsque je vous ai croisée pour la première fois, à Genève, je...

Emily ne le lâchait pas du regard. Mais le téléphone sonna encore.

—Sommes-nous pris par le temps ? lui demanda-t-elle alors.

—Non, non. Pas du tout.

—Alors vous pouvez prendre l'appel, ne vous inquiétez pas. Je ne compte pas m'enfuir, le rassura-t-elle dans un sourire.

Contrarié par cette sonnerie qui n'en finissait pas, il sortit son téléphone de sa poche et vit « *Anna* » sur l'écran. Arthur s'inquiéta devant l'insistance de son ex-compagne. Et s'il était arrivé quelque chose à Hayley ? Il se résigna et décrocha.

— Allô ?

— Arthur, c'est Anna, répondit-elle d'une voix tremblante.

— Hello, Anna, tout va bien ?

— Eh bien… je ne sais pas trop, je crois que j'ai besoin de te parler.

Elle avait la voix cassée. Arthur aurait juré qu'elle avait pleuré. Il était six heures de moins à New York, ce qui signifiait qu'elle l'appelait alors qu'il n'était pas tout à fait six heures du matin, chez elle.

— Me parler ? Anna, que se passe-t-il ? Comment va Hayley ? s'inquiéta-t-il soudain, alarmé.

Arthur s'excusa d'un geste avant de s'éloigner sur la plage et de se mettre à faire les cent pas. Quelques gouttes de pluie tombèrent. Emily mit les mains dans les poches de son manteau et s'approcha de l'eau jusqu'à ce que les vaguelettes viennent lécher le sable devant le bout de ses bottines.

— Hayley va bien. Elle va parfaitement bien, ne t'inquiète pas, répondit Anna à Arthur.

— Tu es sûre ?

— Oui, certaine. Ne t'en fais pas pour elle, je te promets qu'elle va bien.

Arthur fronça les sourcils. Il lui sembla entendre le bruit d'un moteur, mais il n'en était pas certain.

— De quoi s'agit-il, alors ? Où es-tu ? Tu as une voix étrange.

— Il s'agit de moi. De toi et moi, le prit-elle de court.

Il resta silencieux, jetant un regard à Emily qui s'amusait à longer les vagues en l'attendant. Il commença à pleuvoir pour de bon.

— Anna, je ne comprends pas.

— Il faut que je te parle, Arthur. De nous.

— Mais tu m'as déjà tout dit à ce sujet, non ? se surprit-il à répondre avec amertume.

Il y eut quelques secondes de silence à l'autre bout du fil. La pluie se mit à tomber de plus en plus fort.

— Arthur, j'ai beaucoup réfléchi et je...

— Anna, je n'ai pas le temps, pas maintenant, la coupa-t-il, alors qu'il ne pouvait lâcher Emily du regard.

— Mais il faut que je te parle, répéta Anna.

— Je ne peux pas te parler maintenant, je suis désolé.

— D'accord. D'accord, répéta-t-elle, prise de court par la fermeté d'Arthur.

Et elle raccrocha, contrariée.

Arthur remit le téléphone dans sa poche et se précipita sous les gouttes vers Emily. Bien que ce soit tout sauf raisonnable, bien qu'il l'ait probablement plus songée que découverte, bien qu'elle lui soit encore étrangère... c'était *elle* qu'il aimait. Ce petit bout de femme de dix ans sa cadette, cette personne qu'il jugeait aussi brillante que troublante, cette inconnue au tempérament secret avec qui pourtant il lui semblait que tout était si simple, si limpide. La facilité avec laquelle il avait enfin réussi à répondre à Anna, cette Anna dont il avait tant été épris qu'il avait cru ne jamais rien pouvoir lui refuser, c'en était la preuve absolue. Il avait avancé. Tourné la page, clos ce chapitre. Il adorait sa fille, et il éprouverait sans le moindre doute une affection toute particulière mêlée d'une gratitude éternelle pour celle qui lui avait donné la vie, mais... Anna faisait désormais partie du passé, songea-t-il. Il était prêt à ouvrir un nouveau livre.

Lorsqu'Arthur rejoignit Emily, il avait déjà tant plu que ses longs cheveux blonds étaient trempés.

— Oh, je suis vraiment navré...

— Il n'y a pas de quoi l'être, le coupa-t-elle, je n'ai pas peur de la pluie. Je vis en Haute-Savoie, vous savez.

Nous avons la pluie et le froid, et bien souvent la neige aussi. Mais nous n'avons pas la mer ni le goût du sel dans le vent, souffla-t-elle avant de basculer la tête en arrière, les yeux fermés et les bras ouverts, savourant la sensation inédite des gouttes de pluie de plus en plus grosses qui lui tombaient sur le visage, se mêlant à la saveur délicieuse des embruns.

Emily se sentit incroyablement libre. Elle était loin de chez elle, loin de ses tourments, mais près de lui. Près de *lui*. Elle trouvait l'endroit magique ; la mer à perte de vue, les arches au-dessus de la plage, les goélands qui volaient en groupe en rasant les vagues, le petit phare au bout du Harbour Arm… Elle se mit à tournoyer, telle une enfant de sept ans, celle qu'elle avait oublié d'être pendant si longtemps.

—Non, vraiment, je n'ai pas peur de la pluie, répéta-t-elle en inspirant à pleins poumons avant de se mettre à rire en continuant à tourner sur elle-même malgré la pluie qui ruisselait de plus belle sur son visage, effaçant les dernières traces de maquillage sur sa peau.

Arthur la regarda, transi. Il la trouva si belle, sans ses fards charbonneux, sans ses boucles parfaites, et sans son regard intimidé. Il ne savait pas que c'était la première fois qu'elle se laissait aller, il ne savait pas qu'elle n'avait jamais dansé sous la pluie de sa vie, mais il ne manqua pas de distinguer à quel point elle rayonnait de joie. Arthur remarqua alors que les manches d'Emily ne couvraient plus ses mains, et que sur ses poignets levés vers le ciel, il y avait de fines lignes, allant du blanc nacré à différentes notes de violet.

Des cicatrices.

Tranchantes.

Son cœur se serra d'un coup mais il ne dit rien, ne souhaitant pas le moins du monde lui voler cet instant de bonheur intense. Il tâcha de reléguer cette découverte au second plan et de ne pas la laisser assombrir la beauté de la scène qui se jouait devant lui. Emily lui parut à la fois gracieuse et insaisissable, telle un oiseau sauvage qui joue avec les éléments et se laisse emporter par le vent, comme si plus rien d'autre n'existait.

Les mains dans les poches de son manteau et les yeux rivés sur elle, un sourire bienveillant illuminant son visage, Arthur fut empli du désir ardent de veiller sur elle, et se mit à espérer qu'elle reste là, auprès de lui, pour toujours et à jamais.

*

L'appartement d'Arthur était cosy et lumineux, malgré la météo capricieuse. Depuis quelques années qu'il s'y était installé, il avait à peu près tout fait refaire, dépensant sans compter du parquet au plafond, faisant sauter une cloison, installant un bar doté d'un plateau en bois brut derrière une cuisine équipée moderne. Dans la pièce de vie, il avait gardé les poutres apparentes au plafond et les moulures sur les portes, et avait plus ou moins fait repeindre tout le reste en blanc mat avant d'y installer des meubles en chêne, sur les conseils de Philip dont la passion pour l'architecture avait toujours été évidente. La surface était bien modeste si on considérait ce qu'il aurait pu s'offrir ; son chez-lui faisait cent mètres carrés environ, et il s'y sentait bien, lui qui n'avait jamais aimé les trop grands espaces. Ce qui constituait l'étage du pub était donc composé d'une magnifique cuisine ouverte sur le séjour, d'une grande chambre avec salle d'eau accolée pour lui et d'une plus petite, qui était devenue celle de Hayley, d'un bureau et d'une salle de bains avec baignoire. Il y avait aussi une petite pièce aveugle, tout au bout du couloir, dont il n'avait pas passé les portes depuis des années. Son chez-lui était un savant mélange de moderne et d'authentique, brut mais accueillant, une vraie « tanière d'auteur », comme s'amusait à le dire Phil.

La chemise d'Emily séchait déjà sur le radiateur du salon, elle portait simplement le top noir à fines bretelles qu'elle avait fort heureusement pensé à mettre en dessous ce matin-là et son jean, qui était trempé – il y avait peu d'espoir qu'il sèche rapidement. Assise sur le canapé, le plaid en tartan sur les épaules, elle saisit la tasse fumante sur la table basse et but quelques gorgées du thé noir qu'il lui avait servi. Emily se sentait bien. Mieux que jamais, à vrai dire.

Le vent s'était levé à son tour alors qu'ils avaient quitté la plage, balayant plus fort encore la pluie qui fouettait maintenant les carreaux, trempés jusqu'aux os – leurs cheveux, leurs écharpes, leurs souliers, leurs manteaux. Il l'avait invitée à se réfugier chez lui. Ils étaient tous deux remontés d'un pas rapide jusqu'au Guildhall, sur *The Bayle.* Elle n'avait pas pu refuser. Elle en mourait d'envie.

— Je suis désolée, dit-elle en riant, tandis qu'elle passait ses doigts dans ses cheveux qui avaient bouclé de plus belle.

Emily les frotta une dernière fois avec la serviette avant de se lever pour la tendre à Arthur.

— Je ne sais pas ce qui m'a pris, je n'ai jamais fait ça de ma vie, ajouta-t-elle.

— Ne soyez pas désolée, j'ai rarement vu si sympathique spectacle, répondit Arthur en lui tendant un de ses pulls à mailles irlandaises. C'est aussi rare que beau, de regarder quelqu'un qui danse sous la pluie, affirma-t-il en portant à son tour une tasse de thé à sa bouche, adossé au bar.

— Je ne fais jamais ça, répéta Emily qui, sans s'en apercevoir, avait déjà revêtu son masque de pudeur.

Arthur la regarda intensément. Il ne pouvait plus attendre. Il l'aimait. Il fallait qu'il le lui dise.

— Je ne fais jamais ça non plus, osa Arthur qui posa la tasse sur le bar avant de s'approcher d'elle d'un pas déterminé.

Serrant le gros pull tout contre elle, comme elle en avait l'habitude quand elle était nerveuse, elle resta immobile et incapable de le lâcher du regard. Elle aurait voulu lui dire mille mots, mais aucun d'eux ne parvint jusqu'à sa bouche.

— Je regrette… lui murmura-t-il en frôlant son épaule du bout des doigts.

Emily frissonna de bonheur, envoûtée par une sensation de chaleur inattendue.

— Quoi donc ? demanda-t-elle en fermant les yeux tandis qu'il approchait son visage du sien.

— Je regrette d'avoir à vous annoncer ça maintenant, ajouta Arthur, fébrile, dont la main caressait maintenant la tempe d'Emily.

— Pourquoi… souffla-t-elle, envoûtée, lâchant le pull sur le parquet.

— Parce que tout est parfait. Cette journée, cet instant. Et vous.

Alors, Arthur approcha d'Emily jusqu'à ce que leurs lèvres se frôlent, et, les paupières closes, elle succomba volontiers à ce baiser ardent qui mit un terme à la conversation.

22

Le même jour

Le téléphone d'Arthur sonna. Ramenée à la réalité, Emily détacha ses lèvres de celles d'Arthur, baissa les yeux, écarlate, et passa une main gênée dans sa nuque.

— Je suis confuse, je… je…

— Non, non, non… c'est moi, c'est… c'est moi qui… bafouilla Arthur tandis que le téléphone n'en finissait pas de sonner.

Elle se pencha pour ramasser le pull-over et, jetant un coup d'œil au nom sur l'écran de son portable, il se résigna à décrocher.

— Salut, vieux, lança Phil. Où es-tu ?

— Chez… ahem, chez moi, pourquoi ? répondit Arthur en regardant Emily qui passa le pull et se pressa de rassembler ses affaires.

Arthur entendit le klaxon de la Mercedes et Phil enchaîna :

— Juste en bas ! Je me suis dit que tu aurais sans doute envie d'une bonne bière, précisa Phil d'une voix enjouée, décidé à changer les idées sombres de son meilleur ami à l'aide d'une Ale bien tiède.

— Écoute, Phil, je… je ne sais pas, hésita Arthur tandis qu'Emily passait son manteau trempé sous son regard qui la suppliait de rester.

— Arf, allons, vieux, j'ai passé une matinée de chiotte, il n'y a pas d'autre expression. Curry a fait la boulette du siècle, j'ai passé deux heures à rattraper le tir pour que Barney ne pète pas une durite, il était furieux. Et en plus, pas moyen de le joindre, Curry ! Non, mais tu imagines ? Il me faut une bière, tu saisis ?

— Je vois, oui, mais…

— Y'a pas de « mais », t'en as au moins besoin autant que moi. Bon, je monte ou tu descends ? s'impatienta Phil qui klaxonna de plus belle. Je suis rentré, j'en ai eu marre, j'ai besoin d'un petit remontant. Tu peux aussi bien broyer du noir chez toi qu'autour d'une bière, non ?

Arthur regarda Emily, qui avait saisi quelques bribes de la conversation, lui faire signe de ne pas s'inquiéter pour elle, qu'elle devait repartir. Vaincu, Arthur répondit à Philip :

— Que dis-tu que je te rejoigne ? Je termine quelque chose d'important, j'en ai pour quelques minutes. Je termine et je te rejoins. OK ?

— OK, bougonna Phil, alors je gare la Mercedes ici, derrière ta Golf. Je t'attends au *Pullman.* Si t'es pas là dans dix minutes, je viens te chercher par la peau des fesses, ajouta-t-il avant de raccrocher.

Elle avait remis ses bottines et se tenait devant la porte d'entrée.

— Jusqu'à quand restez-vous ?

Elle sourit. Elle avait laissé une note sur le store de sa boutique qui indiquait son retour le lundi suivant. On était mercredi.

— J'ai un peu de temps devant moi, préféra-t-elle répondre.

Il s'approcha tout près d'elle, à nouveau. Le cœur d'Emily se remit à battre fort, très fort.

— Je voudrais vous emmener quelque part… lui dit-il doucement.

— Demain ? suggéra-t-elle.

Soulagé qu'il leur reste plus que quelques minutes, il s'exclama :

— Demain ! Oui, demain, bien sûr ! Demain, c'est parfait, répondit-il, ravi.

Elle lui sourit de plus belle, fascinée par son regard intense et enfantin, celui-là même qu'elle avait remarqué lors de leur dîner. Arthur avait tant de charme, quand il se laissait enfin aller à ses émotions, lorsqu'il se réjouissait, lorsqu'il semblait oublier la peine qui le rongeait. Elle eut envie de sauter à son cou et de l'embrasser encore, mais elle se résigna.

Mon erreur, mon fardeau, entendit-elle résonner à ses oreilles, tel un écho provenant d'une époque lointaine.

Oui, il lui arrivait quelque chose d'extraordinaire aujourd'hui, mais tout cela ne suffisait pas à faire taire les sirènes maléfiques du passé. Des sirènes qui, manifestement, n'avaient de hâte que de lui lancer une culpabilité tranchante au visage dès qu'elle osait ressentir une once de bonheur. Emily ouvrit la porte et s'apprêta à partir.

— Où séjournez-vous ? osa Arthur en lui attrapant la main avant qu'elle ne lui échappe encore.

— Au View. Il me rappelle une bien agréable soirée, précisa-t-elle en tournant les talons.

*

— Mais non ? s'étonna Phil, à deux doigts de s'étrangler avec sa bière.

— Eh si, insista Arthur en buvant une gorgée de Foster, fier comme Artaban.

— Elle est venue d'Annecy ? Jusqu'ici ? Juste pour toi ?

— Je n'en reviens pas moi-même, Phil.

— Eh bien ! L'élève a dépassé le maître, on dirait ! félicita-t-il son ami en le gratifiant d'une grande frappe dans le dos qui surprit Arthur.

— Merci. Je ne compte pas faire la course aux conquêtes, je me contenterai largement de celle-ci. Pour peu qu'elle reste.

— Oh, t'en fais pas vieux. Elle va rester. Voyager jusqu'ici sur un coup de tête, sans avoir la certitude de t'y trouver, c'est pas une preuve d'amour, c'est pratiquement une demande en mariage. T'es bien placé pour le savoir, se moqua Philip.

Ils se mirent tous deux à rire. Le *Pullman* était un magnifique pub typiquement anglais, installé sur Church Street, à quelques pas du Guildhall. Carrelage artisanal couleur brique, montants en bois, devanture bleue, tableaux en ardoise, affiches vintage représentant poissons et crustacés ; c'était un endroit chaleureux où on servait de bonnes bières, les fameuses Kentish Pies et le poisson de la pêche du jour. Depuis quelques années, c'était devenu le repère des deux compères, l'endroit où ils devisaient, plaisantaient et abordaient les sujets sensibles. C'était là qu'Arthur avait noyé son chagrin quand Anna était partie. C'était là que Phil avait « fêté » la mort de son ivrogne et brute de père.

— Eh, plus sérieusement… je suis vraiment heureux pour toi, Arthur. Je veux dire, tu le mérites.

— Merci. Je suis heureux aussi, je crois.

— Mais, vieux, tu lui as dit que votre dîner au *Rock Salt* était un date et non pas une soirée organisée par ton éditeur ?

Arthur s'éclaircit la voix et esquissa un sourire nerveux.

— Ah ah, Arthur, tu es incorrigible ! Tu sais qu'à un moment ou un autre, il va falloir que tu craches le morceau, hein ?

— Je le lui dirai demain.

— Demain ? Tu la revois demain ?

— Je veux l'emmener à la National Gallery. Elle rêve de voir un Turner en particulier. Il est là-bas.

— Oh, pas mal. Romantique, et tout.

— Je lui dirai là-bas.

Phil laissa échapper un petit rire.

— On se croirait dans un de tes bouquins, en vrai. J'ai presque du mal à y croire, ajouta-t-il en souriant.

Phil, tout stratège qu'il était, n'avait pourtant jamais su cacher quoi que ce soit à son ami, et sentit qu'il ne parviendrait plus très longtemps à tenir sans lui avouer ce qu'il avait sur le cœur. Il saisit alors son verre et but sa demi-pinte cul sec, sous les yeux ronds d'Arthur.

— Tu joues à quoi, là ? s'inquiéta Arthur.

— Il faut que je t'avoue un truc, répondit Phil en prenant une grande inspiration.

Arthur le toisa d'un air soucieux. Phil tapa le comptoir de sa main, comme pour se donner l'énergie nécessaire.

— Écoute, ahem… Je… je crois que je suis amoureux, moi aussi.

— Amoureux ? Tu sais ce que ça veut dire, au moins ?

— Ne sois pas cynique, bougonna Phil.

Arthur le toisa, abasourdi.

— Attends, tu es sérieux ?

— Oui.

— Tu es amoureux ?

— Oui.

— Mais de qui, grand Dieu ?

Phil lui jeta un regard aussi suppliant qu'effarouché.

— Eh bien ? s'enquit Arthur. De qui ?

— De Lizzie.

— Lizzie comment ? répéta machinalement Arthur.

— Lizzie.

Arthur resta muet, fixant Phil de ses yeux bleus inquisiteurs, ne sachant pas si son ami lui faisait une mauvaise blague ou s'il avait juste basculé dans la quatrième dimension.

— Lizzie ?

— Lizzie, oui. Ta sœur.

Arthur, muet, frotta ses paupières comme pour vérifier qu'il était bien éveillé. Le cœur de Phil se mit à battre de façon aléatoire. Il fut pris d'une sueur froide tant le stress l'avait envahi.

— Tu te fous de moi, pas vrai ?

— Non, Arthur. Je suis sérieux.

— Lizzie ?

— Lizzie.

— Ma Lizzie ? Mais… co… comment est-ce que…

— Je ne sais pas, vieux, comme ça, sans crier gare. Je n'ai rien compris moi-même au début. C'est… c'est elle qui…

— Qui quoi ? C'est elle qui quoi ? s'impatienta Arthur, soudainement saisi de colère.

Phil n'était pas surpris par la réaction de son ami.

— Écoute, vieux… je… je sais bien que tu ne me considères pas tellement comme un type sérieux en amour mais…

— Sérieux ? Mais évidemment, que je ne te considère pas comme sérieux ! s'emporta Arthur. Je te connais comme le fond de ma poche et je te vois batifoler depuis deux décennies au moins, d'une Mirenna à une Amélia, blondes, brunes, jeunes ou bien plus âgées que toi… tu es insatiable, tu n'as toujours été poussé que par tes instincts, et voilà que maintenant tu jettes ton dévolu sur Lizzie ? lâcha-t-il, consterné.

Les mots d'Arthur étaient blessants, mais Philip ne pouvait les lui reprocher. Il avait imaginé cette discussion des jours durant et avait malheureusement très bien anticipé la réaction de son ami. Il n'empêche que cela restait dur à encaisser.

— Arthur, je comprends. Je veux dire, j'aurais réagi pareil. Si Lizzie nous avait parlé d'un type comme moi, si elle s'en était entichée, moi aussi, je me serais offusqué, je l'en aurais dissuadée.

Arthur le fixait, stoïque.

— Mais… le jour où elle est venue pour te convaincre de ne pas laisser tomber cette fille, eh bien, c'est moi qu'elle avait appelé, c'est moi qui l'avais conduite jusqu'en bas de chez toi. Et en redescendant je… je ne sais pas, elle était aux anges, elle m'a dit qu'elle avait réussi, et elle s'est jetée dans mes bras, elle…

Arthur l'arrêta d'un geste.

— S'il te plaît, arrête-toi là. Tu vas lui faire du mal. Arrête.

— Non ! Non, vieux, je ne m'arrête pas, et non, je ne vais pas lui faire du mal ! s'exclama Phil. C'est vrai, c'était pas prévu, et c'est vrai, j'ai été un pauvre con jusqu'à présent, mais ce qui est vrai aussi, c'est que je l'aime, tu vois ! Je l'aime, tu entends ? explosa-t-il d'une voix forte.

Les autres types dans le pub les toisèrent. Arthur resta sans voix. Ébahi. Choqué. Non seulement par la nouvelle, pour le moins inattendue, mais aussi par les mots de Phil qui semblaient des plus sincères. Et il pensa à sa sœur, qui, il le savait, était secrètement amoureuse de Philip, depuis de longues années.

— Tu l'aimes ? vérifia-t-il d'une voix calme.

— Oui, vieux, reprit Phil dont les ardeurs se calmèrent. Je l'aime. Je l'aime comme si j'avais été aveugle jusque-là et qu'on venait de me rendre la vue, je l'aime comme si mon bonheur avait toujours été là, sous mon nez, depuis des années. Comme si j'avais été un sombre crétin pendant une éternité ! Et crois-moi, je m'en mords les doigts, d'atterrir seulement maintenant. Évidemment que j'ai papillonné sans jamais pouvoir m'attacher, puisqu'en fait, c'était elle. C'était elle depuis le début.

Arthur, stupéfait par ce discours, considéra encore l'expression torturée de son meilleur ami.

— Et tu veux ma bénédiction, c'est cela ? s'enquit-il après un moment.

— Oui. Enfin, non. Tu pourrais bien t'y opposer que ça ne changerait rien. Je te pousse depuis des lustres à ne pas abandonner cette Emily avec un « Y », à te battre pour ce qui compte pour toi. Je ferai de même pour Lizzie. Que tu le veuilles ou non.

Arthur soupira sans le lâcher des yeux.

— Phil.

— Arthur ?

— Sais-tu que Lizzie t'aime aussi ? Je veux dire, qu'elle t'a toujours aimé ?

— Elle me l'a confié, oui. Et je sais pourquoi tu l'as dissuadée de me le dire. Je comprends. Je suis vraiment un minable.

Arthur termina sa bière, se leva du tabouret de bar, mit son manteau et s'arrêta derrière Phil. Il posa une main sur son épaule, s'approcha de son oreille et, avant de se diriger vers la porte, lui souffla :

— Tu as ma bénédiction.

23

Octobre 2018

Arthur passa prendre Emily à l'hôtel *The View* vers neuf heures. Il n'en avait aucune idée, mais ce matin-là, après avoir enfilé un jean noir et un blazer cintré à l'imprimé prince de galles, elle avait passé un coup de brosse dans sa chevelure et s'était exceptionnellement contentée d'un peu de mascara sur ses yeux. Parce que la veille, libérée le temps de quelques éphémères secondes, elle s'était sentie aussi libre qu'un oiseau en plein vol, portée par le regard empli de bienveillance de cet Arthur qui lui conférait plus de confiance qu'elle n'en avait jamais éprouvé. Elle s'était alors souvenue, le sourire aux lèvres, qu'aussi invraisemblable que cela avait pu être, la dernière fois qu'elle n'avait pas pris le temps de maquiller ses yeux de khôl noir, ça avait été un samedi matin où Arthur avait frappé à sa porte en son absence. La coïncidence avait quelque chose de magique, avait-elle pensé. À croire qu'une force imperceptible agissait pour qu'à sa proximité, elle ne soit qu'elle, rien qu'elle-même, sans masque ni cuirasse.

Sur le chemin de la gare, il s'excusa pour le confort plutôt relatif de sa Golf et lui raconta son amour pour cette vieille voiture, ce qui lui fit décrocher quelques rires. Emily trouva charmant qu'un homme pourtant si célèbre roule encore avec sa première voiture. Arthur Neil n'avait pas laissé son succès lui monter à la tête, c'était évident, et cela collait à la perfection avec l'image qu'elle s'était faite de lui aussi bien à travers ses ouvrages que, bien plus récemment, auprès de lui. Ils grimpèrent ensuite dans le train qui, cinquante minutes plus tard, les conduisit jusqu'à la gare de Londres Saint-Pancras. Quelques arrêts de métro plus loin, ils firent un détour par Tower Bridge et le London Eye avant de grignoter un fish and chips en se baladant dans Camden, qu'elle avait toujours rêvé de voir de ses propres yeux, folle qu'elle était d'art, de cuir et de vieux rock. Elle qui n'avait passé que deux jours dans la capitale britannique plusieurs années auparavant s'émerveilla telle une enfant devant les cabines téléphoniques rouges, les bus à deux étages, les grands bâtiments victoriens comme figés dans le XVIIIe siècle, les devantures et tenues plus farfelues les unes que les autres dans Camden Market et les reflets sur le lit de la Tamise.

— Je regrette de ne pas avoir pris mon appareil photo, dit-elle.

— Mais vous reviendrez, n'est-ce pas ? répliqua-t-il en remontant le col de son long manteau gris.

— J'aimerais beaucoup, oui, répondit Emily en souriant à Arthur tandis qu'ils arrivaient sur Trafalgar Square, en fin d'après-midi.

— Venez, lui dit-il en lui prenant la main, je voudrais vous montrer quelque chose.

Arthur entraîna Emily jusqu'à la National Gallery. À l'impatience ostensible qu'il manifesta dès qu'ils en eurent passé les portes, Emily comprit sans peine qu'ils n'étaient pas tout à fait venus pour en arpenter chacun des couloirs, mais qu'il avait une idée précise derrière la tête. Alors, curieuse, elle le suivit à travers les galeries et savoura ce labyrinthe entre les toiles, main dans la main avec lui, stupéfaite à la fois par la beauté de l'endroit et par le caractère extraordinaire de cette journée qu'elle partageait avec Arthur Neil, qui, s'il était toujours son auteur favori, était devenu bien plus que cela, à n'en pas douter.

Arthur s'arrêta net à l'entrée d'une salle et lui demanda si elle voulait bien fermer les yeux. Amusée, elle accepta bien volontiers et il la guida jusque devant une immense toile aux tonalités jaunes et orangées. Elle ouvrit les paupières.

Ulysse raillant Polyphème.

Turner.

Emily leva des yeux éblouis sur le tableau avant de tourner la tête, incrédule, dans la direction d'Arthur, qui affichait une mine des plus ravies.

— Oh, mon Dieu ! C'est extraordinaire ! s'exclama-t-elle, faisant un pas en arrière et portant les mains à sa bouche, époustouflée.

Elle s'approcha doucement et passa de longues minutes à contempler l'œuvre magnifique de Joseph Mallord William Turner, qu'elle avait découverte jadis, par hasard, dans un livre d'histoire et qu'elle n'avait jamais pu oublier. Elle en connaissait les secrets par cœur sans jamais avoir eu le privilège de l'admirer de ses propres yeux ; c'était une ligne de sa « Bucket List » qu'Arthur venait de cocher pour elle. Saisie d'admiration, elle lui montra alors ce qui était caché sur cette toile ; le géant dont la tête était constituée de nuages, les fées qu'au premier coup d'œil on prenait pour l'écume des vagues. Elle lui parla des coups de pinceau, de la méthode si particulière qu'utilisait Turner pour créer la lumière, de la beauté des contrastes, des couleurs. Arthur l'écouta avec attention tout en se disant qu'elle lui rappelait Hayley, tant Emily était animée. Elle avait le regard pur et innocent d'une enfant, ses yeux scintillaient de fascination.

Tandis qu'elle s'émerveillait encore, il se dit que, vraiment, il ne trouverait pas le courage de la laisser repartir. Arthur ne savait pas tout à fait ce qui se tramait dans son cœur à elle. Mais ce dont lui était certain depuis la pluie sur la plage, c'était qu'il l'aimait, bien au-delà de ce qu'il avait pu s'imaginer, bien au-delà de cette alchimie inédite qu'il avait ressentie à Genève et qui, en prenant un peu de recul, avait tout eu d'un coup de foudre, alors qu'il avait toujours trouvé ce concept peu réaliste. Mais il fallait se rendre à l'évidence : c'était sans doute ce qui s'était passé un an et demi auparavant, au salon du livre. Ils s'étaient croisés, ça n'avait duré que quelques secondes, c'est vrai, et pourtant, c'était un fait : quelque chose en lui l'avait comme reconnue et s'était agrippé à elle instinctivement, avec force. Quelque chose qui l'avait non seulement poussé à ne pas l'oublier, mais aussi à la retrouver. Quelque chose qui l'avait même ramenée à lui quand tout lui semblait perdu. Il ne se l'expliquait pas, ne savait ni le pourquoi ni le comment, et en réalité, il n'avait pas envie de comprendre, il ne souhaitait que se laisser porter par ce rêve en espérant ne jamais avoir à s'en éveiller. Il l'observa, là, petit bout de femme devant un si grand tableau. Elle était son instant présent. Il voulait qu'elle devienne son futur. Il avança alors jusqu'à se tenir debout derrière elle. Immobile mais sentant sa présence rassurante toute proche, elle ferma les yeux de bonheur. Son odeur, ses doigts qui lentement frôlaient les siens, le frisson unique qui la saisissait… elle voulait que le temps s'arrête, rien de plus.

— Restez avec moi, lui murmura-t-il à l'oreille. Je vous en prie.

Alors Emily tourna la tête, s'enivra un instant de son parfum et l'embrassa.

*

La nuit était tombée depuis un moment sur la ville de Londres lorsqu'Arthur et Emily remontèrent dans le train qui les ramena à Folkestone. Environ une heure plus tard, il se garait près du kiosque illuminé, juste devant *The View.*

— Vous voilà arrivée, dit Arthur.

Il éteignit le moteur de sa vieille Golf et fit le tour pour lui ouvrir la portière.

— Je crois que je ne m'habituerai jamais à ces manières de gentleman, s'amusa-t-elle en sortant.

Ils montèrent les quelques marches du perron de l'hôtel. Emily s'y arrêta et prit une grande inspiration.

— Hum… soupira-t-elle, apaisée par l'odeur salée qui emplit ses poumons. Londres est splendide mais je reconnais apprécier bien plus les embruns. Folkestone est si pittoresque et si pure.

— J'adore Londres moi aussi, pour y avoir vécu quelques années lors de mes études, c'est une mine d'or quand on aime l'histoire, l'art et la culture, mais je crois que je ne pourrais jamais quitter Folkestone. Malgré tous les souvenirs douloureux qui sont ancrés sur ces côtes, avoua-t-il en jetant un coup d'œil en direction de la mer.

Elle le regarda avec compassion.

— Arthur, avez-vous peur de la mer ?

Il prit quelques secondes pour répondre.

— Pas vraiment, non. Ce n'est pas la mer qui a tué mon

père, se confia-t-il. C'est *ma* mère. Son amour pour elle, tout du moins.

Elle approcha de lui et passa la main sur la barbe de trois jours d'Arthur.

— Vous devriez ouvrir cette bouteille, souffla-t-elle.

— Je ne sais pas.

— Je crois qu'elle mettrait un terme aux questions que vous vous posez. Vous vivez dans le doute et les souvenirs vous pèsent tant… Vous devriez ouvrir cette bouteille, répéta-t-elle avec bienveillance tandis qu'elle saisissait de ses deux mains les revers de son manteau.

— Vous avez certainement raison. Simplement, j'ignore si je suis prêt. J'ai peur de ce que je pourrais y découvrir.

— Bien sûr que vous avez peur. Mais cette bouteille, c'est aussi la dernière chose qui vous rappelle la mort de votre père.

Emily regretta d'avoir été si indiscrète et fit un pas en arrière.

— J'ai passé une excellente journée, Arthur, reprit-elle. Je n'aurais jamais imaginé passer une journée avec vous il y a encore quelques années. Si on me l'avait dit, je n'y aurais pas cru ! Celle-ci a dépassé mes rêves les plus fous.

Il lui sourit, retrouvant alors son air de petit garçon ravi, malgré son allure masculine et la fragrance boisée et vanillée qu'il portait. Une fine brise fit voleter quelques mèches de la jeune femme. Le cœur d'Arthur se serra. Même pensée, même endroit. Mais cette fois-ci, il ne pouvait pas se défiler. Cette fois-ci, il devait lui avouer.

— Emily ?

— Oui ?

— Vous savez, je… je ne suis pas de ceux qui savent mentir… et je… vraiment, je dois vous le dire.

L'observant, inquiète, elle tira ses manches sur ses mains et les serra machinalement autour de l'anse de son sac.

Arthur passa une main embarrassée dans ses cheveux en bataille et s'éclaircit la voix.

— Emily… Vous… vous n'avez pas été élue parmi les lecteurs, lâcha-t-il tandis qu'elle le fixait, anxieuse. À vrai dire, il n'a même jamais été question d'une quelconque promotion et mon prochain ouvrage est en stand-by car depuis votre précédente venue, j'en ai commencé un autre et…

Emily le regardait, de plus en plus interloquée. Remarquant son expression, il sentit que le rêve touchait à sa fin.

— Et… mon attaché de presse est aussi mon meilleur ami, Philip. C'est… ahem… c'est lui qui a manigancé tout ça parce que… Eh bien, parce que depuis cette dédicace en Suisse, je n'ai jamais cessé de penser à vous.

Elle le regarda avec intensité, sans dire un mot.

— Si… si vous avez reçu cet e-mail au mois d'août, ce n'est pas parce que vous aviez été sélectionnée au hasard. C'est parce que… je voulais vous retrouver, avoua-t-il en baissant les yeux et en glissant ses mains dans les poches de son manteau, penaud et empli d'appréhension.

Emily resta immobile un instant, avant de poser délicatement une main sur la joue d'Arthur qui releva la tête et croisa son regard. Elle lui souriait.

— Pourquoi souriez-vous ? s'enquit-il.

— Parce que… c'est ce que j'espérais.

*

Ce soir-là, Arthur raccompagna Emily jusqu'à sa chambre, au troisième étage. Arrivée devant la porte, Emily entra, puis se retourna.

— J'ai passé une merveilleuse journée.

— Moi aussi.

Tous deux hésitèrent.

— Quand… quand devez-vous repartir ? s'inquiéta Arthur, nerveux à l'idée que l'enchantement éclate subitement comme une bulle de savon.

— Toujours cette même question, hein ? fit Emily, taquine, bien qu'elle redoute tout autant l'au revoir qui viendrait immanquablement sonner le glas de cette parenthèse idyllique. Disons seulement que je ne suis pas tout à fait pressée par le temps, répondit-elle avec un regard rusé.

Arthur, déterminé à faire compter chacune des secondes qu'il lui restait, lui demanda alors :

— Voudriez-vous vous joindre à moi pour le petit déjeuner, demain matin ? Celui du *Marley's*, le restaurant à côté du café où je travaille, en propose un typiquement anglais, face à la ruelle.

— J'en serais ravie, accepta Emily.

— Alors, je passerai vous chercher vers neuf heures, si cela vous convient.

— C'est parfait.

— À demain, Emily, la salua Arthur en l'embrassant doucement sur la joue.

— À demain, répondit-elle lentement tandis qu'elle s'imprégnait une fois encore des effluves de son parfum.

Arthur fit demi-tour et descendit rapidement l'escalier – il voulait soudain fuir, fuir pour mieux la retrouver le jour d'après. Tandis qu'elle l'entendait redescendre, Emily ne ferma pas la porte, adossée au mur du vestibule de sa chambre, rêveuse, encore sonnée par la magie de cette journée. Arthur arriva au rez-de-chaussée, passa devant la réception et laissa à l'employée de nuit l'argent nécessaire pour régler la chambre pour la semaine. Il poussa la porte du grand hall, puis sortit dans la fraîcheur de la nuit. L'air marin emplit ses poumons. Arrivé devant sa voiture, il sortit la clef de sa poche, leva les yeux vers les étoiles, laissa échapper un petit rire et remit le trousseau à sa place. Il revint sur ses pas en courant, salua de nouveau la réceptionniste, grimpa l'escalier quatre à quatre et arriva au troisième étage. La porte numéro 304 était tout juste en train de se refermer. Il se précipita devant elle et la repoussa doucement.

— Emily, je…

Les pommettes d'Emily rougirent et s'arrondirent alors sur un grand sourire. Arthur, poussé par l'adrénaline, le souffle court, la prit par la taille et lui vola un baiser fougueux qu'elle lui rendit bien volontiers, sentant la fièvre monter en elle avant qu'il ne s'interrompe, saisisse son visage délicatement entre ses mains et lui avoue de son accent chantant :

— Je vous aime. Depuis le premier jour. Depuis le premier regard. Je ne sais pas pourquoi, ni comment, mais je vous aime.

Et il repartit aussi vite qu'il était revenu. Emily referma la porte. Son cœur battait aussi fort que ce jour de mai, un an et demi plus tôt.

24

Octobre 2018

L'aube naissante dérangea son sommeil. Elle avait dormi peu mais profondément. Il était à peine six heures trente. Emily s'étira dans ce grand lit, et, tandis qu'elle s'éveillait pour de bon, se remémora la douce journée de la veille et ces instants hors du temps lorsqu'il l'avait ramenée à sa chambre. Elle n'était pourtant plongée ni dans un songe, ni dans un roman, se répéta-t-elle inlassablement.

Non, pour la première fois de son existence, elle était enfin ancrée dans la réalité, se délectant de l'instant présent sans avoir à supporter constamment les vieux souvenirs qui des années durant s'étaient rappelés à elle comme on est pris d'une subite nausée. Tout cela lui semblait enfin lointain. À vrai dire, le seul et unique souvenir qui ne cessait de lui revenir comme un boomerang était, sans l'ombre d'un doute, celui de la dédicace à Genève, dont elle avait mémorisé chaque seconde comme on boucle à double tour ce qu'on a de plus précieux. Elle ne pouvait plus s'empêcher de se repasser cette scène, elle s'imaginait devenir aussi petite qu'une abeille et venir chuchoter à l'oreille de celle qu'elle était ce jour-là que c'était le premier jour du reste de sa vie, que tout allait enfin changer, que tout allait s'arranger, que cet homme dont elle avait tant admiré la plume, cet homme lui ouvrirait son cœur et lui volerait un jour jusqu'à un baiser. Elle aurait voulu lui souffler que tout allait bien se passer, qu'elle n'avait pas de raisons d'avoir peur, qu'elle avait le droit de rêver et même celui d'être heureuse et amoureuse. Ce qui s'était passé ce jour-là, elle ne l'avait pas tout à fait compris, sur le coup. Cela avait été déroutant, et pourtant, un an et demi plus tard, tout prenait sens. Elle n'avait pas seulement croisé le regard d'un inconnu qui écrivait des livres grâce auxquels elle s'évadait. Il était beaucoup plus que ça. Peut-être, pensa-t-elle, peut-être qu'il l'avait toujours été, à vrai dire, depuis ce jour où, par un hasard qui ressemblait fort au destin, elle avait trouvé ce roman abandonné dans un couloir de la fac de langues et révisé ses plans de vie, ou plutôt… de mort. Arthur avait tout changé. Il avait tout changé voilà des années. Elle avait été brisée, elle avait étouffé, elle avait saigné, cessé de croire qu'on puisse l'aimer sans reproche ni condition. Il lui avait sauvé la vie, sans même en avoir conscience. Et voilà qu'à présent, il y entrait pour la teinter d'un amour si vaste que jamais elle n'aurait osé y songer.

Emily était si heureuse qu'elle n'en revenait pas, qu'elle souriait, là, au petit matin, assise entre les draps de cet hôtel à des centaines de kilomètres de son appartement annécien. Elle se leva et ouvrit le rideau. Dehors, le ciel était un peu voilé, de cette brume qui enveloppe avec douceur les côtes anglaises. Elle passa un pull couleur brique et son jean noir, ouvrit la porte vitrée de la terrasse et sortit s'appuyer sur la balustrade. Les embruns marins emplirent ses poumons. Il y avait un peu de vent. Elle resta là jusqu'au lever du soleil sur la mer, peu après sept heures. On aurait cru que ce dernier s'était enroulé dans des kilomètres de coton. Rose, poudré, éclatant de douceur et de beauté, illuminant d'une aura pastel les contours du kiosque, face à elle. Dieu que cette petite ville était féerique ! Elle se répéta une fois encore que tout ça était presque trop beau pour être vrai. Elle rentra alors tout en laissant la porte ouverte. Elle aimait cette fraîcheur, ces odeurs.

Arthur lui avait donné rendez-vous à la réception de l'hôtel pour neuf heures, mais Emily avait déjà faim, quoique pas aussi faim qu'envie de le retrouver. Elle regarda sa montre : il était à peine sept heures trente. Et si elle le rejoignait, lui ? Après tout, il lui avait raconté qu'il se rendait au *Steep Street* vers huit heures trente tous les matins, pour y écrire, car, lui avait-il expliqué, c'était à ce moment de la journée que son imaginaire était le plus prolixe. L'« impulsive réfléchie » en déduisit qu'Arthur était plutôt lève-tôt, et cela suffit à la convaincre. Elle n'avait rien à perdre. Elle se souvenait bien du chemin jusque chez lui, ce n'était qu'à quinze minutes à pied tout au plus, et une promenade matinale ne pourrait que la revigorer tant Folkestone était belle, de jour comme de nuit. Alors Emily passa à la salle de bains, peigna ses longs cheveux blonds puis ouvrit, par habitude, le capuchon de son crayon khôl, se regarda dans le miroir, sourit, le cœur léger, le referma et le rangea.

Peu après huit heures, elle sortait de l'hôtel *The View*, déterminée à retrouver Arthur Neil. Ou plutôt, Arthur, tout simplement.

*

Il était huit heures quinze lorsqu'on sonna à l'interphone. Arthur venait de sortir de la salle de bains, sa barbe bien arrangée, ses cheveux à peu près coiffés bien qu'ils n'aient jamais pu se placer bien longtemps autrement qu'en bataille, un peu du *Sauvage*, de Dior, dans le cou. Il boutonnait sa plus belle chemise, la moutarde avec l'imprimé floral, quand il regarda sa montre, étonné. Qui cela pouvait-il bien être, si ce n'était Emily ? Il recevait rarement de la visite, son courrier arrivant par boîte postale et Philip ayant le chic pour téléphoner et klaxonner simultanément depuis la rue pour qu'il descende. La seule personne qui lui avait rendu visite récemment, c'était Félix, et Arthur espérait que, depuis la dernière fois qu'il l'avait vu, le vieil homme avait retrouvé son amour de jeunesse. Ce ne pouvait donc être qu'Emily, et cette pensée le ravit au plus haut point, bien qu'il soit beaucoup plus tôt que prévu. Il approcha d'un pas rapide jusqu'à l'interphone, lança un joyeux « J'arrive, une seconde ! », ouvrit la porte et descendit l'escalier, plus impatient que jamais. Il fermait le dernier bouton de sa chemise quand la porte s'ouvrit sur…

— Anna ?

— Bonjour Arthur.

Cheveux bruns au carré, frange parfaitement lisse, pommettes saillantes, yeux de biche, bouche rouge. Anna.

— Que… que fais-tu ici ? demanda Arthur, éberlué.

— Tu as une bien drôle façon de dire bonjour. Tu t'attendais à quelqu'un d'autre ?

— Oui. Enfin, non.

Arthur était déconcerté. Anna se tenait devant lui, les mains jointes sur un petit sac Chanel et parée d'un regard étonnamment affectueux. C'était la première fois qu'il la voyait depuis… eh bien… depuis ce matin de décembre où elle était partie avec Hayley sans même lui adresser un adieu. Depuis, il n'avait correspondu avec elle que par téléphone ou visio, et voilà qu'elle était là, à sa porte, comme si de rien n'était.

— Anna, je ne comprends pas, que viens-tu faire ici ?

— Je… j'avais une conférence, à Londres, mentit-elle. Mon équipe et moi avons été invités pour préparer la prochaine *fashion week*. Notre avion ne repart que dans l'après-midi alors… eh bien, je me suis dit qu'étant si près, je pourrais venir te saluer.

— Me saluer, répéta Arthur, perplexe. Comment va Hayley ?

— Oh, elle va très bien. Elle est partie en vacances avec une de ses amies d'école en Floride.

— Ah oui, elle m'en a parlé la semaine dernière au téléphone.

— Les parents de Kimmy les emmènent au parc Disneyland. Elle n'a jamais été si pressée de partir en vacances ! précisa Anna d'un ton un brin trop enthousiaste.

Arthur ne pouvait détacher son regard d'Anna. Elle n'avait pas changé. Toujours aussi belle, toujours aussi fascinante. Cependant, en son for intérieur, il ne ressentait plus ce qu'il avait éprouvé pour elle jadis. Non, car au même instant, ce fut le visage d'Emily, ses traits doux et ses yeux verts qui se rappelèrent à lui. Arthur regarda alors sa montre. Il devait passer la prendre d'ici un peu plus d'une demi-heure.

— Parfait. Je suis certain qu'elle va bien s'amuser, commenta-t-il d'un ton fermé.

— Et toi ? Que fais-tu de tes journées ? s'enquit Anna.

— Je suis entre deux récits en ce moment.

Anna, nerveuse, patienta un instant avant de reprendre.

— Arthur ?

— Oui ?

— Dis-moi…

— Je t'écoute, Anna. Que fais-tu ici ?

Elle le gratifia d'un regard suppliant qui ne lui ressemblait pas.

— Est-ce que… Est-ce que tu sais ce qui nous a séparés ? lâcha-t-elle.

Il la fixa, les yeux ronds, n'en croyant pas ses oreilles.

— Anna, si c'est pour cela que tu es venue, tu t'es trompée de porte. Ma vie a changé.

— Arthur, je t'en prie.

Il passa une main sur son front, confus.

— J'ai un rendez-vous. J'étais sur le point de partir.

— Je veux savoir. Dis-moi, insista-t-elle.

— Je ne suis pas sûr de te suivre, Anna.

— Pourquoi ? Pourquoi ça n'a pas marché ?

Aussi improbable que cela paraisse, Anna était vraiment venue chercher une réponse, pensa Arthur en distinguant dans son regard une profonde détresse.

— C'est pour ça que tu m'as téléphoné l'autre jour, n'est-ce pas ? Tu n'étais pas à New York, tu étais ici, à Londres, et tu voulais qu'on se retrouve, c'est cela ?

Anna baissa les yeux.

— Tu es venue pour comprendre, Anna, mais moi-même, je n'ai pas su délier le comment du pourquoi, ni quand tu m'as quitté, ni depuis, lui répondit-il avec franchise. Tu m'as un soir reproché de préférer mes textes à ta compagnie, sans pour autant me laisser le temps de faire le moindre effort. Anna, une semaine après, tu étais partie. Une semaine !

Elle resta muette.

— La vraie raison de tout ça, reprit Arthur, c'est que nous nous sommes oubliés, même en vivant sous le même toit. C'est vrai, j'étais poussé de tous les côtés à écrire au plus vite un nouveau roman, toi, tu étais réclamée par les plus grands couturiers, et on avait un bébé ! Nous avions tous deux des métiers-passion, toi sans arrêt derrière ton objectif et moi plongé dans mes histoires, et à la maison, il y avait Hayley, Hayley qu'on aime, qui a toujours été avide d'attention, et Hayley qui demandait tout le peu de temps libre qu'il nous restait. On était fatigués, sous pression, et petit à petit, on en a oublié de se parler, de passer du temps ensemble, de s'aimer. Voilà ce qui s'est passé.

Anna le regardait, immobile, les yeux gorgés de larmes.

— Tu as certainement raison. C'est dommage d'avoir gâché tout ça, avoua-t-elle.

Mais Arthur devait lui dire.

— C'est toi qui es partie, Anna.

— Je sais.

— Ne me dis pas que tu regrettes, s'il te plaît. Tu as refusé de nous laisser une seconde chance. Tu t'en es allée vite et loin. Ne dis pas que c'est dommage, pas maintenant. C'est toi. Toi seule qui as pris la décision de ne pas te battre.

*

Lorsqu'Emily arriva en haut de *The Bayle*, cette ruelle où les maisons mitoyennes s'enchaînaient, plus colorées les unes que les autres, elle reconnut The Guildhall, satisfaite d'avoir retrouvé son chemin sans se tromper. Elle s'arrêta quelques secondes, jeta un coup d'œil aux fenêtres à l'étage, et sentit une bouffée d'adrénaline lui monter au cœur. Le ciel s'était chargé. Elle avançait vers le vieux pub lorsqu'elle distingua une femme du côté de l'entrée où Arthur habitait. Elle semblait discuter avec quelqu'un. Petite mais hissée sur des stilettos pourpres et vernis, elle portait un manteau bleu marine cintré à la taille et une coupe de cheveux proche de la perfection. Emily la trouva particulièrement belle. Elle fit quelques pas de plus et remarqua alors qu'elle pleurait, tout en faisant un pas en arrière jusque sur le trottoir, tournant la tête pour essuyer ses larmes. C'est alors qu'Emily vit Arthur. C'était à lui que cette femme parlait. Emily s'interrompit, le souffle court, observant la scène de loin, tétanisée. Arthur avança le bras vers l'inconnue et sembla l'inviter à lui faire face.

*

— Arthur, je t'aime encore, avoua Anna, la gorge nouée, en se retournant vers lui.

— Anna, je t'en prie, ça n'a pas de sens, tu ne peux pas être sérieuse ! s'exclama-t-il, pris de court. Tu viens me retrouver après trois ans, trois ans sans se voir, trois ans sans ne serait-ce qu'accepter d'en parler ! Que voudrais-tu ? Que je te dise que je te pardonne ? Que je suis prêt à tout recommencer ? Non, Anna, je ne peux pas, enchaîna-t-il. J'ai enfin commencé à me reconstruire, je ne veux pas revenir en arrière. Je sais que je t'ai fait du mal, mais tu m'en as fait au moins autant, conclut-il, accablé.

Anna connaissait bien Arthur. Et elle venait de constater avec amertume qu'il avait raison. Elle le toisa quelques secondes, saisissant sans peine qu'il n'y avait plus d'espoir, avant de répondre :

— Alors donne-moi au moins le baiser d'adieu que je n'ai pas eu, murmura-t-elle. Donne-le-moi et je ne reviendrai plus. Je te le promets.

— Pardon ?

— Un baiser. C'est tout.

— Mais tu as perdu la raison !

— Non. C'est ce que je suis venue chercher.

— Un baiser ?

— Oui. C'est la dernière chose que j'ai oublié de prendre en partant d'ici.

— Je ne crois pas que…

Anna ne le laissa pas terminer. Elle remonta la marche, tendit le cou vers lui et l'embrassa. Il ferma les yeux tant la douleur lui serrait le cœur, résigné.

— C'est fini, maintenant, Anna. Tout est fini.

— Adieu, Arthur.

*

Emily, décontenancée, n'avait rien manqué de la scène. Elle vit la femme s'éloigner et monter dans un taxi, plus bas dans la rue, qui démarra aussitôt. Arthur ne bougea pas, figé. Les yeux d'Emily s'emplirent de larmes qui roulèrent doucement sur ses joues. *Mon erreur, mon fardeau*, entendit-elle résonner à ses oreilles. Peut-être bien qu'elle l'avait mérité, après tout, de souffrir autant, de vivre tant de désillusions. Peut-être bien que tomber amoureuse d'Arthur Neil et s'imaginer que c'était réciproque, c'était la méthode que l'univers avait choisie pour la punir d'avoir tué son père et son frère. Après tout, sa mère le lui avait répété un nombre incalculable de fois : c'était sa faute. Et mourir, ça aurait été trop facile. Souffrir, longtemps, c'était plus juste.

Mais Emily s'était tue pendant plus d'une décennie, elle avait encaissé les coups sans les rendre, elle s'était privée de rires, de rencontres, de projets d'avenir. Au fond d'elle, ce jour-là, plantée en haut de la rue, désabusée par la scène à laquelle elle venait d'assister, elle décida soudain de ne plus rester silencieuse, de ne plus se laisser amocher par la vie. Poussée par une colère violente qui monta en elle, remplaçant le choc, elle se mit en marche, bien décidée à la libérer.

*

Arthur entendit quelqu'un descendre la côte, les talons des bottines d'Emily claquant violemment sur le pavé. Lorsqu'il tourna la tête et la vit, une sueur froide réveilla sa culpabilité.

— Emily, ce n'est pas ce que vous croyez.

Elle s'approcha de lui, bouleversée.

— Ce que je crois ? Je ne crois rien ! Je vous ai vus !

— Ce n'est pas…

— Quoi ? le coupa-t-elle. Une autre ? Une autre lectrice, une autre conquête que vous avez charmée comme vous l'avez fait avec moi ? Combien sommes-nous, au juste ? s'emporta-t-elle.

— Non, Emily, ce n'était pas une lectrice. Ni une inconnue.

— Qui était-ce alors, hein ?

— La mère de ma fille. C'était Anna.

Emily examina Arthur, prise de court par sa réponse.

— Anna ?

— Je suis désolé, jamais je n'aurai voulu que vous assistiez à cela.

— Oh, bien sûr que non, vous auriez sans doute préféré que j'arrive vingt minutes plus tard. Ou que je reste tranquillement dans ma chambre d'hôtel, comme vous l'aviez prévu, ainsi, je n'aurais pas eu à vous surprendre. Vous m'avez menti ! s'exclama-t-elle, éclatant en sanglots.

— Non ! Je ne vous ai pas menti, lui dit Arthur en s'approchant d'elle.

Mais elle le repoussa.

— Vous m'avez fait croire que vous m'aimiez ! Comment avez-vous pu…

— Emily, je vous aime, je vous le jure ! Je ne suis plus amoureux d'Anna, c'est un malentendu.

Furieuse, elle lui lança :

— Et quand on ne s'aime plus on s'embrasse comme ça, dans la rue ? Sans vergogne ? Ne joue pas avec moi !

— Je ne joue pas, Emily.

Arthur s'approcha d'elle comme d'un animal craintif et reprit d'une voix calme :

— Anna est partie, elle ne reviendra pas, c'est une promesse. Ce baiser, c'était juste… c'était juste un adieu. Elle est venue chercher un adieu. Je vous le promets.

Elle le regardait, cherchant à déceler le mensonge dans le bleu de ses yeux.

— C'est trop facile, renchérit-elle.

Arthur se dit qu'elle avait raison.

— Emily, je veux vivre encore des moments comme hier avec vous. Je ne peux pas me résoudre à vous laisser m'échapper encore, pas pour un malentendu, pas à cause d'Anna. Vous et moi, c'est tout sauf un caprice, ça n'a rien de passager, vous le savez, vous… tu sais bien que je suis venu jusqu'à Annecy pour te retrouver, tu le sais parce que toi aussi, tu es venue jusqu'ici. Maintenant qu'on s'est retrouvés, ne repars pas, s'il te plaît.

— Ne me fais pas croire aux contes de fées ! Évidemment que c'était trop beau pour être vrai, ça crève les yeux maintenant, que je me suis trompée.

— Emily, ce n'est pas ce que tu crois… répéta-t-il.

Elle leva les yeux au ciel et se souvint avec amertume :

— « Le paradoxe de l'amour, c'est que ce sont toujours les personnes qu'on aime le plus qui nous font le plus de mal », le cita-t-elle. Comment ai-je pu être aussi naïve ?

Comment ai-je pu croire que quelqu'un comme vous pouvait s'enticher de moi ?

Emily recula, d'un pas, puis de deux. Son regard était de feu même s'il était envahi par les larmes. Arthur sentit sa gorge se serrer de la voir ainsi rongée de colère et de tristesse. Il ne supportait pas l'idée d'avoir pu la blesser.

— Emily, dit Arthur en cherchant à la tempérer d'un geste. Je vous demande pardon. Je ne sais comment vous… te rassurer. Je m'en veux affreusement. J'ai été trop idiot et je…

— Et vous auriez de loin préféré que je ne débarque pas, dit-elle d'un rire ironique en passant une main dans ses cheveux. Bien sûr que vous vouliez passer me prendre à neuf heures. Ça vous laissait le temps de l'embrasser en toute tranquillité avant de me rejoindre. Je m'en vais, termina-t-elle en tournant les talons.

Arthur resta immobile quelques instants en la voyant s'éloigner, comme si c'était son existence tout entière qui lui échappait soudain. Par sa faute. Parce qu'il avait été faible. Ce n'était pas Anna, qu'il maudissait. C'était lui-même. Il aurait mérité de la laisser s'échapper, de vivre avec son absence en guise de punition. Mais il ne put s'y résoudre. Il s'élança à sa poursuite, résolu à ne plus jamais laisser sa vie lui glisser entre les doigts. Il la rattrapa et saisit son bras pour qu'elle se retourne. Avant qu'elle n'ait trouvé le courage de lui résister, il prit délicatement son visage entre ses mains, approcha jusqu'à ce que leurs nez se frôlent, et, plongeant son regard dans le sien, s'excusa une fois encore :

— Emily, je vous en prie, pardonnez-moi. Je vous jure que nous ne sommes plus ensemble depuis trois ans, Anna et moi. Je n'ai pas saisi tout de suite le motif de sa visite, mais je vous assure qu'elle était imprévue. Je… j'ai cru que c'était vous, quand on a sonné à l'interphone. Je n'avais pas vu Anna depuis qu'elle m'a quitté, je ne m'attendais pas une seconde à ce qu'elle débarque ainsi devant chez moi, elle m'a pris au dépourvu. Mais je crois bien que… qu'elle avait besoin de comprendre. De comprendre pourquoi, elle et moi, c'était fini, et pourquoi c'était définitif.

Emily, figée, l'écoutait d'un air tourmenté.

— Anna avait besoin d'entendre que notre histoire a été, mais qu'elle l'a brisée, expliqua Arthur. Et je vous… je te promets que je ne lui ai laissé aucun espoir. Je l'ai aimée, c'est vrai, et je tiendrai toute ma vie à elle, parce qu'elle est la mère de ma fille et que pour cette raison, nous serons liés à jamais. Mais Anna et moi, c'est terminé, ça appartient au passé, et elle le sait avec certitude, désormais. Elle m'a demandé un dernier baiser, en guise d'adieu. Elle m'a dit qu'après, elle ne reviendrait pas. C'était stupide, j'aurais dû refuser, c'est vrai, et je regrette. Mais c'était un adieu, j'en fais le serment. J'ai cédé à ce baiser pour qu'elle s'en aille. Il avait un goût amer. Je te le jure. Je suis désolé.

Emily ferma les paupières un instant, puis lui demanda :

— Pourquoi devrais-je vous croire ?

Arthur la prit dans ses bras et la serra contre lui avec tendresse.

— Parce que je t'aime.

Il ne le vit pas, mais elle sourit de soulagement avant de s'abandonner à son étreinte. Quelques gouttes se mirent à tomber.

*

Arthur versa un peu de thé dans les tasses. « Commence toujours par le thé », lui avait répété inlassablement son père depuis sa plus tendre enfance dès qu'une situation délicate se présentait. « Le thé réchauffe les mains, apaise les cœurs et calme les esprits. » Le bruit de la pluie qui tombait de plus en plus fort se faufila dans la pièce par la fenêtre entrouverte. Tous deux pensaient à des milliers de choses à la seconde. À ce qui venait de se produire, à la soirée de la veille, à leur première rencontre, au futur, aussi. Demain. Demain et tous les jours suivants.

Préoccupé, il posa la tasse sur la table basse, silencieux, et plutôt que de s'adosser au bar pour siroter le sien comme il en avait l'habitude, prit place dans le fauteuil à côté du canapé où s'était assise Emily, qui avait tiré instinctivement les manches de son pull aux tons terracotta sous celles de son manteau. Elle la saisit sans rien dire et la but tandis que le liquide ambré était encore brûlant. Après de longues minutes où le silence régna, elle la reposa, leva vers Arthur un regard déterminé et demanda soudain :

— Que ferait l'un de vos personnages, là, tout de suite ?

Il réfléchit un instant.

— Eh bien, soupira-t-il en regardant à la surface de son thé, il ne se demanderait pas pour la centième fois comment se faire pardonner, parce qu'il n'aurait jamais fait l'erreur de laisser son ex lui voler un baiser, déjà, commença-t-il. Comme il serait bien moins malhabile que moi, il aurait ensuite l'éloquence de dire à l'héroïne combien la seule chose qui lui importe, c'est qu'elle retrouve le sourire incroyable qu'elle arborait quand elle tournoyait sur le sable, cheveux au vent, la pluie dévalant les pentes de son doux visage.

Elle baissa les yeux, rougissant.

— Ensuite, j'imagine qu'il se lèverait et prendrait ses mains pour l'inviter à se lever, après quoi il la prendrait par la taille et l'embrasserait avec fougue, et lui dirait qu'il ne la laissera jamais s'en aller, qu'elle est la femme de sa vie et qu'il l'a su dès la seconde où il a croisé son regard la toute première fois, conclut-il d'une voix théâtrale.

Elle éclata de rire.

— Vraiment ? s'amusa-t-elle.

— Non, pas du tout, ah ah ! avoua-t-il en riant à son tour. La vérité, c'est que mes personnages sont souvent aussi paumés que moi.

— Je me disais, aussi, le taquina-t-elle. Je connais bien vos ouvrages. J'imagine que ça implique que je vous connaisse un peu aussi.

Il la regarda tendrement.

— Je suis sincèrement désolé, Emily. Je ne voulais pas vous faire de mal.

— Je sais, répondit-elle avec bienveillance.

Il pointa son doigt vers le manteau qu'elle n'avait pas quitté et lui demanda, hésitant :

— Vous… vous comptez toujours repartir ?

— J'imagine que cela peut attendre, répondit-elle en dénouant la ceinture en laine camel avant de le lui tendre.

Arthur s'était levé et affichait une expression rassurée. Il saisit le vêtement et le pendit à un cintre avant de le ranger, soulagé, dans la penderie du vestibule.

— Votre appartement est magnifique, ajouta-t-elle en jetant un coup d'œil attentif autour d'elle.

— Merci. Phil m'a filé un gros coup de main pour qu'on parvienne à ce résultat tant la base était vétuste, mais je reconnais adorer ce qu'on en a fait.

— Était-ce l'appartement de vos parents ?

— Non. Non, notre maison se trouvait, enfin… se trouve encore à vrai dire, à Denton, à quelques kilomètres d'ici, sur la route de Canterbury.

— Oh.

— Je… n'y suis pas retourné depuis la mort de mon père.

— Je comprends. Je veux dire, moi-même, je suis partie, je suis même partie très loin de Paris, quand j'en ai eu l'occasion. Je ne supportais pas de vivre là où leur souvenir était encore si présent. Ma mère vit encore dans la même maison. Mais moi je ne peux pas. Pourquoi avoir choisi cet appartement précisément, alors ? l'interrogea Emily.

— Eh bien, ma sœur habite tout près de notre ancienne maison, dans le même petit village. J'aime l'idée de ne pas être trop loin d'elle, nous sommes très proches. Et moi, j'ai eu beau voyager, mon cœur est toujours resté ici, à Folkestone. Vous n'en avez vu qu'un fragment, mais cette ville est aussi vivante qu'inspirante, et elle m'a manqué à chaque fois que je l'ai quittée. J'écris le plus souvent au *Steep Street*, comme vous le savez déjà, et je dois dire que dès que j'en ai eu les moyens, le seul rêve que j'ai eu en tête était de trouver un lieu à retaper entièrement, qui soit proche de The Old High Street, où je pourrais créer un espace mêlant ancien et moderne. À cette époque-là, la précédente propriétaire du pub en dessous, une charmante dame, française pour tout vous dire, avait décidé de vendre la bâtisse. Moi qui passais près d'ici bien souvent, j'avais déjà eu un coup de cœur pour cette taverne qui surplombait la colline au-dessus du port, pour ses peintures bleue et blanche, les réverbères autour et la ruelle pavée devant. Son style est résolument anglais et la possibilité de m'installer au-dessus m'a tout de suite séduit. Alors j'ai tout acheté. The Guildhall, le pub en dessous, dont j'ai confié la gérance à un couple sympathique qui en prend depuis le plus grand soin, et cet appartement, où j'ai fait mon chez-moi. On a tout fait rénover, réaménager. C'était une façon d'investir dans l'identité de cette ville que j'aime tant, aussi. C'est le plus gros cadeau que je me sois jamais fait, expliqua-t-il avec satisfaction.

Emily avait bu ses paroles, impressionnée par cette façon touchante qu'il avait de mettre son âme dans tout ce qui l'entourait, bien qu'il ne semblât pas en avoir conscience.

— J'imagine que c'est un projet des plus agréables à mener, commenta Emily. Faire de son chez-soi un espace qui nous ressemble, « s'implanter », si je puis dire, là où notre cœur nous porte. J'aimerais ressentir ça un jour, savoir que je suis « à ma place ». Bon, j'en suis encore loin j'imagine, je ne peux pas dire que j'aie beaucoup d'expérience en la matière, ma boutique tient plus de la forêt vierge que du loft, plaisanta-t-elle. Remarquez, récemment, j'ai pu convaincre mon propriétaire de me laisser remplacer l'affreux orange de mon salon par du blanc. D'ailleurs, vous avez fait connaissance avec le peintre qui est venu s'en charger, n'est-ce pas ? lança-t-elle, espiègle.

Arthur afficha soudain une mine aussi surprise que dubitative.

— Le… peintre ? répéta-t-il.

— Oui. Le peintre, confirma-t-elle en le gratifiant d'un sourire malicieux. Un Italien à qui vous avez rendu visite en mon absence, il me semble.

— Vous voulez dire que vous… que ce jeune homme n'était pas votre… votre euh…

— Non, non. Je n'ai eu à rompre avec personne pour vous rejoindre, si telle est votre question, se moqua-t-elle gentiment.

Arthur passa une main dans ses cheveux ébouriffés.

— Mon Dieu ! laissa-t-il échapper dans un rire. Si vous saviez quel air décomposé j'affichais en sortant de votre immeuble, après l'avoir croisé. Je pense que mon ami Philip va avoir de quoi se payer ma tête pour les dix prochaines années, minimum.

Elle rit à son tour.

— Eh bien ! Si je vous faisais faire le tour du propriétaire, histoire qu'on oublie cet épisode peu glorieux ? suggéra Arthur qui, au fond de lui, se sentait beaucoup mieux.

Elle ne put refuser, trop curieuse et enthousiaste à l'idée de découvrir le repère de celui qui, bien qu'elle en ait fait la connaissance plus intimement récemment, était aussi un auteur de talent dont elle avait dévoré les livres. Il lui montra d'abord sa cuisine équipée aux magnifiques plans de travail en bois, ajoutant qu'il l'avait fait installer avec la ferme conviction qu'il y trouverait la motivation pour apprendre à cuisiner, mais que cela avait été un échec cuisant – sans mauvais jeu de mots, avait-il précisé, car il cédait immanquablement aux sirènes des petits restaurants de la ville. Elle était donc ouverte sur le salon, simplement séparée par un bar qui n'était en réalité qu'une longue planche rustique aux contours irréguliers, couverte de résine – véritable pièce d'art, travaillée par un artiste du coin. Au-dessus du divan, il y avait une toile représentant un petit voilier blanc sur les flots, dont la coque était parée du nom l'*Alizée*. Une toile de Lizzie. L'intégralité des sols, couverts de parquet en chêne massif, procurait à cette surface pourtant raisonnable une impression d'espace considérable. Tout avait été pensé avec goût.

Dans le long couloir qui desservait les autres pièces, étaient accrochés divers cadres photo en bois, dont les clichés, tous en noir et blanc, offraient comme une fenêtre sur le passé. Emily pensa le reconnaître, plus jeune, sur certains, mais n'osa pas lui demander confirmation, de peur qu'il ne s'agisse de son père et qu'en parler encore n'ajoute à sa peine. Arthur montra ensuite à Emily sa chambre, dans les tons gris bleuté et à la décoration plutôt sobre, teintée de touches marines telles que des étagères de bois flotté et un mur de lambris patiné de blanc, bleu et gris comme on en voit sur les cabanes de plage. Emily la trouva étonnamment épurée, peut-être un brin impersonnelle même, comparée au reste de l'appartement, ce qui tranchait avec celle de Hayley, aux murs couleur pêche sur lesquels les photos de la fillette avec ses parents, tout sourire, ne manquaient pas, parée d'un ciel de lit rose pastel, de guirlandes de boules lumineuses et d'une grosse licorne entre les oreillers. Emily se douta sans peine que son papa entrait là bien plus souvent que seulement quand sa fille y dormait – cette chambre était plus qu'une simple chambre d'enfant pour les quelques semaines, chaque année, où elle était occupée ; c'était presque un lieu de pèlerinage pour un père qui souffrait de chaque journée passée loin d'elle.

La salle de bains, avec sa vaste baignoire d'angle à remous et son ambiance nordique et chaleureuse, fit briller les yeux d'Emily tant elle était accueillante et invitait au délassement. Finalement, Arthur lui ouvrit la porte de son bureau, sans le moindre doute la pièce que la jeune femme avait imaginée cent fois depuis leur rencontre et rêvait de découvrir. Le bureau en soi était visiblement d'époque, à en juger par les arabesques des pieds et les tiroirs gravés. Arthur lui confirma qu'il avait jeté son dévolu sur celui-ci, tombant sous son charme d'antan lors d'un après-midi passé à chiner avec Hayley. Cela dit, Emily ne put en apprécier la beauté totale tant il semblait étouffer sous une pile de feuilles volantes et de carnets. Une odeur de café semblait avoir imprégné les murs – ou peut-être était-ce ce mug, à côté du stylo-plume, au fond duquel on apercevait un fond de liquide noir. Il y avait quelques photos, de la petite Hayley, mais aussi d'Arthur et de Phil en kilt, d'une vieille maison et d'une jeune femme aux boucles rousses qui devait être Lizzie. Un vrai repère d'artiste, brouillon mais d'où les idées et les souvenirs ne pouvaient que jaillir, pensa Emily, émerveillée, rassurée à l'idée que ce qu'elle s'était imaginé de lui avant ce matin-là n'ait pas été à mille lieues de la réalité.

Arthur Neil était Arthur.

Cet Arthur réservé d'apparence mais ardent au-dedans, qui noircissait des pages à longueur de journée, mêlant avec justesse sentiment et récits ; Arthur était surtout cet auteur qui dépeignait l'amour comme aucun autre selon elle.

Cette pensée la rassura. Elle se rappela que c'était lui qui avait écrit tout ça. C'était lui qui, sans le savoir, lui avait sauvé la vie, l'avait poussée à croire aux belles histoires. C'était lui qui lui avait offert les uniques moments de *bliss* absolu de son existence, ce bonheur poussé à son paroxysme qui n'avait ni égal ni traduction en français. Ignorant tout de l'enchantement qui s'était emparé d'elle bien qu'elle n'ait pipé mot, Arthur s'excusa pour le désordre dans son bureau et ils en sortirent.

Emily remarqua alors une porte, au fond du couloir, qu'il n'avait pas ouverte. Avant qu'elle n'ait osé poser la moindre question, il lui dit :

— Et là, c'est une pièce où je ne vais pas très souvent mais à laquelle je tiens énormément. Une sorte de journal intime grandeur nature.

— Oh.

Il hésita, affichant une mine des plus énigmatiques, puis, poussé par un sentiment nouveau qu'il avait autant redouté qu'espéré au cours des dernières années, annonça :

— À personnes exceptionnelles, autorisations exceptionnelles.

Elle esquissa un sourire. Arthur lui fit signe d'attendre un instant, entra de nouveau dans son bureau, fouilla le fond d'un tiroir et en sortit une clef avant de ressortir, saisir la main d'Emily puis l'entraîner à sa suite. Face à la porte, il prit une grande inspiration, puis la déverrouilla.

— Entrez, lui dit-il en l'invitant à le suivre à l'intérieur.

Les gonds grincèrent. Arthur appuya sur l'interrupteur qui alluma une petite ampoule au plafond et Emily posa le pied sur le sol d'une toute petite pièce, faiblement éclairée par une fenêtre si étroite qu'on aurait dit la meurtrière d'un vieux château. Le rayon de lumière qui s'en échappait donnait comme un coup de projecteur sur la poussière en suspension qui virevolta dès qu'ils eurent posé les pieds sur le plancher vétuste.

— C'est étrange, ça sent…

— Les souvenirs, compléta Arthur.

Il y avait là, disposés au sol et sur quelques vieux meubles, des tas d'objets ; livres, jouets et bibelots en tout genre, de gros albums photo à la couverture en cuir et ce qui ressemblait à des carnets de voyage desquels dépassaient d'anciens billets d'avion. Il y avait même un tricycle en métal rouge et jaune qui dormait dans un coin. Et une magnifique guitare, posée sur son socle, souvenir d'un anniversaire lointain.

— J'ai entreposé ici tout ce qu'il me reste de mon enfance, expliqua Arthur en saisissant un ours en peluche qui avait manifestement fait son temps. C'est la seule pièce qu'on n'ait pas retapée, précisa-t-il en lui montrant le vieux carrelage couleur brique, bourré d'éclats.

— On croirait une chambre d'enfant abandonnée…

dit Emily qui ramassa au sol une photo poussiéreuse et cornée.

— C'est un peu ça. J'ai récupéré quelques affaires dans notre ancienne maison quand mon père est mort. Le reste est toujours là-bas, mais je voulais garder certaines choses avec moi, bien que je n'entre que rarement ici.

— Qui est-ce ? demanda Emily en passant les doigts sur le cliché qui représentait un couple avec deux jeunes enfants.

Il approcha pour regarder de plus près.

— Mon père à droite, qui me tient sur ses genoux, et ma mère portant Lizzie.

— Elle était très belle.

— Lizzie a toujours été très mignonne. Ses frisottis roux n'ont pas changé.

— Je parlais de ta maman.

— Oh... Oui. C'était une belle femme, acquiesça-t-il, détaché. Mais comme disait Victor Hugo, « *aucune grâce extérieure n'est complète si la beauté intérieure ne la vivifie* ».

— Que veux-tu dire ?

— Que sa beauté n'aura pas été suffisante pour faire d'elle quelqu'un de bien, j'imagine.

Emily sembla désarçonnée par la façon plutôt tranchée dont Arthur parlait de sa mère. Même s'il avait de bonnes raisons de nourrir du ressentiment à son égard, ces mots ne lui ressemblaient pas.

— Je l'ai surprise en train d'embrasser mon oncle une fois, expliqua-t-il, abrupt. Cela aura suffi à me dégoûter d'elle.

Elle le regarda avec compassion. Compte tenu des sentiments qu'elle avait éprouvés ce matin-là en voyant Arthur céder au baiser d'Anna, elle n'eut pas de mal à imaginer à quel point cela pouvait être douloureux. D'autant plus pour un jeune enfant qui idéalise le couple que forment ses parents.

— Tu penses que c'est pour lui qu'elle vous a quittés ?

— Je n'en sais rien. De toute façon, mon oncle Steve est mort. Ce que je sais en revanche, c'est qu'elle a rendu mon père aussi triste qu'on peut l'être. Qu'elle l'a poussé au suicide. Que non seulement elle nous a tous quittés, mais qu'elle me l'a enlevé. Je ne le lui pardonnerai jamais.

Emily sentit sa gorge se nouer tant elle percevait la souffrance d'Arthur derrière son ton glacial.

— Penses-tu qu'elle puisse être encore en vie ? osa-t-elle tandis qu'il caressait sa vieille guitare du bout des doigts.

— Qui sait ? répondit-il sans tourner la tête. Si elle l'est, elle n'a pas daigné m'en faire part. Ce qui me donne une raison de plus pour ne pas pleurer son absence. Je ne veux rien savoir d'elle.

La rancœur d'Arthur, pensa Emily, était justifiée, bien que, c'était évident, cela le rongeait de l'intérieur. Elle avait de la peine pour lui et ne pouvait que comprendre combien son père lui manquait. C'était l'enfant Arthur qui se tenait dans cette pièce, pensa-t-elle en levant les yeux, attirée par quelque chose qui semblait trôner sur la pièce, posée en évidence au-dessus d'une vieille armoire.

— Est-ce que c'est… dit Emily en tendant l'index vers l'objet.

— Oui. C'est pour ça que nous sommes ici.

Arthur s'approcha du meuble, tendit le bras, saisit la vieille bouteille, poussiéreuse et couverte de fissures, et passa la main dessus pour l'épousseter grossièrement. Dedans, il y avait un morceau de papier enroulé.

— J'imagine qu'il est temps, souffla-t-il, le cœur battant.

Emily posa ses mains sur celles d'Arthur.

— Es-tu prêt ? lui murmura-t-elle avec douceur.

Il se pencha au-dessus de la bouteille, et approcha ses lèvres de celles d'Emily, l'embrassant tendrement.

— Oui, répondit-il d'une voix assurée. Cette bouteille est l'épilogue d'une histoire ancienne. Je veux refermer ce livre et écrire le premier chapitre d'une autre vie… avec toi, ajouta-t-il avant de chasser les boucles qui couraient sur l'épaule d'Emily pour mieux passer sa main dans sa nuque et l'embrasser de nouveau, avec ardeur.

Emily lui rendit son baiser et s'approcha plus encore, ne souhaitant plus rien d'autre que savourer la chaleur de son corps contre le sien. Arthur se laissa aller à cette étreinte, oubliant le temps et l'espace, oubliant jusqu'à la bouteille qu'il tenait dans sa main gauche. De la droite, il souleva le bas de son pull et laissa glisser sa paume jusque sur sa taille, sans cesser de l'embrasser. Épris d'amour, Arthur la plaqua alors avec vigueur contre le mur, dans un bruit d'éclat de verre qui les interrompit sur-le-champ. Se détachant l'un de l'autre, ils baissèrent les yeux. La fragile bouteille s'était brisée et gisait en plusieurs morceaux sur le vieux carrelage. Il n'en restait que le goulot, dans la main d'Arthur. La feuille de papier était à découvert, au milieu des morceaux de verre. Arthur avait les yeux rivés dessus.

— Il est temps, annonça-t-il, résolu.

Arthur se baissa alors et saisit délicatement le vieux morceau de papier sous le regard inquiet d'Emily qui tira à la fois sur ses manches et sur le bas de son pull. À sa grande surprise, lorsqu'il la déroula, il s'aperçut que ce n'était pas une lettre. À la place, il découvrit une toute petite clef plate, en métal rouillé, qu'on avait agrafée avec un brin de ficelle, au centre. En dessous, l'écriture de Peter disait :

La vérité est enfermée.

Épilogue

Octobre 2018

Arthur et Emily descendirent de la vieille Golf. Il pleuvait toujours à verse et cela ne les préoccupait pas le moins du monde. Arthur sortit un vieux trousseau de sa poche tout en s'approchant du haut portail. Ils entrèrent tous deux dans la roseraie abandonnée qui bordait autrefois une allée pavée. Arthur repoussa la grille et accompagna Emily jusqu'à la vieille porte. Il lui demanda de l'attendre une minute, fit le tour de la propriété et ouvrit quelques volets – la vieille bâtisse faisait partie des rares dans le Kent à en disposer, ajout installé jadis par Peter à la demande de Sophie qui, toute française qu'elle était, n'avait jamais compris pourquoi les Britanniques n'en avaient pas. Après quoi, Arthur invita Emily à entrer. Elle jeta un coup d'œil à l'interminable corridor qui s'étirait devant elle.

— Cette maison est gigantesque !

— Comme tu dis. Et c'est sans compter le grenier et le jardin à l'arrière. Elle est gorgée d'histoire, c'était autrefois celle de mes grands-parents paternels.

— Vous avez dû en faire, des cache-cache, ici.

— Les planques ne manquaient pas, c'est sûr. Il m'est même arrivé de rester caché une bonne heure avant de sortir. Philip était incapable de me retrouver, je l'entendais pester et Lizzie rire à n'en plus pouvoir, se souvint-il. J'ai été si heureux ici, admit-il, le cœur lourd.

Emily remarqua plusieurs paires de chaussures alignées dans le vestibule. Il y avait encore une gabardine et un gilet en laine qui pendaient au portemanteau.

— On croirait que la vie a été suspendue ici, souffla-t-elle. C'est comme si on était parti en urgence sans jamais revenir.

— C'est ce qui s'est passé. Le matin où il a décidé d'en finir, mon père est parti comme s'il allait faire une course. Après cela, ni Lizzie ni moi n'avons eu le courage de toucher à quoi que ce soit. Nous n'avons même pas songé à revendre la maison, nous y avons trop de souvenirs. J'imagine que c'est la pire chose à faire quand on a besoin de faire son deuil, mais nous n'avons pas pu ni nous y résoudre, ni y rester pour autant. Je devais partir. C'était un crève-cœur d'habiter entre ces murs sans y voir mon père. Alors, Lizzie a pris un appartement au rez-de-chaussée chez un couple d'amis, pas très loin d'ici. Et moi, je me suis installé à Folkestone, dans un petit appartement près de chez Phil, que j'ai loué quelques années, après quoi, quelques mois après la sortie de mon roman, j'ai acheté le mien à *The Bayle.*

— Je comprends. C'est à croire qu'on entend encore vos rires, dans cette maison, dit Emily en observant autour d'elle.

— Viens avec moi, dit Arthur en lui prenant la main. Je connais cette clef.

Il l'entraîna vers l'étage d'un pas rapide, sur les marches qui craquèrent pour la première fois depuis des années, soulevant des nuages de poussière. Le haut de l'escalier de bois donnait sur un autre long couloir. Il y avait de part et d'autre une dizaine de pièces. Si la jeune femme s'y perdait un peu, Arthur, lui, savait pertinemment où il se dirigeait. Alors, il ouvrit la troisième porte à gauche. La poignée grinça, comme elle l'avait toujours fait, dans un bruit plus rugueux, toutefois. Il aurait pu reconnaître ce grincement entre mille. Il s'avança sans hésitation dans l'obscurité et ouvrit un rideau poussiéreux. Apparut alors une spacieuse chambre à coucher, au centre de laquelle trônait un grand lit. Le couvre-lit de satin pourpre était aussi lisse que possible, on aurait cru qu'il avait été replacé le matin même, s'il n'avait pas été grisé par le temps. Au fond de la pièce, Emily distingua une large armoire en bois sombre, couverte de vieilles gravures, dans un style qui lui rappela celle des *Chroniques de Narnia* de C. S. Lewis. Arthur s'en approcha. Il l'ouvrit et de nouvelles volutes de poussière s'échappèrent dans la pièce, se révélant sous les faisceaux de lumière. Elle était toujours remplie. Des vêtements de femme, à n'en pas douter. Des robes, des blouses, des manteaux. Arthur se mit à genoux, écarta les pans de tissu et saisit quelque chose qui semblait lourd.

— Tu as besoin d'aide ? s'enquit Emily.

— Non, attends, j'y arrive. Voilà.

Il avait délogé un vieux coffre en métal. Il sortit alors la petite clef rouillée de sa poche et l'introduisit dedans avec assurance.

— Il n'y a toujours eu qu'un coffre dans cette maison. Et c'est précisément celui-là que mon père a toujours refusé de me laisser ouvrir. Papa portait cette clef autour d'une chaîne, à son cou, après le départ de ma mère. Il ne la quittait jamais. Viens près de moi.

Emily vint poser ses genoux sur le plancher aux côtés d'Arthur. Il tourna la clef. Un cliquetis plus tard, le couvercle s'ouvrit. Alors tous deux découvrirent un pli en papier kraft, toujours fermé, qui portait le nom d'Arthur, sur une pile d'autres enveloppes estampillées, et consciencieusement empilées. Le coffre contenait également un petit album photo, et une boîte en carton bleu dans laquelle on avait conservé des chaussons de bébé. Ils y trouvèrent aussi de nombreux articles de journaux, découpés à la hâte, se mêlant à tout le reste. Emily en saisit un. Sur le papier jauni, une photo. Une voiture. La barrière de sécurité tordue. En contrebas d'un talus assez haut. Défoncée. Pliée. Retournée. Les vitres brisées. La carrosserie noircie. L'article disait :

UN JEUNE COUPLE TROUVE LA MORT DANS
UN TERRIBLE ACCIDENT DE LA ROUTE

Ce jeudi 10 novembre, une voiture est tombée dans un ravin, provoquant la mort des deux passagers, Steve et Lynn Neil, un jeune couple trentenaire de Lyminge. Après expertise, cette sortie de route a été provoquée par l'éclatement du pneu avant droit alors que la voiture roulait apparemment à plus de 100 km/h. Une enquête va être ordonnée par la justice mais les causes seraient accidentelles.
Le couple laisse une jeune orpheline âgée de six ans.

*

L'image témoignait de la violence de l'accident. La voiture, en plus d'être défoncée, était carbonisée, constata Emily. Le réservoir d'essence avait certainement pris feu. Elle regarda Arthur, qui n'avait pas lâché des yeux l'enveloppe portant son nom. Emily reposa l'article de journal dans le coffre et posa doucement la tête sur l'épaule d'Arthur.

— Il m'a laissé une lettre, murmura-t-il.

Il détacha soigneusement le repli de l'enveloppe et en sortit plusieurs pages couvertes de l'écriture soignée et penchée de son père.

*

À quelques kilomètres de là, Philip grogna en tombant sur le répondeur de son meilleur ami. Arthur ne lui avait pas même envoyé un texto. Était-il en pleins ébats ou alors en train de broyer du noir suite au départ de sa chère et tendre ? Il se ressaisit et obéit à la voix qui lui disait de parler « après le bip ». Choisissant de voir le verre à moitié plein, Phil invita Arthur et Emily à dîner avec lui, enfin, avec lui et, eh bien, avec lui et… Lizzie, voilà, c'était dit, et il faudrait qu'il s'y habitue, de toute façon. Il remercia Arthur pour sa bénédiction, lui promit d'assurer, il allait même cuisiner, pour l'occasion.

*

Avril 2006

Arthur,
Si tu lis ce courrier, alors c'est probablement que nous ne nous reverrons plus. Il y a une grosse tempête qui se prépare en mer, je la vois arriver, je sais bien à quoi elle va ressembler.
Je vais m'en aller, mon fils.

Quand j'aurai terminé cette lettre, je la déposerai dans le coffre, je descendrai l'escalier, passerai mon ciré et mes bottes. Alors je prendrai la route de Folkestone, je laisserai la voiture sur le parking de la Marina, j'irai libérer l'Alizée, et nous irons faire un dernier tour ensemble sous les nuages menaçants. Nous irons loin, très loin. J'accrocherai la clef de cette malle sur la proue du bateau, j'ai besoin de partir avec elle, c'est tout ce qu'il me reste de ta mère. Mais je sais que tu as besoin de réponses, et j'espère que tu les trouveras, là, entre tes chaussons de naissance et les photos de nos jours heureux.

Te voilà suffisamment grand pour vivre ta vie d'homme, Arthur. Londres, tes études, ton futur job... oui, tu es désormais un jeune homme intelligent et charmant. J'espère que tu seras aussi heureux que tu mérites de l'être. J'espère que la vie compensera toutes les peines qu'elle t'a infligées par le passé, et celle que je m'apprête à t'infliger à mon tour. Mon petit, ne laisse pas le temps s'écouler devant toi sans oser, sans vivre pleinement le moment présent. Ne laisse pas les autres décider à ta place, pas même la peur ou le doute. Oui, vis, mon fils, choisis tes batailles, réalise tes rêves. Je sais que tu en as la force.

Tu vas m'en vouloir, assurément. Tu as toujours cru que mon courage était infaillible. Mais je ne suis qu'un homme, mon fils. Je vieillis. Les années passent et j'ai beau avoir essayé de me battre, tant que Lizzie et toi étiez encore trop jeunes à mes yeux, je me rends compte aujourd'hui qu'il y a certaines choses auxquelles, parfois, on ne survit pas. L'amour, Arthur, l'amour est l'une d'entre elles. J'ai aimé ta mère dès le premier jour et malgré son départ et le vide qu'elle a laissé derrière elle, je n'ai pas cessé de l'aimer ces treize dernières années. Je suis prisonnier de son enchantement. Dès le premier instant, je n'ai plus vu qu'elle, tu sais. Je l'ai aimée femme, je l'ai aimée épouse, je l'ai aimée mère. Je pensais que notre amour était plus fort que tout, je le croyais indestructible. Hélas, il semblerait que je me sois trompé. Elle est partie, Arthur. Son absence me rend fou, fou d'amour et fou de remords, parce que je n'ai su ni la comprendre quand elle était encore là, ni la retenir. Elle non plus ne reviendra pas. Je te laisse tout ce qui me reste d'elle : ses lettres. Celles qu'elle m'a écrites pendant son absence jusqu'à ce qu'un jour, elle ne me réponde plus et que j'en tire les conclusions les plus funestes. Elles s'étalent sur de bien longues années à l'attendre. La dernière date d'hier. La dernière explique tout. Il n'y a plus aucun espoir, cette fois. Je ne veux pas lui survivre. Je suis sans doute lâche et bien égoïste de vous abandonner à mon tour, mais je vais aller la retrouver, Arthur. Parce qu'elle a été mon unique amour et il semblerait qu'elle soit aussi mon unique raison de vivre, maintenant que vous êtes grands, Lizzie et toi. C'est aujourd'hui le seul moyen que j'ai de la retrouver. La mer me libérera.

Ne pleure pas trop mon fils, à chaque jour suffit son mal. Je sais que je vais te manquer, mais tous les enfants perdent leur père un jour ou l'autre, n'est-ce pas ? Et puis, tu as ta propre vie à construire. Je t'ai appris assez, et j'ai confiance en toi, en ta sensibilité autant qu'en ta force. Tu trouveras une femme formidable, qui elle aussi t'aimera de tout son être. Qui donc pourrait résister à ton regard tendre, à ton esprit, à ton grand cœur ? Le meilleur conseil que je puisse te donner, c'est de ne jamais laisser s'en aller celle que tu choisiras. Sois assez attentionné pour qu'elle n'ait pas envie d'aller voir ailleurs. Sois assez perspicace pour discerner ses sentiments les plus profonds. Sois assez bon pour l'entourer de soins et de douceur. Alors elle restera près de toi. Et tu seras heureux.

Ta mère était une femme extraordinaire, malgré les erreurs qu'elle a pu faire. Et si tu lis ses lettres, tu verras que l'ironie du sort dans cette histoire, c'est que toute cette souffrance aura été due à un éclair d'honnêteté. La vie se change parfois en un jeu de hasard qui nous punit à l'instant même où nous allions nous résoudre à ne plus mal agir. Ne conserve pas trop de ressentiment envers elle, elle t'a aimé de tout son cœur, et personne n'est parfait, tu sais.

Veille bien sur ta sœur ; Lizzie est restée la petite fille perdue qu'elle était, elle aura sans doute toujours besoin de toi. Dis-lui combien je l'aime, combien je suis navré de la laisser.

Mon petit Arthur, mon fils, souviens-toi de nos soirées à discuter dans le jardin, les jours où tu douteras. Les réponses à tes questions sont toujours dans ton cœur, il te suffit d'être honnête avec toi-même.

« Dieu réunit ceux qui s'aiment », disait Piaf.

Il veille sur nous tous.

Il veillera sur toi, même quand je ne serai plus là.

Crois en toi. Crois en l'amour, même imparfait. Rien n'est plus important.

Je t'aime,

Papa

*

Arthur pleurait silencieusement. Emily le prit dans ses bras, bouleversée par les mots qu'elle avait lus en même temps que lui.

— Il reste… encore une lettre à lire, hoqueta-t-il. Au moins une.

Il essuya ses larmes du revers de sa main, prit la lettre sur le haut du paquet, se releva et s'assit sur le lit, rejoint par Emily.

— Je suis là, lui dit-elle doucement tandis qu'il saisit sa main comme pour ne pas se noyer.

L'enveloppe était déjà ouverte. Elle contenait deux feuilles de papier jauni et un peu déchiré.

Peter,

Je ne sais ni quelle heure ni quel jour nous sommes, mais je sais que je vais mourir. C'est inévitable et tout proche. J'ai fait une très mauvaise chute il y a quelques jours, je suis tombée sur un rocher alors que j'avais tenté une fois encore de profiter de la beauté d'un coucher de soleil, lasse de ne plus quitter ce qui me fait office de maison. Je suis blessée à l'abdomen, la plaie est large et douloureuse, je perds du sang en continu. J'ai refusé qu'on m'emmène à l'hôpital, cela n'aurait aucun sens, mon heure étant venue.

Peter, ma vie aura été bien courte et tourmentée. Pourtant, chaque moment de joie, c'est grâce à toi que je l'ai vécu, je te le promets. Tu auras été ma vie et mon bonheur. Tu auras été mon grand amour et le père de mon enfant. Je regrette de ne pouvoir serrer ta main contre moi en cet instant. J'aurais tant besoin de ta présence réconfortante. Mais je

suis partie seule, je mourrai seule. À moi de payer pour toutes mes erreurs.
Il est temps pour moi de te révéler toutes ces choses qui ont détruit ma vie et aussi la tienne d'après ce que j'en ai lu. Tu as assez patienté. Plus que quiconque, tu mérites de connaître la vérité. Tu dois savoir qu'elle est déraisonnable et que l'entendre pourrait briser ton existence comme cela a brisé la mienne. Tout est ma faute. Sois courageux. Ce qui va suivre va profondément te peiner, et je ne pourrai jamais te demander pardon.
Je t'ai trompé, Peter. Je n'ai jamais su comment te le dire, ni comment te l'écrire. Durant trois longues années, je t'ai trompé. Je ne t'ai pas complètement menti dans la lettre que j'avais laissée sur le bureau le jour où je suis partie. J'avais besoin de nouveauté, d'aventure, d'adrénaline. La première fois, c'était le jour de ton anniversaire. Tu te souviens ? Celui où je t'avais dit de rester sur le bateau avec Lynn et les enfants pendant que ton frère et moi préparions la surprise. Ce matin-là, nous n'avons pas seulement accroché les fanions et emballé la guitare dont tu rêvais depuis une éternité. Quand nous avons tout terminé, Steve s'est approché de moi. Nous étions dans le salon, à la maison. Ce n'était pas la première fois que je sentais son regard se poser sur moi, et je reconnais que cela n'était pas pour me déplaire. Alors que nous allions repartir, il a cherché à m'embrasser, et je l'ai repoussé, je te jure que je l'ai repoussé. Alors il m'a souri, s'est excusé et m'a dit qu'il fallait que je le comprenne, que Lynn était devenue... distante depuis la naissance de la

petite, qu'elle le laissait un peu de côté. Il m'a fait des compliments, a relevé la façon que j'avais de m'habiller, d'être toujours bien mise et séduisante quoique mère de famille moi aussi. Il a posé sa main sur ma taille, et j'ai ressenti un frisson qui a réveillé en moi des sensations oubliées. Toi et moi, nous étions dans une sorte de « creux », à cette époque-là, nous avions peu de moments intimes, trop pris par le quotidien que nous étions. Alors... j'ai cédé. Nous avons fait l'amour ce jour-là. Ton frère et moi.

Ça a été le début de trois années à vivre une double vie... Je n'ai jamais cessé de t'aimer, Peter, mais ce n'était ni de l'amour, ni de la tendresse que nous recherchions, Steve et moi. Trop épris que tu étais, tu n'as jamais rien remarqué. Tu m'as toujours dépeinte avec douceur, tu as toujours semblé croire que j'étais la femme idéale, alors que j'en étais loin, si loin... Je t'ai tout caché. Je t'ai trompé. Avec ton propre frère. J'ai trahi ton amour, toi qui étais si sincère et si fidèle. Je m'en veux tant ! Si j'avais eu un peu plus d'intégrité dans le cœur à cette époque-là, si je n'avais pas écouté des désirs aussi charnels que futiles, nous serions ensemble aujourd'hui. Ensemble et heureux.

Je l'ai vu pour la dernière fois vivant un après-midi pluvieux. Nous nous étions donné rendez-vous dans un café, à Douvres, où nous nous retrouvions loin de Lynn et toi, et puis je me suis lancée. Je lui ai dit que je n'en pouvais plus de te mentir de la sorte. Je me sentais sale, je n'arrivais même plus à te regarder dans les yeux quand tu me disais « je t'aime ». J'ai parlé à Steve de la honte que j'éprou-

vais face à vous qui nous aimiez sans mensonge ni trahison. Je lui ai dit que je me sentais trop mal vis-à-vis des enfants, aussi. Je voulais mettre un terme à tout cela.
Il a refusé. Il s'est même énervé ce jour-là, disant que si je me sentais coupable, j'aurais mieux fait de peser le poids de la question avant de commencer à coucher avec lui. Nous nous sommes disputés. Il a fini par me dire que si c'était comme ça, il te dirait tout, à toi, Peter. Il m'a dit qu'il me laissait jusqu'au lendemain pour me raviser, pour continuer notre liaison. Après quoi, Steve est rentré chez lui. La première chose à laquelle j'ai pensé en le voyant claquer la porte de sa voiture, c'était à me venger. Son ultimatum m'avait rendue folle.
Dans la soirée, j'ai prétexté je ne sais quoi pour que tu ne t'inquiètes pas, et je suis sortie. J'ai attendu qu'il fasse nuit, j'ai pris la voiture, je suis allée me garer à quelques centaines de mètres de chez eux, et je suis entrée dans le jardin de leur maison, là où il garait sa voiture de fonction. Steve travaillait le lendemain matin. Mon plan, aussi stupide et impulsif était-il, consistait à lui crever un pneu, pour qu'il ne puisse pas prendre la route et le dissuader de venir te voir. J'avais un couteau tranchant, et je me suis glissée furtivement jusqu'à l'avant du véhicule, personne ne m'a vue. J'ai essayé naïvement de percer le caoutchouc, y mettant toute ma force, mais la tâche s'est révélée plus compliquée que prévu, c'était bien plus résistant que je l'avais imaginé. Alors j'ai entendu le bruit d'une porte qui s'ouvrait. J'ai sursauté et je me suis enfuie sans bruit, sans terminer.

La suite, tu la connais. On a retrouvé la voiture de Steve retournée dans un fossé. Lynn était à côté de lui, il avait prévu de la déposer en ville sur le chemin du travail ce matin-là, aucun des deux n'a survécu. Je vois encore devant mes yeux cette photo qu'on avait mise dans le journal, sur laquelle on voyait la carcasse de leur Audi complètement carbonisée, et ce pneu... ce pneu qui avait éclaté.
Je ne voulais pas cela, Peter ! Je le jure sur tout ce qu'il y a de plus précieux à mes yeux. Je voulais juste lui faire peur. Je voulais juste qu'il se lève et trouve un pneu à plat. Que ça lui donnerait une leçon, je ne sais pas. Je n'imaginais pas que je l'avais vraiment abîmé, encore moins qu'il éclaterait sur une voie express. Comme je regrette ! J'ai tué Steve et Lynn ! Je les ai tués ! Jamais je n'aurais cru le jour où je t'ai trompé pour la première fois qu'un tel acte de déloyauté aurait des conséquences si désastreuses. Et nous étions l'unique famille proche de cette petite Lizzie qui se retrouvait seule de par ma faute... Liz ! Cette petite fille que j'ai élevée comme la mienne après ça et qui en est même venue à m'appeler « maman » ! Je n'ai pas supporté de vivre chaque jour aux côtés d'un visage si innocent qui me rappelait sans cesse ma faute. Je ne pouvais pas le supporter, Peter, je ne pouvais pas ! Et même ici, des années plus tard, ses grands yeux sont toujours à mes trousses, même à des kilomètres de vous, s'affichant à chaque instant, me brouillant la vue et les pensées, pour que je n'oublie pas pourquoi je suis là aujourd'hui. C'est son visage à elle qui m'observe continuellement, tel un fantôme. C'est Lizzie. L'innocente

petite Lizzie, pire dommage collatéral de cette liaison, n'a jamais cessé de me hanter.
Alors voilà, Peter. Tu sais tout. Je ne m'attends même pas à ce que Dieu puisse avoir pitié de moi. J'ai trahi, trompé, tué, quitté mon mari et mes enfants. Je mérite la solitude que je me suis infligée ces dernières années, autant que la mort qui m'attend prochainement. Je t'ai toujours aimé. Infiniment. Tu ne mérites pas ce que je t'ai fait, tu es un homme irréprochable. Je ne ferai bientôt plus de mal à personne. Mes forces m'abandonnent. Au moins, je me suis acquittée de ma tâche : j'ai avoué. Sois fort, mon amour. Ne laisse pas le chagrin t'emporter. Dieu te bénisse, qu'il veille sur toi, sur Lizzie, et sur mon petit Arthur. Je vous aime. Je suis désolée.
Sophie

*

Octobre 2018

Arthur et Emily avaient partagé leur nuit, pour la première fois, simplement blottis l'un contre l'autre.

La veille, Arthur avait verrouillé la porte de sa maison d'enfance, les mains tremblantes, bouleversé, les yeux gonflés par le mépris, par la tristesse et par la rage. Il avait roulé jusqu'à *The Bayle* sans décrocher un mot, Emily à ses côtés. Une fois chez lui, elle lui avait proposé de s'en retourner au View s'il préférait rester seul, mais il lui avait demandé de rester. Le voyant à ce point secoué par la peine, elle l'avait invité à s'allonger sur son lit et s'en était allée préparer du thé. Quand elle était revenue avec la tasse fumante, elle l'avait trouvé endormi là, tout habillé. Alors elle s'était allongée auprès de lui, l'étreignant de toute sa force.

La sonnerie du téléphone d'Arthur les tira de leur sommeil. Arthur le saisit machinalement, s'éclaircit la voix et décrocha.

— Arthur ?

— Salut, Phil, répondit-il d'une voix cassée.

— Ça va ?

Arthur se redressa. Ses paupières le brûlaient encore.

— J'ai connu mieux, j'imagine, mais ça va aller.

— Tu m'expliques ?

Arthur pivota et découvrit Emily auprès de lui. Il esquissa un sourire.

— Pas tout de suite, répondit-il à Philip en fixant la jeune femme d'un regard tendre.

— Okay. Quand, alors ? s'enquit Phil dont l'inquiétude était palpable.

Arthur jeta un coup d'œil à sa montre, puis à Emily. Il était presque neuf heures.

— Un brunch au *Marley's*, d'ici une heure ? lança-t-il en posant la même question à Emily d'un coup d'œil, qui opina.

— Ça marche. Je te rejoins avec Lizzie. Fais pas de conneries, vieux, hein ?

— Aucun risque, le rassura-t-il en saisissant la main d'Emily.

— À plus tard alors, dit Philip avant de raccrocher.

Emily passa sa main sur la joue d'Arthur.

— Merci d'être restée, lui dit-il. Et merci d'avoir été là. J'avais besoin de lire ces lettres.

— Je t'en prie. Personne ne devrait affronter cela seul.

Il marqua une pause avant de reprendre :

— Je regrette de n'avoir ouvert cette bouteille qu'hier.

— Pourquoi ?

— Parce que tu avais raison. Ne pas savoir m'empêchait de faire mon deuil. Maintenant, je vais pouvoir avancer. Je crois.

— Tant mieux. Tu mérites d'être heureux.

Arthur, qui tenait encore sa main, baissa les yeux et releva lentement la manche d'Emily, découvrant son poignet. Par réflexe, elle tendit l'autre pour l'en empêcher, mais se ravisa presque instantanément.

— Pardon, fit Arthur, je…

— Non, vas-y, le coupa-t-elle. Fais-le. Fais-le.

Arthur remonta les mailles de son pull, dévoilant les cicatrices qu'elle s'était infligées des années durant avec la lame d'un rasoir. Alors, dans un mouvement d'une douceur infinie, il approcha ses lèvres de sa peau et déposa un baiser sur les lignes nacrées, roses et violettes. Elle ferma les yeux, envahie par mille sentiments contradictoires et par les larmes qui lui montèrent sans qu'elle puisse les réfréner.

— Tu mérites aussi d'être heureuse. Tu n'y es pour rien, Emily. Tu étais une enfant. Tu ne les as pas tués. Tu n'es pas responsable.

Elle lui jeta un regard suppliant, la gorge nouée. Il la prit dans ses bras.

— Tu n'es pas responsable, lui répéta-t-il en caressant ses boucles blondes. Ce n'est pas ton fardeau.

Elle sanglota contre lui quelques minutes, sentant le poids d'une culpabilité qu'elle n'aurait jamais dû porter se délester de ses épaules. Puis, leurs visages se frôlèrent et elle lui chuchota :

— Je t’aime.

— Je t’aime aussi. Reste avec moi.

— Toujours, répondit-elle tandis qu’il posa ses lèvres sur les siennes.

*

Au même instant, le facteur glissa une enveloppe dans la boîte aux lettres d’Arthur. À l’intérieur, on avait simplement glissé une photo sur laquelle on apercevait un couple aux rides marquées qui partageaient une limonade à la terrasse d’un café de Montmartre. Au dos, on pouvait y lire ces mots :

Merci !
Félix

Remerciements

Je tiens à remercier :

Mes enfants, qui me poussent chaque jour à avancer sans m'attarder sur le passé, pour mieux les accompagner vers leur avenir.
Mon mari, Denis, qui a fait le pari fou à mes côtés de s'expatrier Outre-Manche alors qu'il en avait peur, et qui nous a offert la chance de vivre dans la ville de Folkestone, petit bijou qui se devait d'occuper une si belle place entre les pages de ce roman.
Le groupe Kyo, et en particulier Benoît Poher, dont une fois encore les textes et la poésie ont inspiré les prémices de cette histoire.
Vanessa Ulne pour son aide et son travail de relecture sur le texte.
Stefanie Bagshaw et Jade Sequeval, qui ont travaillé avec talent pour que les visuels de cet ouvrage correspondent si parfaitement au récit.
Mes lecteurs et lectrices, pour leur enthousiasme et leur soutien indéfectible.

Achevé d'imprimer en octobre 2021
sur les presses de la Nouvelle Imprimerie Laballery
58500 Clamecy
Numéro d'impression : 110087

Imprimé en France

La Nouvelle Imprimerie Laballery est titulaire de la marque Imprim'Vert®